黑幕下的格爾尼卡

原田舞葉—著
劉子倩—譯

藝術不是裝飾品。是用來迎敵的武器。

——巴勃羅·畢卡索

黑幕下的格爾尼卡——目次

眼前是黑白色調的巨大畫面，如凍結的海洋鋪展。
哭叫的女人，死去的孩童，嘶鳴的馬，回頭的公牛，力竭倒下的士兵。
畫面充滿可怕的張力，令人絕望。
瑤子只看了一眼，就站在畫前動彈不得。彷彿黑暗中只剩下自己一人，讓她忽然很害怕。
雖想閉上眼，卻無法閉眼。明知不該看，卻不能不看——。

瑤子一家人每逢假日就會走訪曼哈頓的美術館。由於在銀行上班的父親調職，這年全家遷居紐約。父親似乎對美術沒甚麼興趣，但母親想去，所以還是陪同而來。母親特別喜歡印象派的作品，還在美術館的禮品部買了很多莫內及雷諾瓦的畫作明信片分贈日本的友人。而十歲的瑤子，雖不知道藝術家的名字，也很喜歡繪有可愛小女孩與美麗花卉的畫作。

那天，他們全家第一次來到紐約現代美術館（MoMA）。

一抵達MoMA，母親立刻對瑤子說，有一幅很有趣的畫喔。

臉上到處都有眼睛喔。臉孔形狀也歪七扭八成四方形或三角形。就像傳統的笑福神面具。妳一定會喜歡。

母親說的，是巴勃羅．畢卡索的畫。而且，果然如母親的預言，瑤子一眼就被畢卡索的作品吸引了。甚至看不出肖像畫描繪的到底是人還是某種生物，也有點像是機器人之類的。但是如果凝神細看，彷彿會載歌載舞朝著瑤子說話。

瑤子不知不覺看得入迷。她離開爸媽身邊，一個人專心看畫。不只是畢卡索，還有高更、梵谷、盧梭。她越看越開心，踩著輕快雀躍的步伐，走進一間大展覽室，就在那時。

輕快的腳步，在那裡倏然靜止。

眼前，是黑白色調的巨大畫面。

她不知自己究竟在那幅畫前站了多久。但，瑤子就像被吸鐵石吸引的鐵砂，再也無法動彈。

瑤子，瑤子。

背後傳來母親的呼喚。瑤子沒有轉頭。母親走到身旁，把手放在瑤子的肩上。

原來妳在這裡啊。好了，我們該走了。爸爸還在出口等我們呢。

瑤子握住母親的手，戰戰兢兢問。

媽媽，這是甚麼畫？

母親仰望巨大的畫作說，這幅畫叫做〈格爾尼卡〉喔。

很久以前，發生過戰爭。死了許多人。有日本人，美國人，也有西班牙人……。這幅畫就是描繪在戰爭中受苦的人們喔。畢卡索透過這幅畫告訴我們，千萬不可以再打仗了。

看著女兒被畫作吸引的模樣，母親笑了。

現在的妳，或許還無法明白。等妳再大一點，再來看這幅畫吧。——現在還不必理解沒關係。

瑤子緊握著母親的手，終於離開那幅畫前。

不能轉頭，不能轉頭……瑤子在心中反覆說。她在拚命抗拒那幅畫散發的強烈吸引力。然而，跨出展覽室的那一瞬間，瑤子還是忍不住回頭了。

她的目光，與畫面中回頭的公牛對上。公牛的雙眸戰慄。那彷彿是目睹世界崩潰瞬間的造物主的眼睛。

序章

空襲

一九三七年四月二十九日．巴黎

裸露的肩頭突然重重落下甚麼，驚醒了朵拉。

彷彿塞納河上空優雅翺翔的海鷗突然暈厥，瞄準床鋪中央墜落而來，令她倏然睜眼。但是實際上，只不過是男人在熟睡中翻身將身體緊貼她背部，手臂順勢落到她身上。

手臂環繞她的頸部，她惺忪的目光對焦在那隻手掌上。手掌粗糙，厚實，宛如老舊的聖經。手上到處沾著或白或黑的顏料，髒兮兮的。——那是造物主之手。

她鑽出那隻手臂，撿起扔在地上的睡袍，套在吊帶睡衣外。從桌上堆積的雜誌書本以及各式各樣的雜物——玻璃片、成疊紙張、巧克力的包裝紙、壞掉的咖啡磨豆機、火柴盒、鞋底磨穿的舊鞋——之中，找出盒裝香菸和喇叭型的黃銅雪茄濾嘴。把細捲菸插進濾嘴，叼在嘴上用銀色打火機點火。深吸一口，緩緩吐出。

她走到窗邊，打開落地窗，將防盜窗向外推開。冰涼的早晨空氣，流入凝滯的室內。

朵拉．瑪爾對著眼前開闊的風景，這次狠狠噴出一口煙。

天氣晴朗。和煦的春陽，讓遠方的街景看似朦朧氤氳。

附近的格蘭佐居斯坦街上車水馬龍的聲音傳來。車篷反射晨光，她試著浮想化為小河中的小魚成群流過的情景。塞納河白花花地發出柔光，貨船悠然行經河上。彷彿劃破絲綢禮服，掀起層層漣漪綴在船後。塞納河上的西堤島上，聖母院的尖塔指向天空傲然矗立。

倚著窗邊抽菸，朵拉環視室內。

建於十七世紀的老房子，曾被巴爾扎克選為小說的舞台之一，擁有高貴的悠久歷史——不，毋寧是歷史背景極為複雜的建築物。如今成了出租公寓，朵拉交好的左派運動人士之前就住在這裡，也經常在此聚會。距離朵拉的公寓不到一個街區。三樓和四樓都空著，遂介紹給此刻沉睡在那張床上的「造物主」。當時正在找寬敞畫室的他，當然是大喜過望，立刻就搬來了。那不過是一個月前的事。結果才短短一個月，這個房間就成了「造物主」打造的小宇宙。

這是多麼散漫無序啊。就像匯集全世界無用廢物扔在一起的垃圾桶。亂七八糟到這種地步甚至令人感動。想起自己現在是唯一一個獲准進入這凌亂宇宙的女人，朵拉不禁偷笑。

裹著凌亂的床單酣睡的「造物主」。——他的名字是巴勃羅．畢卡索。

年紀大得足以當她父親的男人，臉上鐫刻深邃的皺紋。緊閉的眼皮後面隱藏的，是對任何事物都能在瞬間看穿本質的眼睛；是黑夜般深沉的雙眼。當眼中閃過光芒的瞬間，自己就被擄獲了。那是一年多前的事。

望著畢卡索的睡臉，朵拉想起二人去巴黎郊外兜風時的小插曲。

漫步原野時，在小河邊發現前所未見的美麗花朵。畢卡索一邊愛撫那朵花，一邊若無其事說。——上帝肯定也是足以和我匹敵的藝術家。

那是傲慢的自信家隨口道出的感想，幾可視為褻瀆上帝的發言。然而，朵拉卻不可思議地欣然接受了這句話。

就從那時起。朵拉將畢卡索視為造物主，敬畏，戰慄，並且深深愛慕。

畢卡索厚重的眼皮緩緩睜開。黝黑的雙眼凝視佇立窗邊的朵拉。長出一口氣後，用西班牙語咕噥：

「我做了討厭的夢。」

朵拉吐出一口煙，也用西班牙語反問：

「甚麼樣的夢？」

朵拉由於建築師父親的工作關係，幼年在阿根廷度過。因此，她的西班牙語很流暢。之所以能夠抓住朝秦暮楚的藝術家的心，正是因為她擁有秀麗的容貌與知性，身為藝術家的工作表現，還有流利的西班牙語，這些全都發揮了功效。

畢卡索坐起上半身，「給我一根菸。」他說。

「是很不吉利的夢。醒來的瞬間，就通通忘了。」

「該不會是被年輕女孩追著跑的夢吧？」朵拉嘲諷地說。可她心想，現在的畢卡索八成只迷戀自己的事業。

「那樣的話應該是美夢才對吧？」

畢卡索挑起嘴角笑了。朵拉走近床鋪，把香菸塞到他嘴裡。遞上銀色打火機替他點燃。畢卡索去凡登廣場附近的登喜路替朵拉買來的打火機上，雕刻著小小的女人側臉。

「我肚子餓了。傑米還沒來嗎？」

畢卡索吐出青煙，如此說道。傑米．沙巴特斯打從畢卡索在巴塞隆納學畫時就是好友，如今擔任他的秘書。每天早上買了可頌麵包和報紙後就會來這裡。

朵拉朝塞滿書本的書架空隙放置的時鐘瞄了一眼，將香菸在玻璃菸灰缸摁熄。

「已經九點了，他差不多該到了吧。我先去煮咖啡。」

「妳去吧。我那杯要特別濃。」

去廚房將咖啡粉倒入咖啡濾壺，放上瓦斯爐後，朵拉去洗手間。洗完臉湊近鏡子。光滑發亮的臉頰上，水滴一顆顆滑落。那是充滿彈性、光潔無瑕、微帶褐色的肌膚。被濃密的睫毛鑲邊的深棕色眼眸。形狀姣好的嘴唇。如果塗上口紅，會更加散發肉感的光芒。塗了艷紅指甲油的指尖，輕觸雙唇。

和朵拉交往後，畢卡索描繪的肖像畫中，金髮白皙的女性——也就是他年輕的愛人瑪麗．德雷莎開始漸漸消失。取而代之，支配他的畫布的，是膚色略顯黝黑，雙唇紅豔，頭髮烏黑的麗人。掛著蠱惑的微笑，留長的紅色指甲放在瘦削下顎的美女。或者，是被牛頭人身的怪物米諾陶洛斯侵犯的純潔少女寧芙。

每天早上照鏡子，她就會想起那全都是自己，因此隱隱萌生滿足感。同時，也有種「造物主」會把自己變成身分不明的怪物的恐懼。

用托盤端著咖啡杯與咖啡壺回到寢室一看，畢卡索不見了。她把托盤放在桌上，走出房間上樓去畫室。

她沒敲門便逕自開門。首先映入視野的，是鋪滿紅褐色六角形素燒磁磚的地板，以及寬敞的空間內堆滿的幾百張畫布。另一頭，覆蓋整面牆壁的，是巨大的潔白畫布。

穿睡袍、腳踩拖鞋的畢卡索，站在紅磚地板上，面對潔白的畫布。隔著背影，可以看見香菸的青煙冉冉升起。

他八成正在思考該如何處理這純白無瑕的畫面吧。照理說他應該發現朵拉進來了，但他始終不曾回頭。

畢卡索開始作畫的瞬間總是很唐突。有時在閒聊或開完無聊的玩笑後，他會凝視模特兒幾秒鐘，然後拿起炭筆或鉛筆開始迅速作畫。在素描簿或筆記本，有時甚至是餐廳的紙桌巾上，厚實的大手流暢地移動，驀然回神時，已完成舉世罕有的奇妙畫作。不管怎麼看都不是寫實的畫像，卻又在瞬間淋漓盡致捕捉到模特兒的特徵，是變形的抽象造型。這樣的人物肖像雖然醜得讓人不忍直視，卻也兼具天上的美感。

第一次親眼目睹用自己當模特兒畫成的肖像畫時，朵拉甚至手足無措得可笑，只覺自己臉都紅了。彷彿一直避人耳目潛藏在內心深處的某種東西被公諸於世。可是，那樣的肖像畫分明就是最真實的自己。

當然，儘管沒有畢卡索那麼高的知名度，朵拉．瑪爾好歹也是個藝術家。加入超現實主義派的團體，受到攝影家曼．雷的影響，把攝影當成表現自我的手段。

超現實主義運動推崇超越一切現實的表象，照理說必然有顛覆常識的表現與活動，但接觸到畢卡索的創作時，朵拉不得不感到，自己的感情指針總是在劇烈搖擺。

朵拉靜靜走向畢卡索的背後。五十五歲男人的背部肉墩墩的，卻也好似城牆。有種任何人都無法侵犯的堅牢。

「今天需要我擺姿勢嗎？」

明知這時出聲或許會讓他不高興，朵拉還是故意毫不顧忌地問道。

「是啊。」背影簡短回答。夾在指間的香菸，菸灰紛紛落到地上。

——如果不趕快打草稿，就來不及了吧？

這句話倏然浮現，差一點脫口而出，但她還是勉強打住。

畢卡索的眼前，是猶如霧中湖水般安靜鋪陳的雪白畫布。

即將揭幕的巴黎博覽會西班牙館預定展出的畫作，就要畫在這上面。

畢卡索搬來格蘭佐居斯坦的公寓三個月前。寒冷的冬季天空，在巴黎的街景上方一望無垠。三名訪客來到畢卡索位於波耶西街的畫室兼住處。是西班牙大使館文化代表馬克思・奧伯，加泰隆尼亞的建築家荷西・路易・賽爾特，還有超現實主義派詩人路易・阿拉貢。三人都在看到畢卡索的瞬間，流露出非比尋常的熱情與決心。當時也在場的朵拉可以感到，三人的態度與語氣都表明這次無論如何一定要說服這位全世界最知名的藝術家。

畢卡索和朵拉這時才交往半年，但二人的關係已異常密切，不僅改變朵拉的日常生活，事後想想甚至徹底改變了朵拉的人生。畢卡索讓愛人瑪麗・德雷莎和小女兒瑪雅住在巴黎郊外的別墅，不時似乎會去探視她們母女，但朵拉可以充分感到，他身為「男人」的愛情早已不在瑪麗・德雷莎身上。至於頑固拒絕離婚的妻子歐嘉，他大概連想都不願再想起。

與女藝術家交往，對於情人無數而知名的畢卡索來說還是頭一次。也因此，朵拉感到，畢卡索很迷戀自己。——至少，現在是。

這天也是，在畢卡索的召喚下，朵拉來到畫室。二人幾乎天天幽會。朵拉把自己的工作拋到一旁，為畢卡索在畫室擺姿勢，畢卡索外出時也會跟去，若有訪客就一起接待。

在咖啡館吃完遲來的午餐回來，秘書傑米說，奧伯先生來訪。三個男人還在客廳等待畢卡索的歸來。其中一人路易・阿拉貢，是朵拉也熟識的超現實主義團體成員。同時也是左派思想分子，法國共產黨的黨員。

傑米告訴朵拉，他們是為了巴黎博覽會的西班牙展覽館來訪。朵拉立刻察覺阿拉貢加入這個隊伍的意義。他們想讓畢卡索發揮某種政治作用。想必，和去年爆發的西班牙內戰有關。

一九三一年，畢卡索的祖國西班牙因國王阿方索十三世的流亡，達成不流血革命，從此成立共和國。但是對共和國政府的左傾深感不滿的軍方，以佛朗哥將軍為中心發動軍事政變，一九三六年掀起席捲西班牙全境的內亂。德國納粹和義大利的墨索里尼等法西斯政權也起而支援叛軍，導致共和國軍處於劣勢。和共和國軍並肩以「人民軍」的身分戰鬥的，是毫無戰鬥經驗的民兵，以及周邊各國前來參戰的志願兵。

法國政府對鄰國的內戰視若無睹。但，某些義憤填膺的法國人（其中也包括作家及藝術家）卻以志願兵的身分參戰。即使沒有參戰，巴黎的藝術家團體中也不乏像路易．阿拉貢這樣支持西班牙共和國的人。

至於畢卡索，過去他從來沒有特定的政治思想，也沒有任何政治發言。然而，對於祖國的內戰，他終究不可能不關心。戰火波及馬德里之前，他也曾主張將普拉多美術館的館藏品疏散到安全地區。這和畢卡索曾被共和國政府任命為普拉多美術館館長也有深遠的關係。

畢卡索似乎希望用自己的做法從大後方支援共和國政府。最好的證據，就是他也創作了題為〈佛朗哥的夢與謊言〉的諷刺銅版畫。畫中的佛朗哥將軍被他塑造成醜陋的妖怪，是不斷重複無厘頭行為的愚人。畢卡索表明要將這幅銅版畫複製出售，將賣畫款項捐出以支援人民戰線。

雖然他沒有直接發言批判佛朗哥，但朵拉看到那幅銅版畫後，一眼就明白他有多麼厭惡那個法西斯分子。要讓人們知道佛朗哥的殘暴不仁，比起共產主義者運用成千上萬的言詞來唾罵，這樣一張諷刺畫肯定遠遠更有效果。

五月預定開展的巴黎世界博覽會，各國展覽館的企劃與營運由各國政府負責。其中，尤其是德國、義大利、蘇聯、西班牙為了國家的尊嚴精心籌備展覽館，互相盯著彼此的動向。博覽會的西班牙展覽館負責人馬克思．奧伯如此說明。他說，本來是各國產業樣品展也是外交場合的博覽會會場，唯獨在這一年，顯然成了政治掮客的戰場。

「我們想委託您的，是前所未有的大型作品。」

關於巴黎博覽會做了一通說明後，彷彿要強調進入正題，奧伯鄭重其事說。

「這次的博覽會，一如既往是宣傳各國產業的好機會，除此之外，建築與藝術的融合也是主題之一。我們西班牙館的設計已大致完成。問題是展覽館內要展示甚麼。」

建築師賽爾特在桌上攤開設計圖。雙層建築的展覽館，是立方體相連的簡單構造，是順應潮流的摩登設計。賽爾特的手指在設計圖上移動，用連珠炮似的西班牙語說明展覽場的大小及動線。畢卡索交抱雙臂，垂眼看著圖面始終無言。

「最大的展覽場，就是這面牆壁。」賽爾特指著一樓大廳盡頭的大片牆壁說。

「從入口的斜坡進來後，右後方就是這面牆。大小約為長七點五公尺，寬八公尺。入場者進來不久，應該就會被這面牆上掛的畫作給吸引。」

「與其說是畫作，應該說是『壁畫』吧。」站在後方探頭的朵拉，忍不住插嘴。

「對，可以這麼說。」賽爾特肯定。

奧伯對著默默凝視設計圖的畢卡索側臉說：

「我們共和國政府想委託你創作的——就是這個『壁畫』。」

你現在是全球最知名的西班牙人。因此，我希望你能夠讓全世界的人想起你的祖國被內戰搞得一團混亂的現狀，以及成立未久的共和國政府被叛軍逼得走投無路的窘狀。我希望藉由你的加入西班牙展覽館，暗示大家共和國政府不會保持緘默。

奧伯激動地比手畫腳，拚命試圖說服偉大的畫家。畢卡索打從設計圖攤開的瞬間就幾乎沒變過姿勢，一直環抱雙臂，傾聽奧伯的遊說。奧伯和賽爾特，還有中途加入的阿拉貢，卯足了勁無論如何都要讓畢卡索點頭。

旁觀的朵拉，不由偷偷露出苦笑。乍看之下，賽爾特的設計沒有明確特色，欠缺魅力。而且預算不足，時間也不夠，就完成度而言完全比不上其他列強諸國打造的展覽館。她敏銳地看出，在這種狀況下企圖用內容扳回劣勢顯然才是他們的真心話。

西班牙共和國擁有巴勃羅．畢卡索當後盾，就等於擁有一張德國、義大利、蘇聯都沒有的最強王牌，他們現在就指望這點了。但即便如此，他們的努力，在朵拉看來還是很滑稽。

「你們的心情我充分理解。」

漫長的沉默後，畢卡索終於開口。奧伯三人忍不住傾身向前，急著聽下文。他們在等待那句「我答應」。

「我個人，也想支援飽受內戰所苦的共和國。我也想貢獻一份力量。」

奧伯頓時臉上發光。他迫不及待反問：

「那麼，你是同意接受這個委託囉？」

畢卡索並未明確回答接受與否。

三個男人一再強調他們期待近日之內就能接到好消息，這才離開。之後，畢卡索一直很沉默。

去小餐館吃晚餐時，朵拉忍不住在餐桌上開口。「你打算答應吧？」她說。

「可是，遭到政治利用會很不舒服。況且你從來沒創作過那麼巨大的壁畫。時間也不多了。而且也沒有畫室可以放得下那麼大的畫布。你雖然打算接受，卻很為難吧。」

「不要講得好像妳很了解似的。」畢卡索語帶不悅說。

「今天我不想再和任何人講話。妳走吧。」

餐後的咖啡還沒上，但朵拉甚至沒有吻別就離開了餐館。旋風吹來，她一邊豎起大衣的領子，一邊忍不住想笑，看來是被她說中了才惱羞成怒。

即便如此，畢卡索肯定會接受委託。而後開始創作。創作任何人都無法想像的偉大畫作。

因為他的作風，正是從一度否定之處開始。

畢卡索面對的雪白畫紙，長約三百五十公分，寬約七百八十公分。是他搬來格蘭佐居斯坦街這房子沒多久後，西班牙大使館送來的。

結果，畢卡索始終沒有回覆大使館。即便如此，得知畢卡索搬到更大的畫室後，路易．阿拉貢還是立刻通知大使館，單方面送來特別訂製的巨大畫布。畢卡索沒有拒絕，大使館方面遂解釋為「他同意創作壁畫了」。

然而，畢卡索雖然收下畫布，卻一直沒有動手創作壁畫。他讓朵拉擺姿勢，描繪要交給簽約畫商達尼葉．康瓦拉的中小號作品，興致來時就在寫生簿上畫速寫。

「壁畫的主題決定了嗎？」

朵拉一邊擺姿勢，一邊若無其事問道。結果，她只得到「還好」這麼一個有氣無力的答覆。

「我想用『畫家的畫室』當主題。畢竟畫布那麼大……可以畫出原寸大小的畫室。」

這是個不失不過的安全主題。但這樣真的好嗎？不可能好吧——朵拉暗想，卻未說出口。因為她知道畢卡索自己也不滿意。

畫布送來三周後。朵拉一走進畫室，當下驚愕地愣住了。

豎立在畫室牆邊的巨大畫布上，覆蓋整片黑布。之前的霧中湖面，已變成暗夜大海。

「這是怎麼回事？」朵拉問。

「沒甚麼。只是太刺眼了。」畢卡索回答。然後，他立刻扯下黑幕，嘩啦落到地上。出現的畫布，依然一片空白。

於是，朵拉懂了。畢卡索的苦惱出乎意料的深刻。

面對巨大的畫布，或許讓他感到害怕。到底該畫甚麼樣的畫，才能支援已經走投無路的祖國，他肯定很迷惘。

畢卡索也只不過是個會苦惱的凡夫俗子。

罩上黑幕的畫布，朵拉就只看過這麼一次。那天之後，畢卡索天天長時間獨自面對雪白的畫布。再過不久，他的內心就會萌生某些東西，開始行動。肯定是的——朵拉渴望這麼相信。

菸灰掉落，變短的香菸在堆積如山的畫布上那個菸灰缸摁熄後，畢卡索終於轉身面對她。

「傑米怎麼還沒來。難不成他去買可頌麵包的那家麵包店失火了？」

朵拉低聲笑了。

「說不定喔。我煮了咖啡，先下去吧。」

到了樓下，傑米正好抵達。把每次光顧的那家麵包屋的紙袋隨手扔到桌面各種雜物上頭，傑米異樣蒼白的臉孔轉向畢卡索。

「……出大事了。」

然後，他遞上本來夾在腋下的報紙。

畢卡索漆黑的雙眼定定凝視報紙。

不知是哪個城市，只見燒成一片焦黑的廢墟照片。被炸毀的建築物，大量的瓦礫，累累堆積的——屍體。

朵拉的喉頭不禁發出驚呼。畢卡索一把搶過報紙，盯著紙面像要瞪出一個洞。那上面，清晰浮現特大號的標題。

格爾尼卡慘遭空襲

西班牙內戰開打以來最悲慘的轟炸——。

二〇〇一年九月十一日・紐約

調子明快如歌的聲音響起，八神瑤子從淺眠中醒來。

聽來如滾珠落玉盤，帶著開朗愉悅的語感。是西班牙語。「我知道了，那好……」「是的，就這麼辦吧……」斷斷續續傳來的是丈夫伊森的聲音。

枕畔鬧鐘的指針，指著六點半。她坐起上半身，穿著T恤四角褲的伊森．貝內特，一手拿著手機回到床上。

「嗨，早安。把妳吵醒了。」

丈夫溫柔地說著，親吻瑤子的臉頰。

「我聽到你說維拉斯奎茲甚麼的。難不成發現好貨色了？」

瑤子打個小小的呵欠後，如此問道。伊森說：「妳果然厲害。被妳猜對了。好像是維拉斯奎茲『工作室』的作品。」丈夫說完笑了。

「妳的西語聽力，還是這麼厲害啊。即便剛睡醒也能聽得一清二楚，真是太驚人了。」

「有時我甚至會用西語作夢呢。」

「真的假的？那妳平常作夢時是英語的？還是日語？」

「不知道。也許都有吧。」

瑤子下床走到窗邊，拉起百葉窗。

眼下可以看見石板路。朝陽下，垃圾車悠然前進。馬路對面的快餐店，不時有客人進進出出。店內不只有紐約最常見的夾滿奶油乳酪的貝果三明治，還有肉丸及炸魷魚圈等出名的美味小菜，是西班牙風味快餐店。瑤子夫婦每天早上也會來這裡買剛出爐的貝果和一兩樣小菜。配上柳橙汁與卡布奇諾咖啡的早餐，是結婚第六年的伊森與瑤子的固定菜色。

「我去買貝果。妳要奶油乳酪的吧？」伊森一邊穿上藍襯衫，一邊問。

「今天怎麼這麼早。現在還不到七點呢。」瑤子佇立在窗邊說。

「臨時要開電話會議。剛才是馬德里某個客戶的秘書打來的。我們這邊時間八點半時必須打電話過去。資料都在辦公室，所以必須提早去辦公室。」

「我今天上午也有重要會議，況且也得做準備，我也會提早出門。」

「是嗎，那正好。我馬上就回來，妳先煮咖啡。」

伊森說完就立刻出門了。瑤子去浴室洗臉後去廚房。從餐具櫃取出二個小咖啡杯，先用最近買的義大利咖啡機煮義大利濃縮咖啡。加上滾燙的牛奶，調製成卡布奇諾咖啡。在餐桌放上盤子與杯子，俐落地做好早餐的準備。然後回到寢室，從衣櫃抽屜取出襯衫。

櫃子上方的牆壁，掛著裱框的小幅鴿子畫作。畫的是在空中展翅的白鴿。瑤子一邊扣上襯衫的扣子，一邊無聲地對白鴿說早安。

每次看到這幅畫，便會湧現祈禱的心情。祈求這平穩的生活能夠永遠持續下去。會這麼想，或許是因為現在太幸福。

建於東村的百年老公寓，面積雖不大，但她很喜歡。結婚時買下，委託熟識的建築師裝潢，地板和牆壁都設計成雪白的白色立方體（white cube）展示空間風格，室內到處都有藝術品點綴。新銳現代藝術家的作品是瑤子夫妻的收藏重心。訪客們看到品味良好地展示的作品，總是兩眼發亮讚美這間公寓簡直像畫廊。其實，畢卡索的小幅畫作她也有一幅，但基於安全考量，掛在夫妻的寢室，即便只是小品，也從來沒告訴任何人「我家有畢卡索」。

掛在櫃子上方牆面的白鴿。那幅畫，就是畢卡索的作品。

伊森是在世界各地都有客戶的藝術投資顧問。在哈佛大學研究十八世紀西班牙美術，擁有美術史碩士學位的伊森，精通法語和西語還有德語。在美國首屈一指的大型投資銀行擔任十年以上的藝術投資諮商業務後，獨立開業迄今。

瑤子是東京出生的道地日本人，但與伊森結婚後，如今擁有美國綠卡。曾任職日本大型銀行的父親調職紐約分行，因此瑤子的童年有七年時間都在紐約度過。趁著上中學才返國，但日本的校園生活讓她很不適應，上大學時又隻身返美。

她在紐約大學取得美術史碩士，之後在哥倫比亞大學取得美術史博士學位，還為了研究畢卡索前往西班牙留學。在馬德里的普拉多美術館實習後，於索菲亞王后藝術中心的開館籌備室工作一年，之後在舊金山近代美術館的展覽組工作三年。並且在三十五歲那年成為紐約現代美術館繪畫雕刻部門的策展員。

這是MoMA的主力部門繪畫雕刻組第一次出現亞洲人策展員，但是理事會為了以明確形式貫徹MoMA的方針——不因性別或國籍在職務上有差別待遇，積極雇用已有實際成績的優秀研究者和感性豐富的人當策展員，在背後很支持她。其中，尤其是女性理事長露絲．洛克斐勒，對於如今已成世界首屈一指名門美術館的MoMA內部改革更是不遺餘力，老早就對研究畢卡索累積無數成績的瑤子活躍的表現深表矚目，邀請瑤子來MoMA工作的也正是她本人。

瑤子在留學馬德里時邂逅伊森。當時已任職銀行藝術諮商部門的他，因為工作研習滯留馬德里。同齡的二人意氣投合，不久就成為情侶。伊森在紐約，瑤子先後待在馬德里和舊金山，雖然住的地方不同，對藝術的熱情和彼此的愛情卻與日俱增。後來瑤子到MoMA工作，搬來紐約，二人就結婚了。伊森送給她代替結婚戒指的，是畢卡索的畫作。

畫在明信片大小的紙上，一隻展翅飛翔的鴿子。流暢的鉛筆筆觸，呈現出鴿子拍翅飛起的瞬間。定睛看久了，甚至會覺得鴿子將從畫面中飛出棲息在手臂上。這種瞬間掌握對象的本質，正是畢卡索才有的卓越表現手法。

畢卡索從小親近鴿子，甚至連女兒也取名為「帕洛瑪」（鴿子）。畢卡索位於西班牙南部都市馬拉加的老家，瑤子也曾去過好幾次，老家門前的廣場上棲息大批鴿子。年幼的畢卡索，據說就在那廣場與鴿子嬉戲。晚年居住的南法古城，也有養鴿子。一九四九年帕洛瑪出生的那年，他替巴黎舉辦的世界和平會議畫的海報上那隻鴿子，實在太有名了。漆黑的背景，長毛的純白鴿子。驀然自黑暗中浮現的身影，高雅，聖潔，美麗。畢卡索的心情，對和平的祈求，透過一隻鴿子痛徹淋漓地傳達出來。

伊森贈送「畢卡索的鴿子」的心意，讓瑤子比甚麼都高興。願妳幸福，願妳生活和平。即便默默不語，白鴿也已道盡一切。

玄關傳來砰的一聲關門聲。瑤子急忙去廚房。伊森從紙袋取出包裹放在盤子上。並且朗聲說：「今早我買的是西班牙烘蛋三明治。」

「噢，真稀奇。今天怎麼想到買這個？」瑤子一邊把果汁倒入杯中，一邊反問。丈夫幾乎是天天買貝果。

「沒甚麼。就是忽然想吃。這不是『最後的晚餐』是『最後的早餐』。」

伊森隨口說著，惡狠狠地大口咬下夾有西班牙烘蛋的三明治麵包。

記得有一次，夫妻倆曾討論過死前若要吃最後一餐想吃甚麼。伊森想吃的是西班牙烘蛋，瑤子則是鹽味飯糰和豆腐味噌湯。伊森說他想先去家門口對面的快餐店吃西班牙烘蛋後再上天堂，逗得瑤子大笑。

在馬德里剛開始交往時，他們經常去瑤子住宿地點附近的酒吧，享用被稱為tortilla的西班牙烘蛋。如今他一天到晚和全球的大富豪去一流餐廳用餐，已經成了美食家，結果臨死前還是想吃如此樸素的食物嗎？

「那今晚就陪我共享我的『最後的晚餐』吧。」

瑤子半開玩笑說。

「那當然。飯糰與豆腐是吧？」伊森說。

「是抹鹽的飯糰與豆腐味噌湯。」

「啊，沒錯。味噌湯。妳會煮嗎？」

「會。今晚沒有約會，可以早點回來。如果你不介意吃日本料理的話。」

「那正好。我今晚也沒事。在家吃自製日本料理！真好，我很期待喔。」

廚房牆上的時鐘，指針已指向八點十分前。「我該走了。」伊森說著站起來。

「對了，今天的會議露絲會出席喔。」瑤子突然想起來，這麼告訴他。

「噢，露絲。好久沒看到她了。替我向她問好。」伊森雖然趕時間，還是滿懷敬愛說。

MoMA理事長露絲，是現代美術的大收藏家，昔日也曾是伊森的客戶。但瑤子成為MoMA的策展員後，露絲就不再透過伊森購買藝術品了。她說，萬一別人說他們有利益勾結，對瑤子會很不利。失去大主顧當然是沉重打擊，但對於露絲這種誠實的作風——在富裕階層很罕見——伊森和瑤子都很尊敬。正因為有露絲，瑤子才能回到紐約。那是幾百萬美元的交易都難以取代的，所以伊森一直心懷感激。

「那我走了。八點之前回來。」

伊森吻了一下送他到門口的瑤子，輕拍她的肩膀。

「知道了。那就十二小時之後見。」

「OK，十二小時之後見。愛妳。替我向露絲問好，祝妳會議成功。」

伊森匆忙開門走了。

瑤子去書房，從書架選出二本展覽會目錄，準備上午十點出席MoMA理事會時提交資料。

二本都是MoMA過去舉辦的畢卡索展。一個是一九三九年美國第一次正式舉辦畢卡索個展的「畢卡索：藝術生涯四十年」，另一個是一九八〇年「巴勃羅．畢卡索回顧展」。二者都是在MoMA的歷史上留下光輝功勳的知名展覽。

二個展覽雖然在時間上相隔四十一年，但是除了是「同一位藝術家的回顧展」之外，還有一個特別的共同點。

二次展覽都展出了〈格爾尼卡〉。

〈格爾尼卡〉——畢生留下十幾萬件作品的畢卡索，若問代表作是甚麼，瑤子八成會立刻舉出這幅作品。

一九三七年，為巴黎博覽會西班牙展覽館展出而製作的大作。長約三百五十公分，寬約七百八十公分的畫布上，鋪陳出人間煉獄圖。四處奔逃的人們，嘶鳴的馬，驚愕轉頭的公牛，倒下的士兵們，都用黑灰白這種單一色調描繪。它在美術史上引起最大爭議，如今也讓全世界的人認識到戰爭的愚昧——換言之，被視為反戰象徵。

巴黎博覽會結束後，它巡迴歐洲各地展出，為了MoMA的展覽來到美國。之後，基於畢卡索「在西班牙恢復真正的民主主義之前，希望把畫暫留美國」的意向，結果，直到一九八一年歸還西班牙為止，中間有長達四十二年時間都在MoMA展出。堪稱命運離奇的作品。

一九三七年四月二十六日，正值內戰的西班牙，巴斯克地區的小城格爾尼卡，遭到支援叛軍及叛軍領袖佛朗哥將軍的納粹德國派遣的航空部隊轟炸。得知慘狀後，畢卡索拿起畫筆聲援正與叛軍作戰的共和國政府，於是誕生了這幅作品。這段故事已經太有名了。

不是戰鬥場景，也不是殺戮場面。可是這幅畫顯然呈現出地獄。然而其中描繪的，不是遭到上帝審判被送進地獄的罪人，是被人類推落地獄的人。

二十歲在紐約大學攻讀美術史時，瑤子在MoMA舉辦的畢卡索回顧展與〈格爾尼卡〉重逢。初次邂逅是十歲那年，之後就再沒見過。——所以那次重逢時格外戰慄。

有二點令瑤子戰慄。其一，〈格爾尼卡〉這幅畫雖然主題與結構都很抽象化，而且是黑白色調，卻讓人眼前清晰浮現遭到轟炸的格爾尼卡慘狀。另一點，則是一個並非政治家或思想家亦非軍人的單純藝術家，竟能運用最洗鍊的卓越手法，讓全世界的人們記住「格爾尼卡大轟炸」這段禁忌的慘痛歷史，記住「格爾尼卡」這個原本不為人知的小城名稱——。

就是在那一刻。自己決定一輩子追隨巴勃羅．畢卡索這個藝術巨匠，緊緊相隨。

是的。自己的人生，因為畢卡索，找到了該走的方向，成就了該做的事。至少，人生的一半是——在她二十歲之後的這二十年間。

如果沒有追隨畢卡索，大概就不會邂逅伊森，也不可能在MoMA上班吧。想必也不可能有機會負責策畫那種巡迴世界各大知名美術館展出的大型展覽。

那天的理事會，瑤子要報告眼下正在著手策畫的「馬蒂斯與畢卡索」展覽企畫案。亨利．馬蒂斯與畢卡索既是宿命的對手也是知交好友，透過這次展出他們的代表作，可以突顯他們之間的友情與糾葛。早在她到MoMA上班前這個企畫案就一直在醞釀中，二年後確定舉辦，如今終於擬妥了展出作品的預定名單。現在必須取得理事會的最終認可。所以這是一次相當重要的簡報。

她把二本厚重的作品目錄放進電腦包。包很沉。但這是小意思，瑤子拎起電腦包，掛在肩上。臨出門前，她去寢室。盯著櫃子上方牆面掛的白鴿，凝視良久。

——請守護我吧。

她在心中用日語說，然後在一瞬間閉上眼。彷彿要祈禱。雖不知為什麼，但就是想這麼做。

穿上夏季薄羊毛西裝，矮跟女鞋，走出家門。等待電梯時，瞥向手錶。時間是八點十分。快步走向地下鐵車站。爽朗的九月晴空，曼哈頓的摩天大樓重重聳立。

一九八〇年五月底，中城林立的摩天大樓上方是一片蔚藍無雲的晴空。

位於第五大道和第六大道之間，西五十三巷的MoMA入口前已大排長龍。人們是在排隊等候入場參觀

「巴勃羅．畢卡索回顧展」。展覽才剛開始，但電視與報章雜誌等各大媒體爭相報導，素來言詞辛辣的美術評論家及記者們也讚不絕口，使得到場參觀者爭先恐後。

當時就讀紐約大學三年級的瑤子，也是其中一人。在美術史的課堂上，這次回顧展已成了唯一話題。搶先去看過的朋友，興奮地強調展出內容有多麼精彩，擺出評論家的姿態說，這次展出一定會讓畢卡索的評價變得更高。還沒看過的友人邀瑤子一起去，但她婉拒了。無論如何，她只想一個人去。

早在這時，瑤子就已開始考慮把畢卡索當作今後的研究課題。

少女時代住在紐約時，瑤子有個西班牙移民好友。好友教過她西班牙語，令她對西班牙這個國家及文化產生興趣。大學攻讀美術史時，本來想以維拉斯奎茲或哥雅這些十七十八世紀的西班牙美術為研究對象，但深思到最後卻想到畢卡索。

這個對象太巨大，但她覺得無法迴避。既然要研究美術史，必然得正視畢卡索。專攻美術史的友人們，都認為畢卡索是特別的，卻都不敢把畢卡索當成研究對象。因為人人都知道，一旦迷上這個藝術家會很麻煩。

瑤子正好相反。正因為麻煩，才有研究的價值吧。如果不了解，那就徹底追蹤到心服口服為止。畢卡索留下了大量作品，而且那些都成了世界各地美術館的館藏品。也有數不清的文獻資料。而且紐約還有MoMA。畢卡索的代表作有好幾件都收藏在MoMA。如果想調查，隨時可以確認。——對，包括那幅〈格爾尼卡〉。

瑤子初次造訪MoMA是十歲那年。同時，那也成了瑤子對〈格爾尼卡〉的初體驗。看到了不該看，卻又不得不看的東西。那種心情在心頭盤旋，直到母親來找她前，她一直站在畫前一步也動不了。目睹赤裸裸生與死的困惑。那種強烈的，難以抗拒的吸引力。

之後，直到瑤子升上中學離開紐約為止，她再也沒去過MoMA。因為她害怕，害怕看到「那幅畫」。

重回紐約念大學後，她去MoMA看過展覽。但，她還是刻意避免去「那幅畫」的展覽室。

然後，是那天。在巴勃羅．畢卡索的回顧展上，瑤子隔著許許多多參觀者的人頭，終於與「那幅畫」重逢。經過十年，她和那隻公牛，再次四目相對。

那雙目睹世界分崩離析，宛如造物主的眼睛。

她不害怕。取而代之湧現的，是驚人的戰慄。不知不覺中，她緊握拳頭。

喧嚷的展覽室一角，那一刻，瑤子一個人，正在靜靜奮鬥，試圖用全身承受「那幅畫」。

地下鐵E線電車滑入第五大道五十三街車站的月台。

通勤乘客一齊從車內湧出。車站內充滿酸味，非常悶熱。

肩上掛著沉重的電腦包，瑤子搭乘電扶梯前往地面。這個電扶梯長得令人鬱悶。總在這一瞬間，讓她恨不得盡快呼吸戶外空氣。紐約的地下鐵車站幾乎都還沒有空調設備。而且絕對談不上衛生。冬夏兩季總會讓她萬分羨慕地想起舒適宜人的日本地下鐵。

她走上通往五十三街的樓梯。迅速朝手錶一瞥。八點四十五分。只要三分鐘便可抵達美術館大門。去出口等候客人的小吧台買杯咖啡吧。……就在她只剩五階便可走上地面時。

低沉的爆炸聲響起。聲音在高樓大廈之間迴響，彷彿侵蝕岸壁的波浪，詭異地擴散。

瑤子大吃一驚，不假思索衝上台階。路上行人面露不安，紛紛仰望天空，四下張望。

「怎麼回事？」「出了甚麼事？」「爆炸嗎？」
騷動逐漸擴大。一些人朝第五大道奔去。瑤子不明所以，只能呆站在五十三街的路上環視四周。
忽然響起驚呼。跑到第五大道上的人們紛紛叫嚷。
「怎麼會這樣！」「啊啊，上帝啊……上帝啊！」「那是甚麼！火災嗎？在哪裡？」
一個男人瘋狂大叫，朝瑤子呆立的方向跑來。
「是轟炸！世貿中心被轟炸了！」
瑤子倒抽一口冷氣。
她握緊電腦包的肩帶，朝第五大道跑去。人行道上的群眾一陣騷動。刺耳響起的汽車喇叭聲，不斷叫喊「上帝啊，天啊，不會吧，怎麼可能……」的叫聲。
——怎麼可能。
瑤子呆然凝視馬路的另一頭。
撲通，撲通，劇烈的心跳響徹全身。耳鳴嗡嗡作響。兩眼模糊。口乾舌燥。彷彿被扔進暴風沙之中。
怎麼可能——。
曼哈頓南端，蔚藍得刺眼的晴空冉冉冒起黑煙。白色的飛機，朝著那個目標，劃破上空般快速衝去。

第一章

造物主

一九三七年四月二十九日・巴黎

西班牙內戰開戰以來最悲慘的轟炸
希特勒與墨索里尼的空軍投下的數千發燒夷彈將格爾尼卡化為灰燼

巴斯克地區最古老的城市，文化傳統的中心格爾尼卡，於昨日午後，被叛軍的空襲，徹底破壞殆盡。對這個遠離前線、毫無防備的小城發動的攻擊，精確歷時三小時又十五分鐘，期間，容克斯（Junkers）及亨克爾（Heinkel）型轟炸機，還有亨克爾戰鬥機這三種德製飛機組成的強力戰隊，在市中心不斷丟下五百公斤級的最大炸彈及超過三千發重量將近一公斤的鋁製燒夷彈。同時還有戰鬥機從市外中心區低空飛過，朝著逃至周邊原野的市民以機關槍掃射。

在聖傑曼地區的雙叟咖啡館露天座位區，對著桌上攤開的報紙新聞，朵拉・瑪爾不知已是第幾次細細重讀。

四月二十九日的《人道報》（Humanité）報紙刊載的，是英國《泰晤士報》的記者喬治・L・史提亞寫的報導。

四月二十六日，位於西班牙北部的巴斯克地區的古都格爾尼卡遭到空襲。

一九三六年爆發的西班牙內戰，發動叛變的佛朗哥將軍率領叛軍，將西班牙共和國軍逼得走投無路。叛軍得到德義兩國的法西斯政權壓倒性的支援，企圖一口氣顛覆政權，終於做出了大規模隨機攻擊這種人類史上前所未有的暴行。而他們的目標就是格爾尼卡。

關於鄰國西班牙的內戰，法國始終貫徹明哲保身的態度故意視而不見，因此格爾尼卡大轟炸的新聞並未立刻被大篇幅報導出來。然而事態遠比法國政府想像的更淒慘，的確是應該被全世界報導的內容——換言之的確有報導的價值。轟炸過了二天後，四月二十八日法國各家報紙終於報導了這起事件，翌日二十九日，《人道報》大篇幅轉載了《泰晤士報》刊登的史提亞記者的前線報導。

畢卡索看著擔任貼身秘書的好友傑米帶來的報紙，得知故國小城遭受名副其實是從天而降的慘劇。那一瞬間，朵拉就在畢卡索身旁，所以她看到了。看到畢卡索的臉孔頓時變得僵硬。

報紙上整版都是「格爾尼卡大轟炸」的文字和滿目瘡痍化為廢墟的城市風景，以及屍橫遍野的照片。朵拉不發一語凝視那些照片看了半晌，但畢卡索不同。

畢卡索從傑米的手裡搶過報紙，瞪眼看了一會後，忽然默默把報紙撕成兩半。光是撕破好像還不滿意，他繼續撕得粉碎，摔到地上，用腳踐踏。一次，又一次。期間，他沒說過一句話。朵拉與傑米只能默默看著他發飆。

畢卡索的表情僵硬如岩石。實際上，毫無血色的臉孔看起來就像扭曲的岩石本身。感覺上就好像，他剛剛接到一通電話通知——他的父母被素昧平生只是偶然路過的陌生人殺死了。

他把報紙踩扁、踢開直到終於氣消後，聳肩喘著氣，用凝重的聲音說：

「傑米……去買報紙。再去買一份同樣的報紙。」

傑米匆忙又買回來的另一份報紙，這次被畢卡索站著從頭到尾仔細看完後，又被撕得支離破碎砸到地板上。然後，這次他只踹了一腳，就沉默地去畫室了。——連早餐也沒吃。

就此，畢卡索再也沒出過畫室。

朵拉察覺，有股非常力量——猛烈的化學變化，正在他體內沸騰。

結果，傑米那天買了三次同樣的報紙。這次，朵拉詳細閱讀那篇報導。連一個字都沒有略過。

朵拉也毫無胃口吃早餐，她獨自去雙叟咖啡館吃遲到的午餐，再次詳閱報紙。然後再次感到不舒服，叫來的法式火腿起司三明治幾乎一口也沒碰就這麼放著。

回到畢卡索的公寓一看，傑米在客廳坐在扶手椅上似乎無所事事。看到朵拉，「怎麼辦？」他露出迷路小男孩的神情說。

「妳出門的期間，路易．阿拉貢來了。他問我畢卡索在幹嘛……」

據說阿拉貢聽到傑米宣告今天就算等再久恐怕都等不到畢卡索從畫室出來後，他的神情彷彿咬碎了咖啡豆般苦澀，嘆了特大號的一口氣，就這麼走了。

朵拉聽了，冷哼一聲。

「真是辛苦他了。最近路易幾乎天天來報到吧？」

傑米就像被阿拉貢附身似的也嘆了一口長氣。

「在他看來，是他把畢卡索介紹給西班牙大使館，所以大概覺得責任重大吧。好不容易送來畫布，結果到現在上面一條線也沒有，他大概很不安。」

「你應該也是吧。」朵拉嗤笑。

「妳不也是嗎？」傑米回嘴。

「我才無所謂呢。」

朵拉從桌面堆滿的各種雜物中翻出吉坦（Gitanes）香菸的菸盒，將菸插進金色的濾嘴，一邊說道：

「傑米，他可不是一般畫家。不是嗎？畢竟他是畢卡索，該出手的時候自然會出手。肯定是這樣啦。」

她想告訴他，那就和造物主從不懈怠創造天地是同樣的道理。朵拉拿起銀色打火機點燃香菸後，慢吞吞深吸一口，朝桌上的雜物悠然噴出青煙。

「你已經和他做了多少年朋友了，傑米？他是畢卡索，這你應該早就很清楚吧？」

傑米打從畢卡索青春時代在巴塞隆納過著波希米亞生活時就是好友。

二年前，畢卡索夾在妻子歐嘉與剛生下女兒瑪雅的年輕愛人瑪麗・德雷莎之間，過著苦悶的日子。這種不可告人的苦惱，唯一能夠傾訴的對象就是傑米。畢卡索寫信給他，訴說自己是多麼孤獨。傑米感到好友被逼得焦頭爛額，於是偕同妻子趕來巴黎。從此，作為畢卡索的諮商對象，也作為秘書，一直守護他、支持他。

當時，畢卡索正陷入「人生最大的低潮」。對於長年來一直看著好友旺盛創作的傑米——以及圍繞畢卡索的所有人而言——簡直難以置信，然而這個現在全球最知名的藝術家，完全停止了畫畫。

哪怕世界末日來臨，恐怕也沒有任何人能夠阻止他的畫筆。人人都這麼以為，因為過去的畢卡索，成天只有畫畫，畫畫，畫畫，不停的畫畫。對畢卡索而言「畫畫」這種行為，就和自己無法停止心跳一樣，是天經地義的自然定律。

這樣的畢卡索，居然變得連拿起筆都猶豫……。

「這我當然知道。」

傑米對朵拉的態度有點不滿地回答。

「可是，畢卡索也一樣有畫不出來的時候。妳或許不知道，但我可是親眼見過他陷入瓶頸痛苦掙扎的樣子。不是不畫，是畫不出來，完全不行。一張素描都畫不出來。而且時間長達將近二年！」

「我知道啊。」朵拉坦然回嘴。

「就是因為畫不出來，才會寫超現實主義風格的詩，對吧？只可惜我從來沒看過。」

畢卡索遇見朵拉，就是在他深深潛入苦悶的海中，指尖都已勉強觸及海底的時期。邂逅新的繆思女神後，畢卡索終於想起來要換氣。

畢卡索就這樣浮上海面，終於在光影搖曳的海面探出頭。他絕非那種不畫畫就此溺斃的傻瓜。

「妳可真悠哉。我都已經快擔心死了。壁畫的交件日期迫近，格爾尼卡遭到轟炸……唉，真想放棄一切回巴塞隆納算了。」

傑米憤然說完，重重倒進沙發。沙發上，還胡亂攤開著報導格爾尼卡大轟炸的《人道報》。

朵拉把香菸在玻璃菸灰缸摁熄，不讓傑米發現地微微嘆口氣。

來自巴賽隆納的加泰隆尼亞人傑米，為了支援畢卡索滯留巴黎期間，故國發生了內亂，令他深為憂心。想回國的念頭似乎也很強烈，但最後，他還是選擇暫時留下，繼續幫助畢卡索。昔日在巴塞隆納應該和畢卡索一起謳歌過波希米亞生活的傑米，如今成了遠比畢卡索更有普通常識的人。

責任感比人強一倍的傑米，細心打點讓畢卡索能夠安心投入創作，此外，對於飽受內戰所苦的共和國政府駐法西班牙大使館的委託——巴黎博覽會西班牙展館將展出的壁畫的進行，也操碎了心。在他看來，大概多少也想藉由擔任畢卡索的後勤支援為故國貢獻一份力量吧。

相較之下，傑米眼中的自己，想必看起來的確態度很悠哉。不管共和國政府是輸是贏，自己都不會有直接的損失。只要說聲不干己事，也就到此為止了。

然而——。

「欸，傑米，叛軍為什麼會轟炸格爾尼卡？那應該不是在軍事上佔有重要地位的場所吧？格爾尼卡到底有甚麼？」

朵拉從傑米身旁撿起《人道報》，拋出一個很單純的疑問。

根據報紙報導，是支援叛軍的納粹航空戰隊「禿鷹軍團」負責執行這場大規模隨機攻擊。

德義兩國的法西斯政權，在西班牙內戰提供叛軍軍事支援，想必打算等叛軍勝利時獲取某些利益。

但即便如此，格爾尼卡也太小了。居民更是弱小無力。攻擊毫無武裝的一般老百姓，不是正常人所為。

不過，無論是被西班牙國內保守黨右派人物煽動發起叛亂的佛朗哥將軍，或是納粹德國的總統希特勒，都已做出無數超出常理的軍事行為。他們早就不正常了。

相較之下，法國政府或許好歹還算過得去。起初還在經濟上支援共和國政府，之後，法國政府簽訂了不干涉西班牙內戰的協定。法國不希望因為插手西班牙的事讓德國有了進攻法國的藉口。

德國和義大利照理說都參與了這個互不干涉協定，可是法西斯分子厲害之處，就在於他們可以說話不算話推得一乾二淨。簡直像是為了向自己證明協定書只不過是一張廢紙才參與協定。果然，不管怎麼想都不正常。

「不知道……我也不知道。」

傑米無力地咕噥。然後，望著朵拉匆忙翻閱報紙。

「畢爾包是港都，也有鋼鐵工廠，所以如果轟炸那裡我還能理解……搞不好是以為只要先摧毀附近的格爾尼卡，畢爾包就會老老實實拱手讓給他們吧。」他如此自言自語。然後說：

「不管怎樣，同樣都是巴斯克地區。或許……選哪個都一樣。」

朵拉聽了，從報紙抬起頭望著傑米。

「哪個都一樣？甚麼意思？」

「格爾尼卡和畢爾包，不都是巴斯克地區嗎？那一帶，在西班牙國內也算是特別區域。在歷史上本來就一直對中央強烈主張地方自治權，而且也擁有獨特的語言。去年才剛選出巴斯克第一任州長呢。」

講巴斯克語的人們被稱為「Euskadi」，在面向比斯開灣的巴斯克地區已有獨立生活超過千年的歷史。十六世紀時，南北分別被併入西班牙及法國，但巴斯克人仍然一直堅持自治權。南巴斯克全域被併入西班牙帝國後，仍然主張自古以來堅守的獨特法律及徵稅權，內戰爆發後也成立了巴斯克自治政府。自治政府的第一任首長是三十二歲的前足球選手荷西．安東尼歐．阿基雷，全面支持共和國政府，也加入對抗叛軍的戰爭。

在佛朗哥及納粹看來，巴斯克人的獨立心比甚麼都棘手，如果不趕緊鎮壓的話顯然會很麻煩。

「雖然我們加泰隆尼亞人也講加泰隆尼亞語，獨立精神也很旺盛，但巴斯克人真的是………該怎麼說呢，總而言之，他們不是西班牙人。他們是徹底的巴斯克人。」

傑米說，以前在巴塞隆納生活時，有個朋友就是來自巴斯克地區的比斯開省。此人平日很隨和，可是一提到故鄉就眼神都變了。總是口沫橫飛地強調巴斯克應該從西班牙獨立出來。

傑米曾聽那個朋友說過「格爾尼卡的楢木」這個故事。據說比斯開省的議會自古以來就設在格爾尼卡，換言之，自古以來，格爾尼卡一直是巴斯克地區的精神中心區。長達幾世紀的時間，比斯開省的議會都是在市中心的楢樹下舉行。楢樹幾度枯萎。每次人們都會重新栽種新的楢樹，繼續在樹下集會。楢樹對巴斯克人而言，一貫是自治的象徵，也是自由的代表。但，這次遭到空襲，極有可能也已化為灰燼。

「這個故事，畢卡索知道嗎？」朵拉問。

「這個嘛……我也不清楚。」

傑米無力地回答。

結果，那天畢卡索始終關在畫室裡沒有在樓下現身。

朵拉無法像平時那樣坦然自若地走進畫室。

打從接觸到格爾尼卡大轟炸的新聞那一瞬間起，就有某種東西在畢卡索心中激烈盤旋。憎惡，瘋狂，苦惱，憤怒。此刻，藝術家的內心正有負面情緒的爆發。一如戒備火山爆發，朵拉幾乎是憑著本能領悟，此刻絕對不該接近畢卡索。

傑米擔心畢卡索把自己關在房間連飯也不吃，說要叫附近的咖啡館送外賣，但朵拉制止他。

「不用多此一舉。他如果想吃東西，應該會自己出來。」

傑米本來還想說甚麼，最後卻默默接受了朵拉的說詞。

傑米離去後，朵拉又在客廳的沙發坐了一會，無事可做的發呆。香菸一支接一支抽了又摁熄，抽了又摁熄，最後終於感到胸口發悶。雜亂塞著書本的書架上那個時鐘過了十點時，她覺得自己該走了。她戴上深綠色無簷帽，又把攤開在沙發上的《人道報》那篇報導從頭到尾看了一遍。

不管看多少遍，都找不到關於「楢樹」的記述。

回程，朵拉這天第二次造訪雙叟咖啡館。

這一整天除了午餐叫的法式起司火腿三明治就沒吃過別的東西，可是胸口悶悶的很反胃，還是毫無食欲。在露天座位區坐下，朵拉叫了紅酒和橄欖。

取出香菸盒，插進濾嘴點燃香菸。雖然感覺很不舒服，卻無法不抽菸。她實在忍不住。

眼前，傲然矗立著聖傑曼德佩教堂。宛如怪物的石造建築腳下，被咖啡館露天區的燈光微微濡濕。

對，那晚也是——朵拉朝教堂那冥界使者般的黑影望去，彷彿鮮活想起剛剛做的夢境，自己與畢卡索當初邂逅的瞬間在腦海浮現。

那晚，自己也是這樣獨自坐在這家咖啡屋的露天座位區。而且，已經對自己人生的無趣感到厭倦。當時，朵拉正和哲學家兼作家的喬治·巴塔耶交往。巴塔耶已有美麗的妻子和女兒，但二人對此都不以為意。和一心追求「死亡」與「情色」的年長文學家談的這段畸戀，讓不到三十歲的朵拉做為女人大開眼界。

朵拉不是那種安分守在家中為了相夫教子奉獻全部時間與精力的賢淑女子。她擁有自由的思想，大膽地談戀愛，毫不猶豫地和愛上的男人上床。就算別人背後議論她放蕩她也不在乎。隨心所欲地活著有甚麼錯？這是我自己的人生所以誰也沒資格批評。這就是她的論調。

然而，「誰也沒資格批評的人生」，有時忽然讓她覺得很無趣。

起初那種嶄新論調曾讓她興奮充滿期待的超現實主義運動，也逐漸失去了魅力。那的確聚集了一群才華洋溢的藝術家。但她覺得好像找不出一個出眾的天才。不僅如此，還讓她漸漸感到那是一群平庸無力的凡人。

與巴塔耶的關係也漸漸陷入僵局，好像走進死胡同。每次與他幽會，她總是嘗試各種性愛遊戲耽於愛欲，可是到頭來，甚麼也沒留下。唯一明白的，就是性欲原來和食欲或睡眠一樣，都是有侷限的。

無聊透頂。真的很沒勁。

她不知道是對著甚麼唾罵，但驀然回神，口中已咀嚼著類似詛咒的話語。

那晚，朵拉也在與巴塔耶幽會後，不僅不滿足，反而對一切都倍感厭倦，也不想直接回去自己的住處，獨自坐在雙叟咖啡館的露天座連大衣都沒脫。三月的夜晚依然春寒料峭，但是店內瀰漫廉價酒精的氣味與香菸的煙霧，讓她很倒胃口，壓根不想進去。

把燒烤帶骨羔羊肉一掃而光後，她戴著綴有玫瑰刺繡的優雅白手套，抽了一支菸。然後，拿起盤子上的切肉刀，開始玩超現實主義那群男性友人教她的「遊戲」。

右手持刀，把張開的左手放在桌上，依序將刀子迅速刺向大拇指和其他四根手指之間。大拇指食指，大拇指中指，大拇指無名指，大拇指小指……搭，搭，搭，搭搭，搭搭，搭搭搭，搭搭搭，搭搭搭……速度越來越快。只要手稍有不穩，立刻就會戳到自己的手指。二人一起玩時就賭個幾法郎。看誰能夠更快更準確地下刀就算誰贏。

學會這個危險遊戲後，朵拉又嘗到久違的興奮刺激。反射神經很敏銳的她，比任何人都能更快在手指之間下刀。看到刀子以肉眼無法捕捉的神速遊走，男性友人們都嚇壞了。妳怎麼會有那麼大的膽量，朵拉？

後來她又試過很多次，不可思議的是，她一次也沒傷到手指。為了體驗那小小的刺激感，即便沒有對手，朵拉也會獨自玩這種「遊戲」。這麼做，可以讓她暫時忘記煩惱，得以轉換心情。

戴著白手套的左手，手背朝上在桌上張開。先把刀子緊貼在大拇指外側的根部，與桌子垂直豎立。精神集中在刀尖。搭，搭，搭，搭，起初速度緩慢……然後逐漸加速。

搭搭，搭搭，搭搭，搭搭，搭搭搭，搭搭搭，搭搭搭搭搭搭搭搭搭……。

「喂，朵拉。快住手。妳看妳都流血了。」

朵拉霍然一驚，停下右手。

白手套上緩緩滲出血跡。彷彿剛從惡夢醒來，額頭滲出不舒服的冷汗。朵拉緩緩抬起慘白的臉孔。眼前，站著兩個男人。一個是超現實主義派的詩人，保爾．艾呂雅。而另一個人是——

宛如深邃黑夜的雙眼蘊藏好奇心的光芒，這個定睛凝視朵拉的男人，據說名叫巴勃羅．畢卡索。

來到露天座位後，畢卡索的目光立刻被那個坐在後方位子玩危險遊戲的女人吸引。得知那是艾呂雅認識的人，他立刻拜託艾呂雅替他介紹。以畢卡索敏銳的嗅覺，不可能沒有嗅出那裡有個非常有趣的女人。

她身上散發出種種氣息。淫靡、放浪不羈、傲慢的氣息。成熟肉體的氣息。體內蘊藏自由奔放精神的氣息。背叛與愛欲的氣息。以及誰也無法侵犯的崇高藝術的氣息——。

那晚，他們在雙叟咖啡館喝了不少酒，聊得非常投契，之後，畢卡索與朵拉並肩走在聖傑曼大道上。路旁的瓦斯路燈，將二人的影子在石板路上拖得很長。

畢卡索沒有邀朵拉去他的住處。甚至沒有向朵拉索吻。他開口索求的，是那隻沾血的白手套。

朵拉扯下一直戴在左手的手套交給畢卡索。脫下手套的瞬間，被刀子戳傷的傷口隱隱刺痛。畢卡索接過手套，輕輕一吻。那一瞬間，朵拉感到體內最深處發疼。

那，就是一切的開始。

喝了一口紅酒，塗著艷紅指甲油的手，朝著聖傑曼德佩教堂高高舉起。

當時的傷口，早已消失。然而朵拉有預感。

今後，想必還會添上無數傷口吧。那是絕對無法癒合的傷痕。

被那個男人。那個怪物。那個造物主所傷——。

二〇〇三年二月一日・紐約

對伊拉克的軍事行爲——聯合國針對美國總統的見解議論紛紜

美國對伊拉克出兵已是早晚的問題。對於聯合國派遣的大量破壞武器查核團，伊拉克雖然同意接受查核，卻擺明了不會配合促進非武裝化的態度。

美國總統約翰・泰勒判斷，已成爲恐怖分子溫床被他指名爲「邪惡軸心國」之一的伊拉克，罔顧聯合國的再三勸誡，拒絕廢棄大量破壞性武器，勢難避免以美國爲中心的軍事行動，因此表明可能在下周三就會派遣美國國務卿柯内利厄斯・鮑爾前往紐約。鮑爾認爲，美國對伊拉克的軍事行動應予正當化，取得聯合國安理會的承認。

世界各國政府同意讓華盛頓最有信用的鮑爾國務卿統整美國政府内部的見解，加入聯合國内的議論。各國政府正考慮，是要阻止伊拉克總統亞伯拉罕・胡斯曼這個「無賴漢」的暴行，還是催促他流亡海外，總之爲了實現目的就算動用武力也在所不惜。

對於美國今後將採取的行動，提出異議的政府不多。此刻，各國重視的，不是戰爭本身而是戰後的處理。聯合國想必將是處理此事的最高舞台。冷戰結束後，除了科索沃戰爭及灣岸戰爭的決議之外，美國、中國、俄國、英國、法國這五大常任理事國一直沒有發生過引人注目的衝突，但本件是否能夠協調，想必將是最大的焦點。

鮑爾長官身爲泰勒總統的代理人，對於提出疑問的國家，必須盡可能知性且穩當地說服各國加入美國的行動。這個任務並不簡單，但是如果遊說失敗了，美國的行爲就會變成片面行動，在國際社會留下深遠的禍根。

這個極度困難的課題要如何解決？總統恐怕絕不容許鮑爾把「決議通過」之外的其他結果帶回白宮。

——凱爾．亞當斯　紐約時報記者

瑤子貪婪地專心閱讀早餐桌上攤開的《紐約時報》社論。

桌上，除了報紙，還有一個咖啡喝了一半的馬克杯。咬了一口的吐司扔在紙餐巾上。少了一半的礦泉水保特瓶，打從三天前就沒換過位置。

瑤子在報紙上托腮，「真是的，到底想怎樣？」她用英語咕噥。

「這個國家的總統，難不成以為只要打仗就能解決所有問題？欸，你覺得呢？」

她發問，但桌子另一頭空無一人。室內一片死寂。窗外，很遠很遠的地方，隱約傳來汽車喇叭聲。

瑤子嘆了一口氣，折起報紙，起身離席。然後直接去寢室。

她拉開衣櫃抽屜。取出最近已逐漸成為她註冊商標的黑色高領毛衣。脫下家居服隨手一扔，套上毛衣。從領口鑽出腦袋，目光停駐在掛在眼前牆上的那幅鴿子。

那是丈夫伊森送給她代替婚戒的畢卡索畫作。

只是漫不經心的一筆畫。卻洋溢著似乎隨時會從畫面飛出，棲息在這隻手臂上的躍動感。某日，某一刻，不知是受誰懇求，或者只是心血來潮，畢卡索隨手在紙上迅速畫出，從此被賦予了生命。此刻，這幅畫就在自己的眼前。打從瑤子決定和伊森一起生活的那天起——直到伊森毫無預兆，真的是很突然地死去的那天——乃至現在。

為什麼？那天，瑤子對鴿子說。

為什麼你沒有保護我們？為什麼從我身邊奪走了他？

哪，為什麼？

丈夫的性命，當然不可能是畫中的鴿子奪走的。然而，那一刻，她找不到任何對象能夠讓自己發洩這種撕心裂肺的痛苦。

二年前的九月十一日。打從那天起，瑤子就一次又一次向曾是她心中珍寶的鴿子畫質問。哪，為什麼？

婚後開始定居的東村公寓裡，充滿她與丈夫的回憶幾乎令她窒息。獨自待在屋子裡，讓她萬分恐懼。即便是大白天，她也會把浴室廁所更衣室的燈全部打開，用音響播放熱鬧的音樂，盡量不去意識只剩自己形單影隻。她也變得經常自言自語。

她不想開電視。那天，電視螢幕中一再重播飛機撞上世貿中心的場面，以及兩座高塔崩塌令人難以置信的影像，已烙印腦海盤旋不去。如果打開電視，她覺得那一幕又會出現。她用布罩住電視螢幕，努力不去意識。

惡夢也一再重現。從那天起，有段時間她幾乎每晚都會做惡夢。巨大的高樓，伴隨地震般的轟隆巨響，揚起黑煙崩塌倒下。如雪崩般湧來的瓦礫堆中，她全速逃跑。本該和她緊握著手的丈夫，被黑煙吞沒，不知幾時消失了。

——伊森！

她在夢中高喊，倏然醒來。淚濕雙頰，額頭滿是討厭的汗水。

原來是夢。……但是。

如果是夢，就好了。……那該多好。

伊森。我又從夢中醒來了……。

被拉回惡夢似的現實，瑤子只能繼續流下永不乾涸的淚水。

是誰殺死了他？

不只是他。無辜的三千多條生命，究竟是誰，為了甚麼，必須狠心奪走？

美國政府揚言「要與恐怖組織戰鬥」，在NATO的協助下，轟炸了不答應引渡恐怖分子首腦及團體的塔利班實質統治的阿富汗。此舉，又讓無辜的一般市民遭到波及，結果並未發現疑似首腦的人物。

約翰．泰勒就任美國總統第一年便面臨前所未有的事態，有意識地一再使用「我們要以牙還牙（We will fight back）」這種字眼。多數國民也因這句話沸騰，熱烈支持。決定「追隨」總統強大的領導能力。他們說：受到這麼嚴重的打擊，我們當然有權利報復。對美國深表同情的許多國家，也容許美國攻擊阿富汗。

然而，瑤子不同。看著美國在憤怒之下暴走，她覺得很難受。

根本沒有甚麼「正當的暴行」。一切暴行都是不當的。

不只是瑤子。許多紐約市民，都被稱為「九一一事件」的同時多發恐怖攻擊事件深深傷害了。

不希望再有人受傷。不想再發生惡性循環。受傷的，光是自己這些人，已經夠了——。

對於深受打擊的瑤子而言，憤怒與復仇這種負面情緒和行為除了痛苦別無其他。

失去最愛的丈夫，今後，活著還有甚麼價值？

住在這個受傷的城市，還有甚麼意義？

把跌入谷底的瑤子救出來的，是MoMA的同事、親密的友人，以及藝術的力量。

面對悲傷消沉的瑤子，同事們用溫暖的擁抱鼓勵她。友人們傾聽瑤子盡情傾訴，摟住她的肩膀。

而MoMA的理事長露絲・洛克斐勒，沉靜且滿懷關愛地擁抱強忍淚水的瑤子，對她低語。

——伊森留給妳的東西，妳要用一輩子去守護。

伊森留下的東西。那是他生前熱愛藝術的心。

瑤子賣掉了與伊森一同生活過的公寓。之後搬到曼哈頓卻爾西區的公寓。是二十層舊大樓的頂樓一室。她選了窗子面北的房間。因為她覺得，面南的房間從窗口看不見雙子塔，未免太寂寞了。

她把矮櫃放在窗口旁。將鴿子圖掛在矮櫃上方的牆面。那是九一一事件發生後，瑤子第一次親手布置的「展覽」。

她不再對白鴿提出「哪，為什麼」這種得不到解答的問題，也不再對白鴿滿懷祈禱地祈求守護。

然而，每天早上出門上班前，她會靜靜凝視白鴿。唯獨這點，一日不缺。瑤子抱著和過去截然不同的心情面對那幅白鴿。

今後由我來守護你。我會竭盡全力。終我一生。

驀然間，這樣的念頭閃過。不知道是對誰、對甚麼這樣想。然而，那逐漸壯大成瑤子內心不可動搖的決心。

穿上羊毛西裝外套，披上羽絨衣。去廚房，拿起《紐約時報》，夾在腋下，瑤子就此出門。

午餐時間，在皇后區最近開張的咖啡餐廳「帕拉丹（Paradigm）」的角落，瑤子再次攤開《紐約時報》。

早上雖已仔細看過，但她再次將那篇關於伊拉克問題的報導從頭到尾看了一遍。

只要看過這篇充滿嘲諷的報導，想必所有的讀者都會認為美國對伊拉克的軍事行動已進入讀秒階段吧。

「妳好像還是本報最忠實的讀者啊，瑤子。感激不盡。」

攤開的報紙對面，響起聲音。是《紐約時報》的記者凱爾・亞當斯，裹著厚重的大衣站在面前。註冊商標的圓眼鏡整片白濛濛。瑤子看了，不禁失笑。

「凱爾，好久不見。」

她站起來，二人輕輕擁抱。

「最近好嗎？我們多久沒見了？」

瑤子問。

「上次見面還是年底我們加上我老婆，三個人在切爾西畫廊的派對上吧。那次之後好像就沒見過了。」

凱爾摘下眼鏡用皮手套的指尖擦拭，一邊回答。重新戴上眼鏡後，他環視店內，「咦，這間店挺不錯的嘛。」他感嘆地說。

「皇后區在MoMA來了以後也變了。的確變了。」

「對吧？也多了好幾個藝術空間，還有一些藝術家也把工作室搬過來，美術館搬來似乎很有效果喔。我們也很高興。」

一九二九年於曼哈頓開設，歷經三次搬遷，十年後遷至西五十三街，之後經過數次增建與修建不斷擴張的MoMA，為了全面重建，於二〇〇二年六月，搬到位於長島的皇后區。選中皇后區這個絕對談不上治安良好的地區，是因為搭乘地下鐵E線就可以從原先的館址過來不用轉車，交通方便，再者，MoMA回到曼哈頓後，也計畫利用設施作為現代藝術的發信基地，幫助地區活性化。

臨時設施做為展示畫廊開幕，舉辦主要館藏的展覽及企畫展，在二〇〇四年新建的美術館建築誕生前，MoMA會在皇后區繼續活動。

隨著美術館的搬遷，館長以下全體員工都搬進皇后區的臨時辦公室。舊倉庫改造的辦公樓，和以前猶如大企業的辦公區相比，多了幾分人情味，內部裝潢也頗有MoMA辦公室的風範，設計得非常摩登。

美術館的改建與暫時搬遷是老早就決定的事，能夠暫時轉換環境工作，對瑤子而言毋寧是好事。居住環境和工作環境都煥然一新，做好投入工作的態勢。而在「MoMA QNS」舉辦的僅此一次的超大型企畫展，瑤子也以策展人的身分參與。一切時機，很巧合的撞在一起。讓她無法繼續沉浸在悲傷中。

「所以，我今早寫的報導，妳覺得怎樣？剛才從門口一看，妳在看我們家報紙時的神情……這邊都擠出皺紋了。」

凱爾說著，戳著自己的眉心給她看。瑤子又笑了，但她立刻恢復正經說：

「不管怎樣，美國都打算轟炸伊拉克吧。為此，必須得到聯合國安理會的同意。哪怕用盡一切手段。」

凱爾挑起一邊眉毛，「對，哪怕用盡一切手段。」他語帶不滿說。

凱爾是以撰寫辛辣報導而聞名的《紐約時報》知名記者。本來是伊森在哈佛的同學，踏入社會後也一直是關係密切的好友。瑤子失去伊森後，比任何人都更關懷鼓勵她的就是凱爾。

凱爾自己，也嘗到失去摯友的深刻喪失感。然而，凱爾對深陷悲傷的瑤子說。

瑤子。今後，倖存的我們該去做我們能做的事。

我要盯著美國政府的今後行動。他們打著消滅恐怖分子的旗號，或許會找對他們不利的國家發動戰爭。當然，恐怖分子的確不可饒恕。他們奪走了伊森及許多人的性命，這種行為怎麼批判都不為過。但是即便如此，把無辜的老百姓捲入，片面行使武力的做法，同樣不可饒恕。

能夠直接阻止美國行使武力的，只有聯合國安理會。所以，對於美國或聯合國加盟國企圖打著對抗恐怖分子這種無人能說「NO」的名義發動無謂戰爭的舉動，我打算訴諸比劍更有力的筆，提醒大家不該容許這種暴行。因為我相信，那是為了不讓伊森枉死，我唯一能夠做到的。

而瑤子，妳有藝術。那是比利劍更強大的另一種「武器」。

妳可以用藝術的力量，鼓勵受傷的紐約市民以及全世界的人。或者，也可以指示我們應該朝哪個方向前進。

我希望妳能想起，幸好妳的立場正好可以做到那點。因為妳是那個MoMA的策展人。

用藝術的力量，去改變世界。這是妳可以做到的。

伊森一定也期望妳這麼做——。

「常任理事國是否一致同意美軍攻擊伊拉克，想必會是最大的焦點。」

點了煙燻牛肉三明治和薑汁汽水後，凱爾小聲說。

「俄國和中國很難說服，但英國肯定會同意。至於法國的立場很微妙。畢竟過去法國賣給伊拉克不少武器……」

「真的？」瑤子不禁傾身向前。

「噓！拜託妳小聲點。」凱爾將食指豎在嘴前。

「不過，兩伊戰爭時，美國也一樣賣過武器給伊拉克。現在美國又抨擊那個國家可能擁有大量破壞性武器，好像有點說不過去。」

美國之所以決定攻擊伊拉克，其實還有別的理由。凱爾低聲這麼告訴她。

伊拉克擁有世界第三大蘊藏量的油田，正面臨能源危機的美國無論如何都想得到這個利益。伊拉克想把石油的輸出貨幣從美元改成歐元，如此一來，美元作為世界貨幣的價值將會動搖。如果打倒伊拉克現在的政權帶來民主化，或許能夠讓周邊的阿拉伯諸國產生民主化的骨牌效應……。

「那樣能叫做『反恐戰爭』嗎？分明是為了自己的利益行使武力吧？」

瑤子忍不住想扯高嗓門。凱爾再次豎起食指。

「所謂的戰爭，本來就是這麼回事。是各國為了利益互相鬥法。只要回顧過去的歷史就一目了然。早從紀元前就是如此了。」

九一一事件以後，美國的做法實在讓人看不下去。這點，瑤子與凱爾的意見一致。

遭受恐怖分子攻擊後，憤怒的泰勒政權猛然「報復」。出兵攻擊阿富汗，把疑似敵方士兵和恐怖分子的人全都抓起來關進關塔那摩監獄。然而，美國的行動早已把多數一般平民捲入，被抓起來的嫌疑犯的人權是否受到保護也值得懷疑。

即便如此，泰勒總統在九一一後的支持率還是出現驚人的上升。進而，輿論調查中也有六成的人認為九一一事件的主謀及實行者「是伊拉克人」。雖然實際上，早已查明那班飛機上的乘客沒有任何伊拉克人。泰勒總統想對伊拉克動武，換言之，是因為恐怖分子是伊拉克人，伊拉克人就是恐怖分子——凱爾說，只能說人們已經被洗腦了。

「大多數國民都希望認定美國才是正義，也的確這麼認定，這就是現狀。」

泰勒總統宣稱，哪怕只是為了九一一事件中痛失家人的死者家屬，也要徹底與恐怖分子戰鬥。但瑤子打從開始就對總統的做法有種違和感。

被攻擊所以要還擊，壞蛋就該被教訓——事情並沒有這麼單純。冷戰後，或者說波斯灣戰爭後，美國在世界舞台上是如何表現的，而世界又是怎麼看待美國的，對此，美國毫無自省，一言不合就訴諸武力，這樣只會產生更多惡性循環，無法根本解決問題。

如果動武，不僅是對方國家的士兵，本國士兵恐怕也會殞命。不可能不波及到一般老百姓。可是，只因為「那是戰爭」，就被容許了。

瑤子實在無法眼睜睜看著本來不用被奪走的生命繼續犧牲。她總覺得，伊森的死，好像被當成一場醜陋戰爭的導火線。

凱爾沒碰送來的煙燻牛肉三明治，眼看瑤子的表情逐漸籠罩陰影仍不放過她，「話說回來，果然還是碰壁了嗎？我是說〈格爾尼卡〉。」

他問道。

瑤子驚愕地抬頭，看著凱爾。然後：

「啊，對，差點忘了這回事。站在我個人立場，自認能做的已經都做了。結果如此，我也莫可奈何。」

她嘆息著咕噥。

「收藏那幅畫的索菲亞王后藝術中心的館長，是我實習時代的恩師，對我的畢卡索研究也做出高度肯定……最重要的是，館長非常了解這次展覽的主旨，所以我本來以為或許有希望成功。可惜門檻還是太高了。」

瑤子眼下正忙著MoMA QNS預定舉辦的展覽最後調整。三個月後展覽就要揭幕了。按照常理來說，此刻當然已經確定全部預定展出的作品名單了，但是唯獨為了某一件作品，瑤子還在做最後努力試圖調整──直到數日前為止。

本來，她計畫舉辦一場大膽比較畢卡索與馬蒂斯的展覽。預定巡迴倫敦和巴黎展出，也已開始準備。

然而，打從「那天」起，一切都變了。

自命為畢卡索研究者的我，此刻，若問我該籌辦的畢卡索展覽是甚麼──

那就是檢證畢卡索是如何靠著藝術的力量與不當的武力行動對抗。「畢卡索的戰爭」，除此之外別無其他。

畢卡索甚麼都創造得出來。甚至創出美學的嶄新基準。天才之名手到擒來，即便他表現得彷彿造物主，人們大概也會認同。因為，他的確就是純粹的「造物主（creator）」。

這樣的畢卡索，眼見人類不斷自相殘殺，使出渾身解數創作出一件作品——〈格爾尼卡〉。人類本該是上帝最美麗、最明智、最完美的傑作，卻一再做出最醜陋的行為。畢卡索藉由創作〈格爾尼卡〉敲響警鐘。他在說：人類啊，看看你們自己做出的醜陋行為，別想轉移目光。

幼年在MoMA見到的那幅畫。長大之後再度重逢。那一刻的戰慄。彷彿被一隻冰冷的手攫住心臟，有那種冷冰冰的感覺。那種衝擊之大，凝視久了彷彿會噴火，轉眼之間熊熊燃燒籠罩全身。

〈格爾尼卡〉——改變我的命運、我的人生的作品。

能不能在MoMA再次展出那件作品呢？因為此刻，最需要那件作品的，就是紐約市民，美國國民。我們必須察覺。以報復九一一事件為名目訴諸武力，是多麼愚昧。企圖以暴制暴，到頭來受苦的，還是無名的一般人民。

將這個訊息最極端且明瞭地表現出來的，就是那件作品。

「馬蒂斯與畢卡索」的企畫案，本來應該在理事會這個美術館最高決策機構獲得通過的時間，正是那天早上，二年前的九月十一日。結果，會議延期了一個多月。

終於召開會議的那天，以理事長露絲．洛克斐勒為首，所有的理事們拿到瑤子分發的企畫書上，並沒有「馬蒂斯與畢卡索」的標題。取而代之的，企畫書封面寫的是——

Picasso's War: Protest and Resist Through the Guernica

〈畢卡索的戰爭：格爾尼卡的抗議與抵抗〉

「是嗎。要請動〈格爾尼卡〉果然不容易啊。」

看清瑤子臉上浮現的灰心，凱爾說。

「這我當然知道。」瑤子說著，露出落寞的微笑。

「但我還是想挑戰。我決定賭上我的多年資歷去交涉。艾妲——索菲亞王后藝術中心的館長艾妲．柯梅里亞斯，對於我的心情、我想做的事，以及重要性，通通都很理解。但艾妲還是說不能出借〈格爾尼卡〉。」

瑤子企劃的「畢卡索的戰爭」，在MoMA內部也有很多人反對。理由是：九一一事件的記憶猶新，要展出〈格爾尼卡〉及相關的畢卡索作品很困難，基本上，要再次借出已經歸還西班牙的〈格爾尼卡〉本就是不可能的任務，這種政治色彩強烈會刺激到白宮的展覽很危險云云。

〈格爾尼卡〉本身的出借機率非常低，這個瑤子自己也很清楚。所以，她把如何設計展示內容——包括〈格爾尼卡〉的草稿、朵拉拍攝畢卡索作畫的情景、當初展出〈格爾尼卡〉的巴黎博覽會西班牙展館的模型、二次世界大戰期間畢卡索創作的作品等等——好讓展覽即使少了〈格爾尼卡〉也能成立，作為辦展覽的前提。而這項企畫，此刻，無論如何，非做不可。哪怕只是為了切斷九一一事件後席捲全球的以暴制暴的惡性循環，向人們重新探求和平的意義，此刻，也只能重新檢證透過畢卡索雙眼看見的戰爭，以及他的對抗——她如此陳訴。

替瑤子的企畫案撐腰，開拓實現之路的，是理事長露絲．洛克斐勒。露絲斷定這項企畫才是此刻MoMA該做的，為了實現這次展覽，公開宣布洛克斐勒財團決定特別贊助。

露絲的決定，令理事們和館方內部都難掩驚詫。甚至傳出負面流言指稱洛克斐勒家族與瑤子之間有某種利益勾結。但露絲毅然對瑤子說：

——我明白。這正是妳該賭上人生完成的大事。就算是為了伊森也是。……對吧？

瑤子為了報答露絲的支持，無論如何都要將〈格爾尼卡〉在MoMA再次展出，也慎重向索菲亞王后藝術中心的館長艾妲洽商。可惜結果仍舊是「絕對不可能」。

一九三七年於巴黎博覽會展出後，〈格爾尼卡〉巡迴歐洲各地展出，在MoMA的「畢卡索：藝術生涯四十年」展出後，為了逃避戰火被迫在實質上「流亡」美國。MoMA作為它的「流亡地點」，從一九三九年至一九八一年，長達四十二年的時間代為保管、公開展出〈格爾尼卡〉。應畢卡索之請，「在西班牙成為真正的民主主義國家前」一直沒有歸還給他的祖國。直到畢卡索死後，長年統治西班牙的佛朗哥將軍也死了，西班牙終於重新成為民主主義國家，〈格爾尼卡〉這才歸還給西班牙。

瑤子第一次看到〈格爾尼卡〉時，它掛在MoMA的常設展覽室。大學時代第二次看到時，正是它歸還西班牙的前夕，在紀念畢卡索百年誕辰的大型回顧展上，作為「在紐約的最後一眼」展出。第三次見面時，它被暫放在馬德里的普拉多美術館。

念完博士課程的瑤子，第一份工作的地點就是在普拉多美術館附近，作為〈格爾尼卡〉的新家而建設的索菲亞王后藝術中心籌備室。她預感自己的命運將會與這件作品休戚與共，果然，瑤子陪伴〈格爾尼卡〉，直到眼看著它被新家收藏。

那是二十世紀的藝術中，最富於政治批判，深刻描繪出戰爭的愚昧、人類的無助的大作。雖然步入民主化，但西班牙國內仍有叫囂脫離中央獨立的過激派存在，歐洲也有標榜新納粹主義的年輕人出現。〈格爾尼卡〉如果毫無防備公開曝光未免太危險，因此是掛在厚重的防彈玻璃後面展示，畫前還有二名警衛站崗。不僅如此，入館者全都得在入口接受安全檢查。

這樣的「世紀性問題大作」，自己現在又想帶回紐約。——雖然早就知道成功率太低。

「這樣啊……不過，那樣也好吧。我認為，至少妳已經努力奮戰過了。就我到目前為止採訪到的，我是這麼覺得啦。」

凱爾說著，隔桌伸出手輕拍瑤子的肩膀。瑤子虛弱地微笑。

瑤子不惜在美術館內部掀起風暴，將企畫展的內容從「馬蒂斯與畢卡索」大幅轉變為「畢卡索的戰爭」，凱爾感到她的決心非比尋常，因此主動要求長期採訪直到展覽揭幕。而凱爾也的確一直在追蹤這個能否借出〈格爾尼卡〉已成為最大焦點的企畫案。只是最近這陣子是交涉最敏感的時期，所以二人暫時沒碰面……。

〈格爾尼卡〉的借展交涉失敗，凱爾想必也很遺憾，但他完全沒流露那樣的痕跡，只是鼓勵瑤子。

或許是因為瑤子一直臉色沉鬱，凱爾忍不住說：

「如果馬德里不行，就去借聯合國的嘛。我倒認為，那樣也自有其意義喔。」

瑤子抬起頭，朝凱爾射來不可思議的視線。

「聯合國的……你是指？」

凱爾挑起一邊眉毛，用愉快的聲調說：

「虧妳身為專家，難道忘了？聯合國的大廳不也掛著〈格爾尼卡〉嗎？」

二月五日，下午五點三十分。瑤子早早離開MoMA QNS回到住處。因為凱爾傳來意味深長的簡訊，囑咐她一定要看今晚七點的頭條新聞。

今天我去聯合國安理會採訪時，目睹異常奇妙的景象。

首先，我希望妳自己親眼確認發生了甚麼。今晚七點的新聞報導，無論看哪一台，想必都能目擊那一幕。

瑤子直覺，一定發生了甚麼和〈格爾尼卡〉有關的大事。

四天前，凱爾在午餐時提及的「聯合國的〈格爾尼卡〉」，是〈格爾尼卡〉的壁毯。構圖及大小都和〈格爾尼卡〉原件分毫不差，製作於一九五五年。是露絲．洛克斐勒的父親，活躍於當時的美國總統身邊的尼爾森．洛克斐勒，委託畢卡索「做一幅〈格爾尼卡〉的精巧複製畫」，由織毯工匠杜爾巴克在畢卡索的監工下完成。尼爾森死後，他的遺孀——也就是露絲的母親，於一九八五年交給聯合國保管，直到今天依然掛在安理會議場大廳展示。

瑤子當然也知道它的存在，只是不曾親眼見過。但安理會的會議結束後，會議主角通常會在大廳接受採訪，所以可以透過電視或照片的背景看到那幅〈格爾尼卡〉。

壁毯非常精巧地複製原件，光看照片甚至看不出那是壁毯。杜爾巴克詳細分析過當時在MoMA展出的原件構圖與色彩，在打草稿的階段多次遭到畢卡索打回票，最後的成果果然非常逼真。甚至讓瑤子覺得凱爾提議「可以去借聯合國的」，的確是個好主意。

瑤子在差五分七點時回到家。開燈後，連大衣也沒脫就直接去客廳開電視。不久，CNN的頭條新聞開始。

「聯合國安理會上，針對是否該對疑似擁有大量破壞性武器的伊拉克出兵，連日來，各國代表之間進行了激烈的議論。

科內利厄斯・鮑爾國務卿在今日的會議上暗示，如果得到同意出兵，美國軍方有可能立刻對巴格達展開轟炸。以上由亞當・歐克納在聯合國安理會議場為您報導。」

畫面從棚內主播切換到聯合國安理會議場大廳。會議結束後，記者們正包圍各國相關人士採訪。瑤子屏氣凝神注視畫面。

美國國務卿鮑爾快步走到大廳中央的演說台前。無數的閃光燈亮起。大批記者一齊包圍國務卿。國務卿的視線沒有針對特定對象，開始發言。

「向各位報告。今天聯合國安理會決議，對伊拉克動武乃迫不得已之舉──」

瑤子瞪大雙眼。

鮑爾國務卿的背後──〈格爾尼卡〉不見了。

那裡，沒有〈格爾尼卡〉，只垂掛著黑幕。

彷彿遮蔽悲劇舞台的綢緞，只有黑幕。

第二章

黑幕

一九三七年五月十一日・巴黎

打開祿萊6×6雙反相機的蓋子，把底片塞進去裝填。

闔上蓋子，轉動右側的把手捲動底片。湊近相機上附帶的觀景窗調整焦距。

這是位於格蘭佐居斯坦街的舊建築四樓，畢卡索的畫室。覆蓋整面牆的黑布垂落。大片黑布在相機的觀景窗中，變成一小塊漆黑的長方形浮現。

「我準備好了。隨時都可以拍攝。」

朵拉看著觀景窗說。聲音有點顫抖，她難掩激昂的情緒。

畢卡索站在朵拉的背後。把指尖夾的香菸扔到地上，拿腳尖踩扁後，他慢吞吞地橫越三腳架的相機前。

朵拉直起原本弓在相機上的上半身，以目光追逐走近黑幕的畢卡索。

站到牆邊，畢卡索用右手拽住黑幕下襬。然後隨手一扯。

朵拉霎時屏息。

幕落出現的——是白色畫面浮現的黑色線條。

——這是……。

覆蓋畫室整面牆，長約三百五十公分，寬約七百八十公分的巨大畫布。上面，出現了驚愕、掙扎、倉皇奔逃的人類與動物群像。

支配寬幅畫面的，是無間地獄。抱著死去的孩子哭叫的女人，擁有男人面孔的公牛，手握斷劍倒臥的士兵。奄奄一息仍在痛苦掙扎的馬，倉皇奔逃的女人。好似為了確認到底發生了甚麼，也為了求助，從二樓窗口伸出手臂高舉油燈的人。從那屋子竄出熊熊燃燒的火舌。

畫面中央，是朝著虛空高高舉起的拳頭。瀕死的士兵，擠出最後的力氣舉起拳頭。彷彿要抵抗甚麼，彷彿在聲張自己的生命之燈尚未熄滅。

——是格爾尼卡。

察覺的瞬間，朵拉就像被疾風吹過，不禁渾身打個哆嗦。

沒錯。西班牙巴斯克地區的小村格爾尼卡就在二周前遭到轟炸的瞬間，被畢卡索在畫布上重現了。

對，重現。這的確是重現。畫中沒有任何飛機飛過，也沒有表現出爆炸。沒有毀損的建築，也沒有流血。說得更進一步，連是不是戰爭都看不出來。

即便如此，這顯然是惡夢般的現實重現。

駐法西班牙大使館搬來的巨大畫布已被塗了底色，上面用炭筆打了草稿。預定在巴黎博覽會展出的大作整體構圖，這還是朵拉第一次看到。

這天早上，畢卡索打電話給回到自己公寓的朵拉。他說：「把妳愛用的祿萊相機帶來吧，我讓妳拍點有趣的東西。」朵拉聽了，抓起相機和底片，來不及梳妝打扮就穿著家居服立刻飛奔而來。

一定是那幅大作的草稿完成了。趁著畢卡索像貓眼一樣善變的心意改變之前，必須拍下決定的瞬間。彷彿被戀人調情半天即將開始情事的前一秒，只覺體內深處著火般發熱。簡直就像自己變成了蠟燭。

當她這樣趕來畫室時，畢卡索正叼著香菸等候。而巨大的畫布，罩著黑布。

畢卡索說，準備好拍照。等妳都弄好了，我就揭開這布幕。
然後，是此刻。
祿萊相機的鏡頭捕捉到黑布下出現的草稿全圖。
朵拉大氣都不敢出，凝視小窗浮現的慘劇。然後，用力按下快門。
喀嚓。
右手轉動底片。改變角度，再次按快門。
喀嚓。
畢卡索佇立在與相機並排的位置，環抱雙臂，始終沉默，凝視著畫布。
繼續按下三次、四次快門之際，朵拉感到渾身寒毛豎立。
……太厲害了。
太厲害了。這將是震古鑠今的傑作。
這種預感如熱浪籠罩全身。她任由身體發燙，拚命按快門。
畢卡索過去早已創作出無數傑作。
在「藍色時代」，他滿懷感情描繪出關於生的悲哀。在「粉紅色時代」，他描繪出渾身籠罩溫暖色調的幸福人物。然後，是讓眾人大吃一驚、引發物議的世紀性問題大作〈亞維儂姑娘〉，隨之是立體主義的誕生。
二十世紀開始還不到十年，巴勃羅．畢卡索這個怪物，已經引發一場徹底顛覆藝術價值的革命。他對「美」賦予新的定義，暗示藝術永無止境的可能性。

藝術是甚麼？繪畫是甚麼？這個聽起來單純實則極端複雜的問題，毫不留情地砸向每個看到他作品的人。人們絕對逃離不了這個疑問。凝視畢卡索作品之際，會感到自己原本深信「這才是美」、「這才是藝術」的東西，從腳下開始動搖。

他摧毀了既存的價值觀，創造出自己的王國。

巴勃羅．畢卡索。——他，正是嶄新美學的創造者。不，是既成概念的破壞者。

他揮舞著感性之劍。哪怕會被他那把劍刺中，也無人能夠移開目光。

如果移開目光，就輸了。

不斷對美展開大膽的挑戰，還強迫觀者也成為「共犯」。那就是畢卡索的做法。

而這次，他似乎是要用這件作品挑釁，讓觀者成為「目擊者」，成為「證言者」。

你們都看見了吧？看到法西斯分子對格爾尼卡做了甚麼吧？

你們打算視而不見？你們以為能夠視而不見？

如果有本事做到，那就試試看。

如果在這幅畫面前，還能做到的話——。

「——這是『格爾尼卡』吧？」

朵拉一邊透過觀景窗窺看，一邊像要確認似地嘀咕。

畢卡索又點燃一支菸，沉默片刻。

「妳為什麼會這麼想？」

他問。

「因為我覺得對於將在博覽會的西班牙展館展出的作品而言，這是最適合的主題。」

喀嚓！清脆的快門聲響起，朵拉回答。畢卡索嗤之以鼻。

「適合嗎？」

「對。——除此之外別無其他。你也這麼想吧？」

即將開幕的博覽會西班牙展館，由西班牙共和國政府營運。展館旁邊是德國館，對面則有義大利館和蘇聯館並立。列強對峙下，西班牙共和國能夠發出多麼強烈的訊息？那是西班牙政府最大的懸念，也是使命。

各國顯然是在利用本該是和平慶典活動的博覽會，進行各自的宣傳活動。既然如此，正苦於內戰的共和國政府，以及公開聲援共和國政府的畢卡索，只能趁此機會，發出向世界傾訴的最強烈訊息。

——開始了。

朵拉一邊繼續轉底片按快門，一邊暗忖。

這幅畫，就是畢卡索的開戰宣言。畢卡索的戰爭開始了。

比起〈亞維儂姑娘〉，比起立體主義或超現實主義——更能夠徹底改變藝術意義的「戰爭」——這肯定才是他想做的。

畢卡索即將在這塊畫布上描繪的畫作，到底是不是和格爾尼卡發生的慘劇有關，他並未清楚說明。然而，直覺敏銳的朵拉說的那句「最適合作為西班牙館的展覽作品」，似乎讓他很滿意。

當他「接納」朵拉的意見時不會反彈。只會如細雨潤物般沉默不語。反之，當他無法接受時，他會勃然大怒，露骨地否定。就像水滴濺起熱油。

朵拉的眼睛沒有離開相機的小窗，她喃喃低語：

「我看到顏色了。」

「顏色？」

畢卡索問。

「甚麼顏色？」

「黑白色。白，黑，灰。各種深淺不一的色調。」

畫布上，只有白底上黑色炭筆勾勒的線條。今後還要耗費數日——想必，會是前所未有的短時間——畢卡索才會塗滿畫布。然而，朵拉的靈光一閃。

凝視著相機觀景窗映出的草稿，她的腦海逐漸浮現一幅黑白色調的畫作。

畢卡索八成不會使用鮮血的紅，火焰的橙，燒焦肌膚的斑斕色彩，傷口及屍體的鮮豔色調來塗抹格爾尼卡的「慘劇」。

得知格爾尼卡轟炸的那天，畢卡索甚至把印有慘狀照片的報紙採訪報導二度撕碎，還摔到地上死命踩扁。他不發一語地發洩憤怒，然後就把自己關在畫室裡。

想必那第一眼看到的景象，直接在他心中膨脹、發展。換言之，那是他透過「照片」看到的格爾尼卡慘狀。

這幅畫，是真實發生的納粹無差別攻擊的「現地報導」，是紀念碑，也是墓碑。

他刻意把鮮豔的色彩藏在畫面背後，反而藉由整片塗抹成黑白色調，讓覆蓋報紙整個版面的「格爾尼卡」慘劇重現，提醒人們「永誌不忘」。

畫面只有黑與白，充斥死亡、痛苦、悲傷與憤怒。那一日，傳播全球讓人們為之戰慄的新聞報導，在畫布中被強調，進而凌駕其上。

這個畫面取代那篇報導佔據報紙整版的日子，很快就要來臨了——。

對於朵拉的意見，畢卡索沒有特別反駁。他還是一樣環抱雙臂，只是默默凝視畫面。

然而朵拉已經明白，那種沉默正是肯定。

從那天起，朵拉開始不停拍攝畢卡索製作「巴黎博覽會西班牙展覽館參展繪畫」的過程。

畢卡索為何會起意把如此重要的作業交給自己負責，老實說，朵拉並不明白。

對畢卡索而言，和他發生肉體關係的女人，是模特兒，是妻子，是戀人，也是滿足他欲望的美麗花瓶。女人，甚至不是助手。他從來不會讓女人涉足他的工作領域。

可是，畢卡索這次卻讓朵拉負責「記錄」。

以往他從未公開過創作過程。那通常是在黑幕背後的秘密世界，從不容許任何人窺伺。

然而，唯獨這次，他主動說「幫我拍照」。格爾尼卡的慘劇，顯然讓畢卡索改變了。——他扯下了黑幕。

確定要把創作過程拍攝下來，讓朵拉同時嘗到喜悅與困惑。但，比那二者更強烈的，是興奮。

以往和畢卡索交往的女人，八成藉由當畢卡索作品的模特兒，得以成為偉大畫家的繆思女神便已感到滿足了。

然而朵拉不同。光是擺出無辜的姿勢或誘惑的姿態任由畫家描繪，讓她感到少了點甚麼。她模糊地想，應該有甚麼是其他女人絕對做不到，換言之只有朵拉・瑪爾能做的——更直接參與創作的事吧。

可是話說回來，就連在調色盤上擠顏料，畢卡索都不肯交由他人之手。哪怕是再怎麼瑣碎的小作業，只要與創作有關，一切對他來說都是絕對的聖域。

把他的那個聖域拍攝下來——這，才是朵拉一直在等待的「甚麼」。

她可不是那種會眼睜睜放過這大好機會的傻瓜。她把原本正在進行的工作通通中斷，斷絕與外界的一切連繫，徹底守著畢卡索位於格蘭佐居斯坦街的住處兼畫室。

畢卡索透過報紙得知「格爾尼卡大轟炸」，是在四月二十九日那天。那天畢卡索把自己關在畫室始終沒出來。

第二天，第三天，朵拉都沒去格蘭佐居斯坦街。她的本能在警告她：最好不要去，千萬不能去。

畢卡索的內心正出現異常的化學變化。那究竟是甚麼，遲早有一天會知道。因為朵拉確信，那一刻很快就會來臨。

五月二日，傍晚。朵拉前往格蘭佐居斯坦街。轉眼已經過了三天。想讓畢卡索暫時一個人靜一靜的心情，已轉變為想親眼確認到底發生了甚麼的好奇心。她有種科學家即將確認重大實驗結果的心情。

結果，畢卡索坐在餐桌前正在啃帶骨烤肉。那是傑米從附近咖啡館叫的外賣。看到朵拉，畢卡索浮現傲慢不羈的笑容說，妳終於起床了？妳這一覺睡得可真久。

那天，畢卡索似乎畫了幾張素描。他不肯給朵拉看畫的是甚麼，但朵拉只是故意不當回事地說聲「是嗎」。其實她的內心深處激動得發疼，她想，終於開始了！

既然已開始畫素描，那他畫草圖是遲早的問題。畢卡索內心的爆發，到底會用甚麼形式表現在畫布上

——哪怕只是搶先一瞬間，朵拉渴望比任何人都先親眼目睹。她勉強按捺激動的心情，又默默過了十天。

不能打斷畫家的專注力。除非畫家主動打電話來，否則她只能在自己的公寓待命。無論是在工作或用餐，無論睡時或清醒，她都在惦記著畢卡索。

她驀然想到，終於，自己終於開始認真愛上那個人了嗎？

不，不對。那不是愛。是強烈的欲望。

原本，她就沒想過要讓那人只屬於自己所有。她只想經常浸淫在那種令人敬畏的才華，無止境湧現的創作泉源。朵拉無論如何都想參與他的創作。她渴望踏入其他女人絕對無法進入的領域。

正是那種欲望，令她心焦如焚。

躺在自家的床上，裹著床單，朵拉一再痛苦嘆息。她想被擁抱。被以巴勃羅．畢卡索為名的藝術擁抱。

五月十一日，早上。電話響了。是畢卡索打來的。

朵拉一把抓起相機與底片，連衣服也沒換就衝出公寓，在石板路上奔跑。

氣喘吁吁抵達畫室，那扇門，就在朵拉的眼前，幾乎睽違了二周再次開啟。

環抱雙臂叼著香菸的畢卡索正在等她。

畫家等的，不是在他懷中吐出熾熱嘆息的愛人，也不是在畫布那頭擺出做作姿勢的模特兒。而是被命運安排要替即將誕生的世紀傑作拍攝記錄的攝影家，朵拉．瑪爾。

於是，踏入畫室的朵拉看到的，是覆蓋整面牆的黑幕。

畢卡索說，立刻準備相機。

等妳全部準備好了，我就會扯下這布幕。

那一瞬間，朵拉醒悟。

藏在這塊黑幕下的，正是絕對無法轉移目光的真實。

二〇〇三年二月六日・紐約

地下鐵E線的電車滑入第五大道五十三街車站的月台。

車門開啟的同時，人潮倏然湧出。其中，也有穿著喀什米爾大衣的瑤子。

這條路線已搭乘多年，這個月台已進出幾百次。車門開啟的同時，人們湧出搭乘漫長的電扶梯去地上。雜沓的人潮，油汙和蒸氣的酸味，悶熱的空氣。這是一成不變的通勤風景。

然而瑤子從那天，那個早晨以來，每次站在這個車站，總是彷彿全身寒毛豎起，不由為之悚然。

十七個月前的九月十一日，走上地下鐵站內的階梯，一如往常前往五十三街的瞬間。彷彿雷鳴或地震的異樣聲響，響徹曼哈頓的大樓之間。之後，南方晴朗的初秋天空，冉冉冒出詭異的黑煙。

呆立的人們之間，如疾風般竄過某人的叫喊。

——是轟炸！世貿中心被轟炸了！——

那個叫聲，在耳膜深處重現。

聽到「是轟炸」那個叫聲的瞬間，我信以為真。

我以為美國開始戰爭了——。

作夢也沒想到，自己的丈夫，竟然會被那個「戰爭」波及。

從地下鐵站內走上五十三街的瑤子，被幾乎割破耳朵的冷空氣凍得渾身打個哆嗦。她豎起大衣領子正要走向職場，卻又驀然停下腳步。隨即不禁苦笑。

唉，又糊塗了。

瑤子的眼前，豎立著工地柵欄，怪手和挖土機、巨大的重機發出咆哮忙碌工作。瑤子從少女時代深愛至今的現代藝術殿堂，已經被徹底拆毀，為了明年下半年的重新開館，此刻正忙著全館重建的大工程。

瑤子現在的職場，已搬到同樣搭乘地下鐵E線可到的皇后區搭建的臨時「MoMA QNS」旁邊。搬遷已有八個月了，可是瑤子不時還是會這樣「一如既往」在五十三街車站下車。

長年養成的習慣，真的很難改呢。

明明來到這個場所就會毛骨悚然……明知那天早晨的記憶又會甦醒，讓自己喘不過氣。

即便如此，還是又回到這個地方來了。

就在她準備回地下鐵站內時，托特包內的手機響了。她預感這通電話肯定有急事，連忙按下通話鍵。

「喂？瑤子嗎？妳現在人在哪裡？」

是MoMA宣傳公關部的娜塔莉．貝茲。果然，她的語氣聽來相當急促。

瑤子一邊在心中祈禱千萬不要是壞消息，一邊辯解：

「啊，娜塔莉，妳瞧我多糊塗，又走錯了。我現在人在五十三街。妳大概已經不會再這樣了，可我到現在還會一不留神就在這下車。」

「沒事，我三天前也犯過這種錯誤。」

娜塔莉連珠炮似地回答。

「如果跳上現在開到妳面前的計程車，十分鐘之內可以抵達辦公室嗎？」

她催促道。瑤子一邊朝馬路那頭駛來的計程車伸出右手，一邊也急忙問道：

「我攔到車了。……出了甚麼事？」

「妳看新聞了嗎？妳應該知道吧？我是說聯合國那件事。」

「對。妳等一下。」鑽進計程車後座，關上車門。「去皇后區的MoMA。」對計程車司機交代目的地後，

「是黑幕下的格爾尼卡那件事吧。」她說。

「對呀。就是黑幕下的格爾尼卡。」娜塔莉複述瑤子的話。

「昨天晚上各家新聞媒體就紛紛詢問，今天一早電話就開始響個不停。我們館內的客服信箱也收到一大堆電子郵件，已經被塞爆了。我昨晚和今早都有打妳的手機，可是妳沒接……事情鬧得很大喔。妳如果按照正常路線來皇后區上班，搞不好此刻已經在門口被記者們包圍根本進不來。」

昨晚瑤子和紐約時報的記者凱爾．亞當斯講了很久的電話，今早手機沒開機。她壓根想像不到MoMA會有如此騷動。

「等一下。為什麼是我被記者包圍？記者包圍的對象應該是國務卿鮑爾吧？再不然也該是聯合國的公關……」

「妳在說甚麼呀。妳這樣也算是畢卡索的研究專家？」

娜塔莉目瞪口呆說。

「此刻在這個國家若說誰是對畢卡索的〈格爾尼卡〉最了解的研究者，肯定非妳莫屬。而且妳還是我們美術館即將舉辦主題超級刺激的展覽策畫者。『畢卡索的戰爭：格爾尼卡的抗議與抵抗』。如何？這標題

是不是非常應景？」

瑤子吃了一驚。

——沒錯。的確如娜塔莉所言。

此刻，瑤子重新回想昨晚電視新聞播放的影像。

同意美國對伊拉克出兵的聯合國安全保障理事會。在各國新聞記者的圍觀下，淡然報告這項決議已通過的美國國務卿鮑爾。而鮑爾背後掛的是——。

對，換作以往，安理會議場大廳這個「集體採訪定點」的牆壁上，應該掛著畢卡索的〈格爾尼卡〉壁毯。可是昨天不同。

鮑爾國務卿背後掛的，是「黑幕」。

美國將對伊拉克出兵，在國務卿向全世界宣布這個消息的場面，有人讓〈格爾尼卡〉消失了。

那個意圖，實在太明顯。

宣布將要轟炸伊拉克的場面，如果背後掛著批判人類史上首見的格爾尼卡大轟炸的畫作，未免太不適合。

不，豈止是不適合，甚至是悖論。為了世界和平及秩序，與邪惡軸心國（也就是恐怖分子）戰鬥的正義之士美國，和發動無差別攻擊波及一般老百姓的納粹，好像都在做同樣的行為嘛。

堂堂美國國務卿，當然不能背負〈格爾尼卡〉這個十字架——。

「總而言之，等妳到了，立刻來提姆的辦公室。他也已經在待命了。」

娜塔莉繼續匆匆說道。

提姆．布朗是紐約現代美術館繪畫雕刻部門的策展主任，也是瑤子的頂頭上司。連他都被捲進來了嗎？瑤子心情黯淡地結束通話。

電視的晨間新聞固然如此，當然紐約時報的早報也是，都被「聯合國安理會同意美國出兵伊拉克」的新聞佔據。頭條新聞是鮑爾國務卿的照片。國務卿緊迫的表情，以及背後的整片黑幕──。

敏感的新聞媒體，想當然耳，已經拿「黑幕的意義」大做文章。

應該在場的畫作卻不在，這到底是怎麼回事？

是為了強調美國行使武力──換言之轟炸巴格達的行動，絕非格爾尼卡的悲劇重現，所以才用黑幕藏起畫作？

若是如此，恐怕反而起了反效果吧？那樣等於在公開宣言，美國將要重演格爾尼卡的悲劇，而且還想掩飾──對此，批判得最嚴厲的，當然是凱爾．亞當斯。

──到底是誰掛上黑幕的？

昨晚看到新聞後，瑤子立刻打電話給凱爾。

──我立刻向聯合國公關部詢問，但對方尚未回覆。引起這麼大的反應，他們似乎也很驚訝。

──大概是聯合國公關部哪個人幹的吧。

──當然，沒有公關部的同意絕對做不到，所以應該是吧。不過，問題不在於是誰掛上黑幕，而是受誰的指使那樣做。

──是白宮嗎？

──大概吧。不過他們想得太天真了。白宮那些人大概以為，只不過是給區區一塊壁毯掛上布幕沒有甚麼大不了。看來他們應該來聽妳上一次課。他們太小看藝術的訊息力了。

對於凱爾的意見，瑤子無法贊成。

——正好相反喔，凱爾。完全相反。他們太了解畢卡索的〈格爾尼卡〉的意義了。〈格爾尼卡〉……哪怕只是複製品……一直在宣揚反戰的訊息，這點他們非常清楚。正因如此，他們才會蓋上黑幕。

聽了瑤子的看法，凱爾咕噥，如此說來他們也不是笨蛋囉？

——可是，若是這樣，給區區一塊壁毯蓋上黑幕的行為，就成了很大的問題了。換言之，白宮……等於是在表明，今後將對伊拉克做出類似納粹對格爾尼卡做過的行為。

然後，凱爾用挑釁的口吻說：

——那人到底是誰，我一定要把他揪出來。

跨越架在東河上的昆斯博羅橋，載著瑤子的計程車，抵達位於曼哈頓東側皇后區的紐約現代美術館臨時辦公室。

正如娜塔莉所言，出入口擠滿電視台的攝影師和新聞記者。瑤子甩開包圍過來的記者，快步經過電視攝影機前。

她搭乘電梯上四樓，連大衣也沒脫，直接去提姆．布朗的辦公室報到。

「早安，提姆。我一不留神又跑去五十三街了……很抱歉我來遲了。」

瑤子一走進房間，立刻老實說。

正在看桌上小型電腦螢幕的提姆，當下抬眼。隱約夾雜白髮的栗色頭髮梳得很整齊，淺紫色襯衫搭配布魯克兄弟的斜紋領帶是他的標準造型。向來一到辦公室就立刻脫下的高級羊毛黑西裝，今早規矩地依然穿在身上，看到瑤子蒼白的臉孔，他說：

「看妳的臉色都快窒息了，瑤子。不管怎樣，先呼吸。」

瑤子聽了，反射性地吐氣。

提姆摘下銀框眼鏡，伸指輕按眼頭。然後，慢條斯理發問：

「不管怎麼說，指使人給〈格爾尼卡〉罩上黑幕的都不會是妳。對吧？」

「那當然。」瑤子不禁露出苦笑回答。

「是我以外的某人幹的。」

「我知道。不過，世上有太多傢伙不明事理。」

提姆嘆氣，關上電腦。

「娜塔莉已經從外面聚集的那些記者那裡收集了問題。他們的問題，大致分為二點。一個，是為何〈格爾尼卡〉會被掛上黑幕，關於那個背景與意義，他們想知道『畢卡索的戰爭』展的策展人八神瑤子有何說法。第二點——是誰掛上黑幕的，他們想請妳推測一下。」

「第一個問題，我可以回答。至於第二個，我無法回答。因為我不能隨便推測。」

瑤子當下回答。

提姆在辦公桌上交握雙手凝視瑤子，

「妳不能不回答，瑤子。」

提姆語調從容地說。

「現在好像已有各種臆測滿天飛。——當然，媒體判斷是白宮指使某人罩上黑幕。我當然也這麼想，妳應該也是吧？」

瑤子點頭。

「對。那是國務卿宣布美國決定對伊拉克出兵的場合，所以如果背後掛著那幅壁毯，不管怎麼說都不太妥當。——這點在任何人看來都很明顯。能夠在短時間內指示聯合國工作人員罩上黑幕的，除了白宮應該別無他人。」

「我的猜想，和妳完全一樣。」

提姆直視著瑤子接腔。

「問題是，世上也有很多偏要唱反調的人。——現在流言滿天飛，都說是**妳指使罩上黑幕**。」

瑤子一聽，霎時僵住了。

她完全無法理解提姆這句話的意思。為什麼自己要給〈格爾尼卡〉罩上黑幕——？

「妳的臉上寫著『完全聽不懂』呢。」

提姆異常冷靜說。

「簡而言之，是這樣的。紐約現代美術館的策展員八神瑤子，目前正在籌備『畢卡索的戰爭：格爾尼卡的抗議與抵抗』這項展覽。深知〈格爾尼卡〉象徵性的她，率先發現美國國務卿宣布對伊拉克出兵時背後如果掛著〈格爾尼卡〉的壁毯會很尷尬，所以通知聯合國。看是要取下，或者來不及的話就罩上黑幕——總之，絕對不能讓它在鏡頭前出現。」

「怎麼可能！」瑤子不禁半帶笑意說。

「怎麼可能有那種事。別開玩笑了。我有甚麼權力那樣做——」

「這個國家有些人的工作，就是專門散播假消息以免白宮受到負面影響喔，瑤子。」

彷彿要安撫激動起來的瑤子，提姆說。

「況且……被人散播無憑無據的謠言，當成『代罪羔羊』獻祭的，好像不只妳一人。……聯合國展出的那幅〈格爾尼卡〉壁毯的主人是誰，妳當然知道吧？」

「是的。」瑤子聳肩喘息回答。她努力試圖讓自己鎮定，卻越想越氣憤。

「那是在尼爾森．洛克斐勒的委託下，由畢卡索監工，壁毯工匠杜爾巴克做的……尼爾森死後，交給聯合國『保管』。因此，壁毯的主人迄今應該還是洛克斐勒家族。」

「完美的回答。」提姆說。

「如果根據這個回答……換言之，洛克斐勒家族的某人指示罩上黑幕——這個推測應該也能成立。反過來說，未經洛克斐勒家族的許可也不可能罩上黑幕。如此一來，能夠當機立斷指示聯合國工作人員『給〈格爾尼卡〉罩上黑幕』的，即便在洛克斐勒家族中，也得是藝術造詣最深……」

嘟嚕嚕，嘟嚕嚕，辦公桌上的電話響了。是內線電話。提姆立刻拿起話筒說「喂」。

瑤子和提姆對話時，只覺凝重的心情如泥沼在心中蔓延。

「黑幕的格爾尼卡」這起事件，逐漸演變成意想不到的事態。她有種不祥的預感。

「……是嗎，我知道了。我馬上去。」

簡短的對話結束，粗暴地掛上話筒後，提姆站起來。

「妳跟我一起去。另一個『代罪羔羊』抵達了。」

瑤子與提姆一同快步前往理事長辦公室。

雖是臨時辦公室，那個房間還是布置得特別有格調。MoMA理事長露絲．洛克斐勒並未坐在ALESSI的皮沙發上，而是佇立窗邊等候二人的到來。蓬鬆的白髮打理得很優雅，彷彿是特地與髮色搭配的香奈兒白色套裝，格外襯托出她的纖細身形。穿著瑪諾洛．布拉尼克高跟鞋的雙腳，朝著走進房間的二人跨出一步。

「這到底是怎麼回事，提姆？」

露絲劈頭就以飽含怒氣完全不像七十五歲老人的清亮嗓音質問。

「今天一大早我就讓秘書打電話去聯合國公關部。我母親把那幅壁毯交給聯合國保管可不是為了讓他們罩上黑幕。到底是誰做出那種事……」

「是，我知道，露絲。」

提姆擠出每次見理事長時絕對少不了的笑容，一派鎮定地回答。

「對於妳的質問，聯合國有誠實回答嗎？」

聽到提姆這麼問，露絲當下說「沒有」。

「他們說現在還在調查中叫我先等幾天，說來說去，都是在敷衍。聽起來好像是在狡辯黑幕只是暫時掛上，現在已經取下了所以毫無問題。——居然說毫無問題？瑤子，妳覺得呢？」

露絲平日是個文靜優雅的婦人，因此擁有與常人不同的低調存在感。不過，瑤子也聽說過，一旦觸怒了她，不管是甚麼身居要職的大人物都不是她的對手。哪怕是身為館長的亞倫．愛德華，當然提姆．布朗也是，都在盡量察言觀色以便讓露絲隨時都能心情愉快地扮演理事長的角色。

洛克斐勒家族是由全球最大石油壟斷企業標準石油公司的創始人約翰．D．洛克斐勒，和弟弟（城市集團創業者之一）威廉．洛克斐勒攜手發展成世界級大財團。露絲的父親尼爾森．洛克斐勒，過去也曾當過美國副總統。

紐約現代美術館與洛克斐勒家族的關係，可以回溯至一九二九年美術館創立當時。約翰．D．洛克斐勒的長子約翰．D．洛克斐勒二世的夫人艾比．阿德麗琪．洛克斐勒決定「在紐約打造現代藝術的殿堂」，與當時社交界首屈一指的名流夫人莉莉．P．普利斯、梅亞麗．昆恩．沙利文聯合提案，這就是MoMA創立的起源。從此，洛克斐勒家族代代都有人就任美術館的要職，支持美術館的發展。

露絲是洛克斐勒財團的理事，也做了近十年的美術館理事長。她為美術館提供了各種有形無形的支援，也不惜資金援助。因此，把露絲留在美術館，對館長亞倫來說就是最重要的大事。

此外，美術造詣深厚的露絲，也經常直接與策展員們深入討論細節，所以身為策展主任的提姆，只要接到露絲的召喚，即便在天涯海角都會立刻飛奔而至。至於瑤子，自然也是如此。

瑤子所熟悉的露絲．洛克斐勒，是個知性優雅又穩重的老太太。非常幸運的是，露絲對瑤子多年研究畢卡索的成果比任何人都給予高度評價，同時，基於瑤子「是日本人又是女性」這個在藝術界被稱為「社會少數派」的事實——在藝術界執牛耳的，通常是猶太富裕階層及同性戀者——毋寧對她大為支持。

丈夫過世，也沒有孩子的露絲，把自己的財產與熱情全部奉獻給支援藝文活動及相關教育活動，還有反歧視運動。她同時也是知名的自由主義者。也因此，才會對瑤子另眼相看。

露絲對瑤子非比尋常的高度肯定，而且還積極贊助她的研究與企畫，因此甚至出現傳言說二人有利益勾結。但，對於露絲的支持，瑤子能做的回報，也只有策畫優良的展覽，以及繼續研究畢卡索。也因為二人的個性都很清廉正直，負面流言很快就消失了。

露絲生於美國首屈一指的名門洛克斐勒家族，堪稱執掌文化藝術的女神，面對這樣的她，瑤子終於明白怎樣才是真正高貴的女性。露絲的行事作風始終正氣凜然。

同時，當露絲不顧周遭反對拍板敲定「畢卡索的戰爭」展覽企畫案時，她說了一句話。

——我理解。這才是妳該賭上人生完成的大事。哪怕是為了伊森。……對吧？

露絲的詢問，讓瑤子用力點頭。為了報答她這句話，此刻，瑤子正全神貫注在籌備展覽。

那樣雍容高雅的露絲，為了「黑幕的格爾尼卡」這件事，顯然心神大亂，怒氣勃發。瑤子還是第一次看到她這樣。

「我的朋友紐約時報記者凱爾．亞當斯為了查明到底是誰、為什麼、基於何種目的給〈格爾尼卡〉罩上黑幕，據說也在第一時間詢問過聯合國公關部門。但他也同樣沒有得到明確的答覆……」

瑤子和提姆一樣力持冷靜地說。因為她醒悟，此刻如果和露絲一起慌亂就糟了。

露絲抿著嘴垂落眼簾。嘴角的深刻皺紋形成陰影。三人就此陷入沉默。

最後，露絲抬起頭，目光犀利地說出一個想法。

「……現在好像有流言說是我指使人給〈格爾尼卡〉罩上黑幕。」

瑤子不禁倒抽一口氣。朝提姆扭頭一看，提姆也正在看她。

——代罪羔羊，原來是露絲和我……。

彷彿聽見瑤子的心聲，提姆沉默地微微點頭。

「那幅壁毯，本來是家父尼爾森擁有，在我繼承遺產後，如今在我的名下。但是這件事只有我家律師和聯合國財管課的職員才知道。……當然，現在又加上了你們兩個。」
露絲用異常消沉的口吻說。
「露絲．洛克斐勒表面上擺出自由主義者的姿態，其實卻慫恿白宮對伊拉克出兵，國務卿演講時，背後如果掛著我的〈格爾尼卡〉會影響形象，所以偷偷命人掛上黑幕——我的秘書都在哀號，說這種無憑無據的謠言流竄網路，數量太多根本來不及列印……」
露絲長嘆一口氣，無力地在沙發坐下。
「怎麼會這樣……」瑤子的聲音顫抖。
造謠也該有個限度。露絲明明是明確站在反對美國出兵的立場。
「……實在太過分了。被講成那樣，站在美術館的立場也不能姑息。」
提姆語帶激動說。
「我立刻讓館長聯絡白宮的公關部門。不能放任那樣的謠言散布。」
提姆說著，抓起辦公桌上的內線電話。「不，算了。」露絲制止他。
「謝謝你的好意，提姆。我家與共和黨上議院議員和總統身邊，乃至ＦＢＩ，都有很多熱線管道。如果我想，短短幾小時應該就能查出是誰放出那種謠言。但是，我已經對那種事毫無興趣了。」
的確，直到數分鐘前，露絲還異常罕見地憔悴消沉。然而，她已經重新振作起來了。
露絲一如往常地態度毅然，望著提姆，繼而凝視瑤子。然後用毫不猶豫的堅定口吻放話。
「我會立刻撤下聯合國的壁毯。永遠不會送回那個地方。」
瑤子頓時僵住了。

露絲是真的動怒了。為了報復對方不經自己同意便給〈格爾尼卡〉罩上黑布，她決定收回。那或許是理所當然的結論。

然而，如果在這個節骨眼收回壁毯，反而更不利。

屆時，話題焦點將會變成是誰撤下〈格爾尼卡〉。一旦得知是露絲．洛克斐勒幹的，搞不好會認定：光是罩上黑幕還不夠徹底所以乾脆撤下，讓〈格爾尼卡〉消失的，果然是露絲．洛克斐勒，還有紐約現代美術館——。欲速則不達，必須避免這種後果。

「請等一下，露絲。那樣並不能解決任何問題。」

瑤子鼓起勇氣說。

「與其撤下壁毯，我倒覺得應該先查出掛上黑布的來龍去脈，以及是誰指使的。如果不這樣洗清嫌疑——」

「罪魁禍首是誰，早就是擺明的事實了。難道不是嗎？」

露絲委婉地打斷瑤子的話。

「做出指示的是白宮，把我推出來當代罪羔羊的是他們的奸細。新聞媒體想必也心知肚明。但是，既已決定對伊拉克出兵，當然不便暴露真相。媒體和大眾，都需要一個可以攻擊的犧牲品。」

露絲直視瑤子說。

「妳不用擔心。我好歹還能保護自己。不過……瑤子，他們真正的目標——恐怕是妳喔。」

露絲的預測，正確無誤。

洛克斐勒家族和白宮也有溝通管道。散播謠言的「奸細」們也知道，如果對露絲攻擊得太狠恐怕會招致報復。因此，必須準備一個更適合拿來獻祭當代罪羔羊的人物。那就是站在「日本女性」這個社會少數派立場，正在策畫「畢卡索的戰爭」展覽的策展員八神瑤子。

八神瑤子有一個支持美國政府對伊拉克出兵的好理由。她的丈夫在九一一事件不幸被捲入無辜喪命。她其實比任何人都希望美國對恐怖分子展開報復。因此，她偷偷動手腳，讓〈格爾尼卡〉沉入黑幕下——。

「怎麼會這樣……」瑤子從喉嚨深處勉強擠出嘶啞的聲音。

「那麼，也就是說……這樣下去，連展覽能否如期舉行都成問題……是吧？」

提姆低聲沉吟。

「……恐怕會是這樣。都給〈格爾尼卡〉罩上黑幕了，哪還有『畢卡索的戰爭』呢。」

不會吧——那樣太荒謬了。

這才是我該賭上人生完成的使命。哪怕只是為了伊森。

她明明是一直這麼想，這才勉強撐到今天的。

露絲從沙發起身，走到臉色鐵青呆立原地的瑤子身旁。

拉起瑤子顫抖的雙手，緊緊握住後，露絲說：

「打起精神來，瑤子。要把這當成妳的使命，今後，傾注全副精力實現唯一一件事。知道嗎？」

瑤子失焦的雙眸，望向露絲。

露絲強而有力的聲音對瑤子說：

「去馬德里吧，瑤子。別管甚麼壁毯了，去把真正的〈格爾尼卡〉帶回紐約。然後，在MoMA公開展出。」

戰鬥吧，瑤子——和畢卡索一起。

第三章

眼淚

一九三七年六月五日．巴黎

雙叟咖啡屋的露天座，最後方的桌子，朵拉．瑪爾正在一張一張仔細檢視沖洗出來的照片。

時間是早上九點。徹夜站在畫布前的畢卡索，就在一個小時前，一頭栽倒床上就此呼呼大睡。反觀朵拉，只睡了三小時就醒了。她還以為有大樹重重倒下。驚愕地往旁邊一看，畢卡索已睡得鼾聲大作。

這一個月以來，除了回自家的暗房沖洗照片外，她幾乎都守在格蘭佐居斯坦街的畫室，每天不分日夜都在旁觀畢卡索作畫。創作這幅將是巴黎博覽會西班牙展館招牌展出品的巨作〈格爾尼卡〉。而且，她一直在拍攝畢卡索的作畫過程。

如此堆放在咖啡桌上的，就是那些照片的一部分。作品還在創作，但很快就要完成了。透過相機鏡頭看到的那幅畫，逐漸出現顯著的進化。

進化。——對，只能用進化來形容。

畫布上誕生的畫，彷彿有血有肉的生物。那是從一條線開始，歷經眼花撩亂的型態變化，不斷進化的生物。五月上旬落筆誕生的素描，逐漸被賦予血肉，變成舉世罕見的怪物。

不知不覺，在畢卡索與朵拉之間，這幅作品被稱為〈格爾尼卡〉。

畢卡索從來不替自己的作品取名。替作品取名是畫商的工作。

畢卡索只負責不斷繪畫，有時也雕刻，但他必然會加上簽名與日期。安布羅瓦．沃拉爾、達尼葉．康瓦拉這些畫商頻繁來訪，檢視新作品，決定畫名，和創作年月日一起記錄在作品清單中。畫家自己對畫名毫不關心，對此早已習慣的畫商們也沒問過他「該取甚麼名字比較好」。畫名，是畫商為了區別上次畫的作品和剛剛畫的作品，以便留下紀錄。畢卡索頂多只有這樣的認知，似乎並未想得太深入，也沒有特別重視。

然而，這次的作品不同。

朵拉喊出〈格爾尼卡〉那一瞬間起，這幅畫就成了〈格爾尼卡〉。除此之外的名稱無法想像。

看到塗了白底的畫面上出現細線勾勒的草圖時，還有第一次拿相機拍下時，朵拉就已預感到這幅作品完成後將會是黑白色調的大畫面。沒沒無名的格爾尼卡民眾被迫面對的絕望與悲哀，正因為畫面刻意抹去鮮豔的血色，想必反而會更濃郁。

朵拉的預感沒錯，畢卡索的調色盤上被黑白兩色的顏料佔領。微妙色調的黑、微微摻雜藍色與黃色的白。絕不單調，具備深邃與細緻的黑與白，形成絕妙的搭配。

畫布上織出的「格爾尼卡」悲劇，隨著一天又一天的過去不斷變貌。

打從草稿階段拍攝第一張照片起，直到三周後，有些主要人物與動物始終在畫布上出現。抱著死去的孩子哭叫的母親。倒臥的士兵。回頭的公牛。痛苦掙扎的馬。奔跑的女人。從窗口探出身子高舉油燈的女人。仰望天空的女人。這些人物與動物逐漸改變形狀與表情，在畫面中痛苦地四處翻騰打滾。

另一方面，也有些東西起初雖然畫出來了卻中途消失。在打草稿的階段，放在畫面中心位置形成強烈的縱軸，緊握拳頭舉起的手臂，在朵拉第三次拍攝時消失了。舉起的拳頭也可解釋為共產黨的象徵，它的消失，使得畫面不再有政治色彩。

表現手法大幅改變的，是位於中央上方的太陽。草圖階段沒有出現的太陽，在朵拉第二次拍攝時出現在舉起的拳頭背後，燦爛大放光明。但第三次拍攝時，那已經不是太陽，變成杏仁形狀的大眼睛。可以視為在空中爆炸的炸彈，同時，也可視為俯瞰所有悲劇的上帝之眼。或者，也可視為照亮殘酷世界的人工巨大照明。

畫面中央苦悶瀕死的馬，也出現劇烈的變化。草圖階段時，似乎隨時會委頓倒臥大地的馬，逐漸直起身子，如今馬是朝天張開嘴巴發出尖銳的嘶鳴。而且，似乎有一隻鳥從張開的馬嘴飛出，被淹沒在黑暗中發出瀕死的吶喊。

畫面下方倒臥的士兵，臉孔也從朝右變成朝左，本來趴伏的身體變成仰臥，此刻正要迎接死亡的瞬間。

第六次、第七次拍攝時，黑白色調的畫面分別貼上奇妙的拼貼圖案。那是彩色壁紙——包括紅色千鳥格紋、亮麗的花卉圖案、紫色與金色、格紋圖案等——就像撕裂的衣服碎片，或者，是為了讓人聯想到桌巾才貼上的？朵拉看著相機鏡頭，總覺得這個發展不妙，但她甚麼也沒說。過了一陣子，這些貼紙被撕除，了無痕跡。

然後——是現在。

〈格爾尼卡〉距離完成已經只差最後一步了。打從畢卡索整天窩在畫室，面對巨大的畫布，迄今已超過六百小時。

朵拉一邊拍攝作品一再蛻變的情景，同時，也拍下了畢卡索創作時的模樣。

畢卡索的身體和手，以驚人的氣勢在大海般的畫布上泅泳。描繪、塗抹、刪除、拼貼、撕下、堆積、壓扁、擴張、散開、收縮。那種變化，乍看之下亂七八糟，但畫面其實一直保有秩序。有種完美的均衡，嚴格的規則。畢卡索對自己創作的畫中的秩序、均衡、規則，素來是徹底忠實。

朵拉甚至覺得畢卡索發出蝙蝠般的超音波，在畫布上方滑翔。若非如此，怎麼可能一個人挑戰三點五公尺乘以七點八公尺的巨大平面？

總而言之，再過不久——說不定就是今天——世紀性的超級大作〈格爾尼卡〉應該就要完成了。對，畢卡索內心想必也很焦急，恨不得今天就完成。因為，巴黎博覽會已經開幕了。

五月二十五日，博覽會迎來正式開幕。幾乎所有國家的展館都已完成，熱熱鬧鬧地開館了，唯有西班牙展館還在為開幕做最後的趕工。飽受內戰所苦的共和國政府，面臨資金短缺、人手不足等重重難題，實在趕不上官方公布的開幕日期。而且最重要的是，展館的主要展示品——畢卡索的大作也尚未完成。

不過，作為這次接洽窗口的駐法西班牙大使館並未強烈催促。他們似乎是認為：不管怎樣畢卡索的確是在認真進行創作，而且那肯定會是曠世傑作，既然如此，那就不慌不忙地耐心等待完成吧。

昨晚，朵拉就在旁邊聽著畢卡索打電話給西班牙展館的建築師荷西・路易・賽爾特。畢卡索說，已大致完成。但他的聲音並無喜悅。而且，沉默片刻後，他又說——這樣是否算完成還不確定……。

畢卡索在猶豫。

對朵拉而言，這讓她感到不可思議，也有點愉快。

在藝術方面，畢卡索就像造物主一樣不遜、傲慢、徹底、天不怕地不怕。他的自信強大得可恨，從不停駐，永不回顧。

那本來應該是畢卡索對藝術的一貫態度。

唯獨對〈格爾尼卡〉，他的態度明顯不同。

在那幅作品面前，畢卡索只是「一個凡人」。

察覺這點，朵拉的心頭湧現窒息般的愛意。

檢視完這段日子拍攝的照片後，她在桌上把照片疊整齊，一口喝光冷卻的咖啡。

先回公寓一趟，拿新的底片吧。

今天，或許將會是值得紀念的大日子。是將完成的〈格爾尼卡〉收入我的相機鏡頭的紀念日。

她想起身，驀然間，坐在斜前方的青年映入眼簾。

雙叟咖啡館的露天區有三排座位，青年就坐在最靠走道的位子，換言之，是聖傑曼德佩教堂正對面的位子。

烏亮的黑髮梳得整整齊齊，左手腕上卡地亞Santos系列的手錶在發光。漿得硬挺的雪白襯衫，做工精良的亞麻西裝。袖口隱約可見的袖扣，是漆黑的瑪瑙。

英俊的側臉，彷彿要閃躲初夏明亮的陽光，帶著沉鬱的表情垂下頭。他的視線前方，是畢卡索也天天看的報紙《人道報》。

報上刊登了西班牙內戰的後續情況及各種驚悚的照片，格爾尼卡遭到轟炸之後，共和國軍天天被叛軍逼得走投無路的情景，都被記者毫無慈悲地報導出來。畢卡索就是用索然無趣的表情望著這些報導與巴黎博覽會開幕的熱鬧消息並列在同一份報紙上。

那個青年，就外表裝扮而言似乎相當富有。黑髮濃眉、長睫毛的側臉，似乎有拉丁血統。

他的容貌，以及那種有點苦惱的模樣，吸引朵拉的注意。朵拉打消離去的念頭，又在籐椅坐下，一邊感到「要不要找他搭訕呢？說不定會有甚麼好玩的發展」這樣的促狹念頭浮現腦海，一邊繼續觀察他。

就在這時。

朵拉看到，一顆巨大的淚水，滴答落在報紙上。

——唉呀，傷腦筋。

你在哭啊，小弟弟？該不會是和留在祖國的媽咪分隔兩地，在想媽咪了？

真拿你沒辦法，那就安慰一下好了。

「你好，先生。能否借個火？」

朵拉不動聲色地從背後走近，如此說道。是用西班牙語。

青年似乎吃了一驚，猛然回頭。濕潤的黑眸，有點像畢卡索的眼睛，仰望朵拉。

朵拉的手指夾著香菸，一邊說「我可以坐這裡嗎」，不等對方回答已逕自在旁邊坐下。

「妳怎麼知道我是西班牙人？」

青年遞上卡地亞金色打火機，如此問道。

「因為我正和西班牙男人交往。」

讓對方幫忙點火後，朵拉回答。

「那個人，是流亡法國……逃避戰火？」

青年一臉認真問。

「倒也不是流亡……但他說不會再回去了。如果，今後西班牙落入佛朗哥手裡的話。」

青年頹然垮下肩膀。彷彿就在此刻已聽到叛軍掌握西班牙全境的新聞。

「你是流亡人士？」

朵拉反問。

「不，不是。我……只是和家人一起，暫時來避難。」

青年依舊一本正經地回答。

「是喔。」

朵拉故意冷淡地回應。

「如此說來，你……並沒有選擇留在祖國與法西斯對抗。」

朵拉壞心眼地說。青年咬唇，又低下頭。

朵拉帶著嘆息吐出青煙。

「不管怎樣，你已經回不了西班牙了。除非你的嗜好就是在法西斯政權下生活。」

格爾尼卡遭到轟炸後不久，巴斯克的最後據點畢爾包就淪陷了。叛軍正逐步掌握西班牙全國。雖然好像很殘酷，但朵拉預感，自己說的話很快就會實現。

「妳說的沒錯。也許我們已經回不去了。……不，是不可能回去。我哪有臉回去呢。……在我留下她獨自離開後。」

看樣子，青年拋棄了戀人。朵拉在桌上托腮，嘴角浮現微笑。

沒辦法，那就稍微聽這個小弟弟訴訴苦吧。

「你在國內有戀人啊？」朵拉溫聲詢問。

「她為什麼沒有一起來巴黎？」

「我們是瞞著父母偷偷交往。」青年無力的聲音回答。

「我已有父母安排的未婚妻……可是，我愛上了另一個女人。」

青年自稱名叫帕德．伊格納修。

帕德的戀人，是擁有西班牙父親和英國母親的美麗女孩雷娜。雷娜是英語家教，據說經常出入位於馬德里的伊格納修家。

十六歲的帕德，迷戀著比他大四歲的雷娜。明知不會被允許，二人還是深深相愛了。帕德對雷娜許下真愛不渝的誓言，但雷娜一直說二人不可能有未來，遲早有分手的一天。她說，我愛你，但我同時也已死心。彼此的愛意越深，絕望只會越多。而且，越覺得無能為力，對彼此的愛意也就越強、越激烈。

秘密戀愛一年後，西班牙內戰爆發。帕德的父親當下決定避難法國。父親是企業家，在歐洲各地都有不動產。全家遷居巴黎並非難事。

當時帕德十七歲，身為全家唯一的男孩，不久還將繼承家業，因此他無法抗拒父親的決定。然而，如果離開西班牙，今後他與雷娜恐怕永無重逢之日。帕德希望她也能偕同父母去英國，但雷娜的回答令他難以置信。

——我志願成為女兵加入人民戰線。那是我剩下的唯一選擇。

醒悟再也見不到帕德的瞬間，她就決定把自己的生命奉獻給西班牙共和國了。

——帕德，你還有光明的未來。請你忘了我，無論如何都要活下去。你一定要幸福。

永別了，心愛的人——。

帕德和盤托出後，從口袋掏出白手帕，抹去湧現的淚水。

「她甘冒生命危險去前線戰鬥……可我卻這樣在巴黎苟且偷生，我無法原諒這樣的自己。我恨不得立刻飛回西班牙。可是我做不到。我真是個軟弱的人啊。我乾脆死掉算了……」

朵拉一直夾著香菸托腮，專心傾聽年輕人的敘述，但她心中暗自感嘆，又發現了一個上等貨，自己每每總能發現不尋常男人的本事真不是蓋的。

帕德・伊格納修。這個非常柔弱的帥哥，竟然是西班牙首屈一指的名門伊格納修公爵家的長子。說到伊格納修家，繼承了歐洲名門中的名門哈布斯堡家族的血統，和西班牙皇室也有關聯。雖然帕德輕描淡寫地說自己的父親是企業家，但那可是不同凡響的大企業家。

永遠無望的戀情。捨棄生存希望的大企業家之子。他的戀人，此刻成為人民戰線的女兵，甚至不知下落——。

那個人，對這種故事特別感興趣呢。

「哪，你在巴黎的房子，掛的是甚麼畫？」

朵拉突然問。帕德水汪汪的雙眼再次轉向朵拉。

「你家應該起碼也掛了一兩幅畫吧？是甚麼畫家的作品？」

帕德面露困惑，

「對，當然有。有幾幅哥雅和維拉斯奎茲還有牟利羅的作品……也有塞尚和莫內的。」

他似乎覺得這沒啥特別地淡然回答。朵拉也假裝不當回事地說「是嗎」，然後繼續問：

「——巴勃羅・畢卡索的呢？」

帕德這時第一次露出脆弱的笑容。

「有，當然有。那是我最敬愛的畫家。」

位於格蘭佐居斯坦街的畫室大門，響起咚咚兩下敲門聲。

正要從三腳架取下祿萊相機的朵拉，當下轉頭看大門。

「來了。一定是他。」

佇立牆邊的畢卡索，嘴上叼著菸說：

「讓他進來。」

朵拉喀喀踩著高跟鞋走近大門，也沒問來訪者是誰，立刻開鎖打開大門。發出吱呀聲開啟的門外，站著身穿做工精良西裝的帕德．伊格納修。

「妳好，朵拉。謝謝妳的邀請。」

帕德用西班牙語說。他的聲音有點顫抖。朵拉浮現微笑。

「我們正在等你呢。來，請進。」

帕德一臉緊張地走入畫室。然後，彷彿被梅杜莎施加了魔法，在剎那之間凝固如石。

畫室盡頭的牆面，掛著一幅巨大的畫。

那是有史以來人類看過的所有繪畫中，洋溢著最強烈、鮮明的憎恨與悲傷，彷彿突襲般逼近眼前。

這樣的大型繪畫過去也出現過，例如達文西的〈最後的晚餐〉，拉菲爾的〈雅典學院〉，賈克─路易．大衛的〈拿破崙的加冕儀式〉，哥雅的〈一八〇八年五月三日〉。然而，眼前這幅作品和那些都不相同。

黑白色調的舞台上，展開戰爭的慘劇。畫面上沒有描繪士兵也沒有戰車或武器或殺戮。即便如此，這顯然就是戰爭的場景。

抱著死去的孩子哭叫的母親。戰慄回頭的公牛。握緊斷劍就此氣絕的士兵。

肚破腸流，悽慘嘶鳴的馬。高舉燈火從窗口探出身子的女人。吃驚奔跑的女人。雙手高舉仰天的女人。熊熊燃燒的火焰。正要打開的門。

彷彿凝視這一切慘劇的上帝之眼，又好似冷酷照亮人間殺戮的燈光，彷彿是太陽，又像是炸彈在空中爆炸的——閃光。

公牛的眼中，倏然落下一滴紅色的眼淚。那是血淚。公牛轉過頭。牠看到不該看的東西。紅色的眼淚，是受傷的靈魂流下的血。黑暗的世界中，僅此一點紅色。分外沉痛。

爆炸聲，地獄般的哀號，然後，是在那些之後降臨的死寂。所有的生命都被奪走，只剩下死城。

——這裡到底是何處？奪走我們生命的究竟是誰？

是活著，還是死亡？就連這個都不確定。

這是地獄。是人類製造，把人類推落深淵，沒有上帝也沒有制裁的地獄——。

「趕快呼吸一下，帕德。」

朵拉說。

僵硬如雕像的帕德，無意識地深吸一口氣。感覺上，好像潛入深海底，僥倖撿回一命回到水面。

然後，青年終於發現站在牆邊的人物——創造這幅畫作的西班牙最驕傲的天才畫家。

「您好……很榮幸能夠見到您。」

帕德腳步踉蹌地走近畫家，聲音依然帶著顫抖打招呼。畢卡索就這樣叼著菸與帕德握手。

帕德滿臉通紅，直視畢卡索。看來他似乎想說甚麼，卻無法順利說出口。青年的眼中已經隱約浮現淚光。

「對不起，那個……」帕德終於擠出含淚的聲音。

「我不知到底該說甚麼才好……因為實在太震撼了……」

「你甚麼都不用說。」畢卡索回答。

「看到畫那一瞬間的沉默，就是你的感想。對吧？」

畢卡索說著，朝著巨大的畫作大步走近。

〈格爾尼卡〉終於完成了。而且，就在剛才，朵拉拍下了這次作畫過程的最後一張照片。

西班牙大使館的人、畫廊的人、還有知交好友，明天就會蜂擁來到畫室。在小小的慶祝酒會後，畫布會從木框拆下，捲起，終於送進巴黎博覽會的西班牙展覽館。

在畢卡索五十六年的人生中，以及他成為畫家創作的全部作品中，這想必會是最高傑作吧。同時，在人類美術史上，這也將是最強烈質疑戰爭與和平之意義的作品。

這幅畫，不是劍。也不是任何兵器。

嚴格說來，只是塗抹暗色顏料的畫布。純粹只是一幅畫。

然而，比起利劍、比起任何兵器，它更強烈、尖銳、深入地刺入人們的心口。

這樣一幅畫，蘊藏改變世界的力量。

而畢卡索與朵拉，選中帕德，做為第一個參觀這幅畫的人。

永遠無望結合的戀人，此刻正以女兵的身分在前線戰鬥——帕德的這段私情，打動了畢卡索。當然，這和他身為伊格納修家族的繼承人而且擁有許多畢卡索作品也不無關係。

畢卡索緊貼畫布面前站立，仰望巨大的畫面。接著，彷彿一直在等這瞬間，他把畫面某些地方黏貼的紙片——那是作畫途中隨手貼上的千鳥格紋及花卉圖案的彩色壁紙——一張又一張，慢條斯理地撕下來。

朵拉與帕德，用力吞嚥口水緊張地在旁觀看。

幾小時前，畢卡索宣稱畫完成了，把朵拉叫來畫室。無懈可擊的絕妙構圖，充斥畫面的緊張感，讓朵拉就像第一次看到草圖時那樣，只覺腳底竄起一陣戰慄。

但，也有讓她費解之處。二度出現在畫面中，最後應該已消失的拼貼紙片，居然又被貼上去了。

不管怎麼看都欠缺均衡感顯得很刻意的拼貼紙片，被朵拉視為畢卡索的表演。八成會留到明天正式公開時，再當著大家的面撕下吧。畢卡索最喜歡這種只有畫家才有權利做到的惡作劇。

只是，公牛的眼淚，那顆用紙做的紅色眼淚，在陰鬱的黑白色調畫面中，強烈吸引目光。那想必是過於感傷的表演。同時，也是淺顯易懂的感動。因為也可視為廢墟中倖存的一朵花。

正如朵拉所想，貼紙通通被撕下。只是，和想像不同的是，那並非為了明日的演出，而是此刻，只為自己與帕德二人所做的表演。這點，讓朵拉心口發麻甚至會痛。

把似鮮血又似花的那顆紅色眼淚最後撕下後，畢卡索就塞進長褲口袋。

最後剩下的，是一片寂靜的黑白色調海洋。

紅色淚珠被撕下後，無盡絕望的畫面滔滔蔓延。

「……這樣就完成了？」

朵拉環抱雙臂問。一邊緊緊抱住自己的身體。

她全身都起雞皮疙瘩了。彷彿會被狂風吹走。畫布中，吹來一陣狂風。

點燃香菸，悠悠吐出一口長煙後，畢卡索說：

「拍吧。拍下最後一張照片。」

朵拉移到還在三角架上的祿萊相機前。她幾乎快尖叫了。

帕德呆站在畫前。說不出話，也無法動彈。好像已完全因這幅畫中邪了。

「喂，過來呀。」

畢卡索再次站到牆邊出聲。

「如果站在那邊，你也會被當成作品的一部分拍下來喔。」

帕德這才驚醒，連忙走到畢卡索旁邊。朵拉沒錯過帕德從畫面完全消失的這一瞬間，屏息按下快門。

喀嚓。

帕德也屏息凝視畫作。這時，畢卡索忽然把插在口袋的那隻手伸出，朝帕德舉起握緊的拳頭。

「這個，交給你。」

帕德朝畢卡索投以不可思議的眼神。畢卡索叼著香菸，古怪地撇嘴一笑。

「這幅畫在博覽會展出後，你就拿著這個去。趁著無人注意時，偷偷貼在公牛的眼睛下面。」

放在帕德手心上的，是畢卡索用紙做的小「作品」。——一顆紅色的眼淚。

二〇〇三年三月二十日・馬德里

準時於晚間九點十五分自紐約的約翰・F・甘迺迪國際機場起飛前往馬德里的美國航空五九五二班次的機艙內，空曠得幾乎讓人誤以為是私人包機。

瑤子一人獨佔經濟艙中央那排的四張位子，得以舒舒服服躺平。她疊了三個枕頭，蓋著二層毯子直到腳尖，再戴上眼罩，準備睡覺。飛機預定在翌晨十點三十五分抵達馬德里。睡個五、六小時起來就到馬德里了。瑤子從甘迺迪國際機場飛往馬德里時，向來利用這班夜間班機。一覺醒來就到了充滿回憶的城市馬德里——她非常喜歡這種感覺。

下班後去搭機，把機上餐點一掃而光，之後只剩睡覺。但，這次她始終睡不著。她摘下眼罩，打開讀書燈。

以往搭這班飛機明明都能睡得很熟，唯獨這次失眠的理由，有二個。

機內實在太空曠是第一個原因。機艙內包括瑤子總共只有五名乘客。人這麼少反而不安心。

為什麼會這麼空曠？答案是，因為這班飛機是美國航空。飛往國外的人們，為了預防恐怖攻擊盡量避開美國的航空公司。九一一恐怖攻擊事件時，被恐怖分子當成犯案凶器的就是美國航空與聯合航空的班機。

就在三月十九日這天，以美軍為主的聯合軍隊終於開始攻擊伊拉克。約翰・泰勒總統指名伊拉克是「邪惡軸心國」，無法排除藏匿大量破壞性武器的嫌疑，因此不等聯合國安理會做出決議，就在三月十七日對伊拉克展開空襲做為先發攻擊。美國要求被視為獨裁者的伊拉克總統亞伯拉罕．胡斯曼在四十八小時內離開國內，否則就要發動全面攻擊。胡斯曼不答應，於是聯合軍隊開始「伊拉克的自由之戰」。

對於這次攻擊，法國、德國、俄國、中國強烈反對，另一方面，英國、澳洲、韓國、荷蘭、義大利都派兵參加了。西班牙也加入聯合軍。是善是惡？該加入反恐陣營或支持恐攻？將世界一分為二的「戰爭」，終於開始了——雖然美國慎重避免使用「戰爭」這個字眼，一直強調是「與恐怖組織對抗」。

在這種背景下，難怪美國航空公司從紐約飛馬德里的航線會如此乏人問津。

睡不著的另一個原因，是因為一抵達馬德里就得出席一場極為重要的會議。

十個小時後，瑤子預定造訪的是西班牙國立索菲亞王后藝術中心。那是展出、保存畢卡索〈格爾尼卡〉的美術館。女館長艾妲．柯梅里亞斯是瑤子當年實習時的恩師，也是在該館開設籌備室工作時的上司。是畢卡索研究的第一人，也是瑤子最敬愛的美術史學者。

只要有機會去馬德里，不管有沒有事，她都會去見艾妲。工作陷入瓶頸時找艾妲商量，能夠成為紐約現代美術館的策展員，也是因為有艾妲的強力支持。九一一事件痛失愛侶伊森時，也是艾妲第一個跟她連絡，陪她一起難過，鼓勵她熬過來。對瑤子而言，見艾妲永遠是人生最快樂的時光。

然而，唯獨這次不同。

她必須背負著過於沉重的使命去見艾妲。已經多次接洽，而且被對方明確拒絕——借出〈格爾尼卡〉展覽，這次她要再度挑戰。

瑤子策畫的「畢卡索的戰爭：格爾尼卡的抗議與抵抗」展覽，二個月之後就要開始了。瑤子打算把這次展覽定位為針對九一一事件發生後席捲全世界的以暴制暴惡性循環的反命題（antithese）。

一九三七年的格爾尼卡大轟炸，讓畫家畢卡索用一支畫筆與法西斯主義戰鬥。透過展覽，向社會宣揚他所看到的無差別攻擊有多麼慘無人道。這就是這次展覽的真正目的。

如果以暴制暴，只會引起更多暴力。正因為瑤子在九一一事件失去丈夫，所以她——以及更多的紐約人——期盼制止世界各地掀起的惡性循環。

打從策畫當初，她就知道八成沒希望，但她還是策畫在這次展覽借來〈格爾尼卡〉。交涉對象，當然是艾妲．柯梅里亞斯。艾妲深刻理解瑤子這項策畫的用意。也知道此刻，比起世界上的任何國家任何都市，紐約更需要〈格爾尼卡〉。可即便如此，她給的答案還是「NO」。

館長不答應，那就只能放棄。雖然遺憾，但瑤子也很清楚，自己無法改變艾妲的結論。

沒想到——。

瑤子奉命再次挑戰〈格爾尼卡〉。這個命令不是來自別人，正是瑤子的另一個恩人，紐約現代美術館理事長露絲．洛克斐勒。

——現在沒時間悠哉地談甚麼商借了。要去搶奪。

妳要抱著這樣的覺悟，再次與柯梅里亞斯館長交涉。

瑤子從腳下的皮包取出一本書。是艾妲寫的《Picasso Por Dora》（朵拉鏡頭下的畢卡索）。打從學生時代第一次閱讀，瑤子就一再反覆重讀，不斷研究，視若珍寶。

眾所周知，畢卡索幾乎從來不讓任何人參觀他的創作過程。然而，唯有〈格爾尼卡〉不同。

作為巴黎博覽會西班牙展館將要展出的主要作品，畢卡索創作了〈格爾尼卡〉。創作天數為三十五天。那段時間的日日夜夜，都被畢卡索當時的戀人攝影家朵拉．瑪爾拍攝下來了。

十八歲開始在紐約大學攻讀美術史時，瑤子邂逅這本英譯本。換言之，那也是她與艾妲・柯梅里亞斯這位畢卡索研究者的邂逅。

十歲時第一次在MoMA見到〈格爾尼卡〉的瑤子，陷入「看到不該看的東西」這種奇妙之感，後來就算再去MoMA也堅決不去〈格爾尼卡〉的展覽室。

雖被畢卡索強烈吸引卻一直逃避〈格爾尼卡〉的瑤子，透過艾妲的著作，得知那幅作品的整個創作過程。朵拉的攝影技術雖非特別有藝術性，但在曝露畢卡索的創作秘密上極為大膽。黑白照片中，除了曠世傑作逐步誕生的過程，也傳達出朵拉的緊張與興奮。

瑤子透過朵拉拍攝的一連串照片以及艾妲誠實又洋溢熱情的文章，感到緊閉在〈格爾尼卡〉前面的那扇鐵門倏然開啟。門內射出不可思議的光芒。

如果沒有遇到艾妲寫的書。……還有，如果朵拉沒有拍照。

自己的人生肯定會更不一樣。

二位女性，讓瑤子明白畢卡索的實力與藝術的偉大。朵拉・瑪爾，以及艾妲・柯梅里亞斯。是她們引導自己的人生。

就用這種心情，再次正面面對艾妲吧。

去見她，單純表達自己的心情——這樣很不像在世界級美術館身經百戰的策展員作風，是非常愚笨的方法。

但是，此刻的瑤子，除此之外沒有任何王牌。

二月七日，傍晚。

瑤子偕同紐約時報記者凱爾・亞當斯，前往聯合國總部內的公關中心。

出入聯合國的人受到嚴格管理。主跑聯合國新聞的凱爾，當然有記者專用的通行證。同時，也早早替瑤子申請了來賓通行證。

「雖說是聯合國，畢竟是一群人聚集的地方。如果長年出入，自然有管道可以輕易弄到來賓通行證。」

凱爾一邊把通行證交給瑤子，一邊朝她擠擠眼。

瑤子小學和家人一起住在紐約時，課外教學曾參觀過聯合國總部，但這是她第一次踏入一般人禁止進出的公關中心。

其實，她更想去就在二天前才剛被罩上黑布的〈格爾尼卡〉壁毯展示地點的安理會議場大廳，但「黑幕事件」後就變成話題景點的壁毯前，如果同樣已成為話題人物的MoMA「畢卡索的戰爭」策展員八神瑤子傻呼呼地出現了，肯定會被擠滿大廳的記者們啃得連骨頭都不剩。凱爾提議說，他確認過黑幕已經被取下了，所以還是別去了，直接殺去公關部吧。於是瑤子隨他前往凱爾平日很熟的公關部職員莎拉・泰森的辦公室。

在凱爾的介紹下，莎拉與瑤子握手，還沒開口詢問，莎拉就主動招認：

「替〈格爾尼卡〉罩上黑幕的，就是我喔。」

由於答案來得太迅速，瑤子當下愣住了。

「妳可真老實。」

凱爾苦笑說。

「你把MoMA的策展員都帶來了，我當然立刻猜到，你們想問的只有一件事。」

莎拉也笑著回答。

「從前天起詢問的電話就沒停過。站在我個人的立場，正感到責任重大呢。當初我也沒想到會引起這麼大的風波。」

黑幕早已取下，壁毯已恢復原狀。聯合國公關部門對於各界的詢問，似乎打算用罩上黑幕的當事人誠實的應對盡快讓此事「落幕」收場。

「原來如此。那麼，是妳踩著梯子把黑布掛在壁毯上的囉？」

凱爾一副很了解的樣子說。「那倒不是。」莎拉訂正。

「正確說來，是我下令，由二個作業員使用兩架梯子，掛的不是黑布，是藏青色的布……」

「問題不在於是誰親自動手。」

瑤子打斷莎拉的話。

「是誰指使，為了甚麼目的，非得在那個時間點給〈格爾尼卡〉罩上布幕？我們——全世界看電視目擊那一幕的人，想知道的只有這個。」

「那是妳個人判斷下的行為嗎，莎拉？如果是這樣，目的是甚麼？」

凱爾進一步插嘴追問。

「只有在鮑爾國務卿演講的那幾分鐘掛上了布幕吧？如果是妳指使的，有甚麼必要那樣做？那幅作品自從在大廳展出以來，從來沒有被罩上布幕。這是前所未聞的奇談。所以才會引起風波，這妳應該也明白吧？」

莎拉聽了，霎時詞窮，但她反而豁出去，「你也太危言聳聽了吧。」她如此說。

「你稱之為『作品』，但那並非畢卡索的原創作品，只是工匠做的複製品。就算我給它罩上一塊布，問題有那麼嚴重嗎？」

「那是認知不同。」瑤子立刻反駁。

「那塊壁毯，是畢卡索生前接受尼爾森．洛克斐勒的委託，在畢卡索自己的監工下，幾乎完美重現了原創作品。當時世界僅此一件，堪稱『原創』的壁毯。不能只因為畢卡索沒有親自動手或另有原畫，就說那不是作品。那分明就是藝術作品。」

莎拉似乎無話可說了。

「碰上妳這種 MoMA 的策展員，又是畢卡索專家，形勢對我太不利了。」

莎拉說著聳聳肩。然後立刻拿起內線電話的話筒撥號。

「……我是莎拉。可以耽誤你一點時間嗎？現在紐約時報的記者凱爾．亞當斯和他帶的客人來了……是 MoMA 的策展員八神瑤子。……對，就是為了『壁毯』的事……」

結束簡短的對話後，莎拉放下話筒說：

「公關部長傑克．哈瓦德說三十分鐘之後可以見你們。不過，只有五分鐘喔。我想你們應該也了解，他現在非常忙碌。」

莎拉的語氣彷彿想強調：世界正面臨非常事態，可沒有閒工夫為了區區一張壁毯跟你們牽扯不清。但凱爾與瑤子還是謝謝她願意代為連絡上司，這才走出莎拉的辦公室。

聯合國公關部長傑克的辦公室，不在聯合國總部內，在幾個街區外的辦公大樓七樓。

瑤子與凱爾準時在三十分鐘後造訪，卻在接待台附近的長椅等了超過三十分鐘。好不容易被帶進辦公室了，傑克卻忙著一一接聽辦公桌上不斷響起的電話，接了又掛，掛了又接，又這麼等了十分鐘以後。傑克終於不再接電話，轉向坐在對面椅子上的二人打招呼：「嗨，歡迎光臨。」

「你好。我是紐約時報的凱爾．亞當斯。」

「我是MoMA的八神瑤子。承蒙你撥冗接見，非常感謝。」

二人與傑克握手。藍襯衫配酒紅色領帶的傑克，不耐煩地撩起夾雜白髮的前髮說：

「我沒時間。能否直接說出來意？」

「那麼，我就直接問一個問題。」凱爾立刻切入正題。

「指示莎拉．泰森給〈格爾尼卡〉壁毯罩上布幕的，是你嗎？」

傑克彷彿想說「怎麼又是這個問題」，嗤鼻嘆了一聲。然後極為簡短地回答：「對，沒錯。」

「為什麼？」凱爾問不容髮問。

「不是說好只問一個問題嗎？」傑克反問。

「那就改由我來問。」瑤子立刻接腔。

「那件作品，現在屬於本館理事長露絲．洛克斐勒名下，長期借給聯合國展覽。如果要移動作品或添加甚麼手腳時，必須經過持有人洛克斐勒女士的同意。請問你是遵照既定程序取得同意後，才叫人掛上布幕嗎？」

傑克當下詞窮了。這時，眼前再次響起電話鈴聲。公關部長接起電話，只說了一聲「我待會打給你」就粗暴地掛上話筒。然後，他正面注視瑤子。

「當然，我知道必須取得同意。但當時事態緊急……情急之下，由我做出指示。關於這點我願意道歉。是我個人覺得應該立刻拿塊布之類的罩上……不過，就公關立場也這麼判斷。我想洛克斐勒女士肯定也會諒解……」

說到這裡，他含糊其辭。

「事態緊急？」凱爾重複他的說詞。

「鮑爾國務卿發表『決定對伊拉克出兵』時，背後如果掛著〈格爾尼卡〉會很尷尬……你是這個意思嗎？換言之，也可以解釋為，聯合國的公關部門，對美國這個國家有所特別顧慮？」

凱爾的挑釁，傑克並未上當。反而有點尷尬地朝瑤子注視。

「妳是專門研究畢卡索的吧？」

他問得很唐突。

「對，我是。」瑤子回答。

「那麼，那幅畫──〈格爾尼卡〉中，畫了些甚麼，妳能夠巨細靡遺地一一想起嗎？」

瑤子摸不透傑克問這個問題的用意，一瞬間有點詫異。

「那當然。無論是構圖、話中描繪的人物、動物、背景、配色，一切的一切都在我腦海中。」

她斬釘截鐵說。

實際上，的確如此。只要閉上眼──不，就算睜著眼，瑤子也能巨細靡遺想起三點五公尺乘七點八公尺的巨大畫面每個細節。

「那麼，請妳現在就回想一下──〈格爾尼卡〉中央畫的『馬』。」

傑克在辦公桌上交握雙手，一派幹練律師的風範說。
「掛在聯合國安理會議場大廳的〈格爾尼卡〉壁毯前，放著記者會用的演說台。畫中的『馬』，幾乎就位於演說台的正後方。演說者是站在台前。換言之，背對著『馬』——妳了解我的意思嗎？」
「是，我了解。」
瑤子想起橫長的畫面中，構成強烈軸心的「馬」。許多研究者已經指出，在〈格爾尼卡〉中，「馬」就象徵無力的人民。肚破腸流，只能哀聲嘶鳴的馬。驚恐戰慄的渾圓小眼睛，就是面對這突然的空襲為之茫然的民眾。
傑克定定凝視瑤子，問道：
「那妳知道馬的身體也畫出了不妥當的部分嗎？」
「不妥當？」凱爾反問。
「哪裡不妥當？」
「我是在問這位專家。不是問你。」
傑克不客氣地頂回。
「可是，這並非該問女士的問題。……就算知道，可能也不好意思說吧？」
說著，他嗤鼻一笑。但瑤子眉也不挑，明確回答：
「你是說肛門與性器官嗎？」
「沒錯。」傑克舉起雙手，刻意做出反應。
「不愧是MoMA的策展員。看來一切都裝在腦子裡。那妳顯然也知道，那匹『馬』是母馬。」

「等一下。」凱爾打岔。

「那匹馬就算有不妥當的肛門或性器官又怎樣？那和鮑爾國務卿的演說有甚麼關係？」

「沒甚麼關係。」傑克故作無辜說。

「只是，代表一個國家的人物正後方，公然出現不妥當的畫面，恐怕值得商榷……不管那是美國國務卿或法國外交部長，無論是誰來演說，如果臉孔正後方出現屁眼，不僅電視畫面不好看，也會影響聯合國的品位。不是嗎？」

瑤子立刻醒悟，這是詭辯。壁毯這些年一直掛在同一個地方，演說台也一直放在那前面。從來就沒聽說過因為演說者正後方可以看到馬的肛門就造成甚麼問題。

「你們把演說台移開不就行了？」凱爾緊咬不放。

「這個我們當然也考慮過。問題是，那幅壁毯太大了。而且畫面太豪放。不管移動到哪裡，都會有某些不妥的部分出現在電視螢幕上。如果往左移，會看到公牛的睪丸，如果往右移，會看到女人的乳房。妳說是吧？八神小姐？」

瑤子感到憤怒的粒子在體內咕嘟咕嘟不停湧現。

傑克的狡辯，等於是在侮辱畢卡索的藝術。不管是人類或公牛或母馬，畢卡索描繪生物時，都會把性器官或肛門乳房抽象化地加以強調。尤其是性器官，就和眼睛嘴巴一樣，對畢卡索而言是應該毫不隱諱描繪出來的重要肢體一部分。但畢卡索筆下的那些部位絕不猥瑣。毋寧是作為生物的證據，極為自然、生動地融入畫作之中。

堂堂聯合國的公關部長，居然拿堪稱畫家最大特徵的表現手法做文章，掰出這種讓人聽不下去的藉口，簡直讓瑤子忍無可忍。

咚咚的敲門聲響起，秘書探頭：「下一位訪客已抵達。」聽到這句話，傑克頓時露出如釋重負的神情。

「不知是否稍微幫上兩位的忙？面對專家，或許有解釋不周之處。」

傑克一邊站起來與瑤子握手，一邊如此表示。瑤子嘴角浮現苦笑，但她甚麼也沒說。

「真是難纏的老狐狸。」

一走出辦公大樓，凱爾就憤然啐了一聲說。外面已是夜幕籠罩。

「不過，這下子可以確定了。給聯合國公關部施壓的，不管怎麼想都是白宮。絕對不會錯。」

瑤子始終沉默。凱爾吐出白煙，繼續又說：

「不過話說回來，沒想到他居然準備了那麼低級的藉口……太瞧不起人了，真是的。畢卡索如果聽見了，八成會嗤之以鼻。大概還會說：甚麼狗屁不妥當，你老兄身上不也有那玩意？」

凱爾故意用開玩笑的口吻說。

瑤子的心情依然低沉。直接質問聯合國公關部首腦的結果，到底是誰給〈格爾尼卡〉罩上布幕的謎團反而變得更深了。

但，無論得到甚麼樣的答覆，都得向露絲．洛克斐勒報告。

露絲聽了，不知會怎麼說？

當初，露絲曾放話要把她寄放在聯合國的壁毯收回來，但她的怒火終究不可能就此平息。

該怎麼做，才能對那個羞辱自己及畢卡索藝術的幕後主使還以顏色，讓對方挨打後甚至不敢吭聲——

透過露絲的命令，瑤子這才第一次明白——當你考慮報復一個擁有龐大財富與權力的對手時就必須毫不留情。——

配合「畢卡索的戰爭」展，無論如何都得把馬德里的那幅〈格爾尼卡〉本尊借來。

——不，現在已經沒時間悠哉地談甚麼借了。要去搶奪。

妳必須抱著這樣的覺悟，再次去和柯梅里亞斯館長交涉。

妳必須證明，無論是聯合國或白宮，乃至任何國家權力，都無法讓藝術沉沒於黑幕之下。

是的，沒錯。要讓他們見識藝術的真正力量。

聽好了，瑤子。要去搶奪喔。——一定要。

第四章

哭泣的女人

一九三七年七月三十日・穆然

那棟房子，建於小村落外圍的小山丘上。

地點是在南法，靠近坎城的穆然這個小鎮。

以教堂為中心，石造的老房子一圈圈環繞如蝸牛殼形成街景。到處都有夏花爛漫綻放，走在石板小路上，難以形容的馥郁芬芳撲鼻而來。村民彼此全都認識。每當與人錯身而過，就會互道一聲：午安，你好嗎？

面南的窗子大敞而開，可以看見極遠處的黃金海岸。傍晚的涼風吹入，佇立窗邊的朵拉，塗著紅色指甲油的指尖夾著香菸，用銀色打火機點燃。

這是與畢卡索交往後的第一個夏天。

對朵拉而言，這也是第一次來穆然的夏日別墅。外觀設計相當摩登，室內雖然布置簡潔，柱子與壁爐卻綴有小資產階級情趣的裝飾。鄉村風味的素樸椅子，和彷彿是從古董店找到的洛可可風格桌子並存，但整體而言自成一格，品味極佳。雖然雜然紛陳，卻又有種藝術女神的城池那樣優雅的氛圍。

不管在巴黎或哪裡，畢卡索定居的場所，總是這樣洋溢著藝術的氣息，想想真是不可思議。

——去年夏天，那個女人大概就坐在這窗邊吧。

朵拉呼地吐出一口煙，沒有出聲地嘀咕。

彷彿與遠方的水平線重疊，浮現那個女人的臉孔。圓潤年輕的臉龐。剪得很短的閃亮金髮。偏藍的灰色雙眸……。那雙美麗的眼睛，燃燒著憎惡的火焰。

——滾出去！

女人對著朵拉尖叫。發出即將被掐死的母雞似的聲音。

——妳怎麼會在這裡？這是畢卡索的畫室。不是外人可以擅自進入的場所！出去，現在就立刻出去！怎樣，妳是在跩甚麼？妳到底算是哪棵蔥？妳問我又是他的甚麼人？好啊，那我就告訴妳吧。我不是他的妻子。但是，我是他女兒的母親！

「怎麼，原來妳在這裡啊。我還以為妳出門散步沒回來。」

敞開的房門那頭，傳來畢卡索的聲音。朵拉沒有回頭。

那天，畢卡索從早上就窩在畫室裡，午餐時間在餐廳出現了不到一小時，吃光了只有停留此地期間才雇用的村中廚師準備的午餐，與朵拉簡短地交談，之後又回畫室去了。朵拉閒著無聊，只能在村中四處漫步，或是拍照打發時間，但這些都厭倦了，所以才茫然眺望窗外的風景。

從巴黎來穆然避暑，已有一周。每天總有人來訪，朵拉忙著接待客人，可是一旦整天都沒有客人來，竟然如此無聊。

世界各地的名流雅士聚集在這夏屋，畢卡索坐鎮中央，身旁是身為「天才藝術家的繆思女神」的自己，這起初讓朵拉興奮，也很驕傲。但，漸漸地，她感到心中萌生一種模糊的焦躁。

客人們對偉大的藝術家極盡諂媚奉承，畢卡索如果罵誰，他們就跟著附和，畢卡索如果講下流的玩笑，他們就誇張地大笑，畢卡索畫的素描，哪怕只是畫在餐巾紙背面的一隻裸露性器的公狗，他們也會圍上去，毫不掩飾「隨便甚麼都好，最好能設法弄到一張附帶簽名的畫作」的想法，這讓朵拉逐漸無法忍受。

她曾在院子陽台，偶然聽到某畫廊主人與詩人還有評論家在閒聊。

——那個女人，最大的缺點就是過於自信好強。

——對，沒錯。畢卡索怎麼會喜歡那種女人呢。

——那女的還自以為是藝術家，真讓人受不了。我倒覺得瑪麗．德雷莎遠比她可愛多了。聽說前年瑪麗生了女兒，畢卡索還很高興呢。

——八成是被個性正好相反的女人吸引吧。我聽說，那女人還待過超現實主義的團體。自以為這樣就是藝術家了。還自大地拎著相機到處跑。

——可惜在畢卡索面前不管她拍出甚麼傑作都只會被搶去鋒頭。真可憐。

聽完全部對話後，朵拉大步走向陽台。三個男人愣住了。朵拉對著三張僵住的臉孔放話。

——這真是美好的夜晚啊，各位。怎麼不找畢卡索一起去散步呢？他少了一起散步的狗，可是很寂寞呢。

「晚餐還沒好嗎？」

畢卡索走近朵拉背後問。

「對，還沒好。這裡的廚師不靈光，動作慢吞吞的。」

朵拉用異樣帶刺的聲音回答。畢卡索親吻朵拉穿著白色露背長裙的背部。

「那就在晚餐準備好之前，先吃看起來香噴噴的前菜吧。」

抓著露背裝兩側的肩帶，輕易滑落手臂下。形狀姣好的乳房頓時裸露。

「這不是前菜。是主菜。」

朵拉兩眼發出妖異的光芒，如此說道。畢卡索挑起嘴角，狡猾地笑了。

去穆然的別墅避暑的數周之前，六月底某個午後。

朵拉與畢卡索一起在格蘭佐居斯坦街的畫室等待搬運工抵達。

世紀大作〈格爾尼卡〉終於完成，也給知交好友們看過了。負責巴黎博覽會西班牙展館設計的荷西．路易．賽爾特、擔任展館副館長的西班牙大使館的馬克思．奧伯，以及最親密的十幾名友人，應邀前來一同慶祝這幅想必會是美術史上最大問題之作的誕生。

走入畫室的客人們，一眼看到幾乎壓倒牆壁的巨大畫作，一律啞口無言。大家似乎都很焦急，覺得自己必須說一兩句風趣機智的讚美之詞，但是該如何讚美才好？甚至連是否該讚美都不確定，只能站在那裡不知所措——這是看到這幅畫的每個人最初的反應，同時，也是這幅畫與生俱來的本質。

望著他們驚訝、困惑、啞然的模樣，畢卡索似乎非常滿足。

畢卡索在作品完成後，大概是太累了，整整昏睡了二天。之後，他打電話給馬克思．奧伯，聲稱還需要兩周時間等顏料乾透，二周後請盡量派遣大批搬運工來畫室。然後他就立刻在畫架放上新的畫布，開始創作其他作品的草稿。

他的迅速轉換，令朵拉暗自詫異，但是看著新的畫布，朵拉發現上面畫著彷彿從〈格爾尼卡〉搬來的主題。抱著死去的孩子不知所措的女人，哭叫的女人——明白畢卡索果然無法抹去〈格爾尼卡〉的殘影後，朵拉再次感到那幅作品擁有的強烈能量。

五月二十五日博覽會正式開幕迄今已過了快一個月，這天，〈格爾尼卡〉終於要搬進西班牙展覽館了。

前所未有的巨大畫作，無法直接搬上卡車。只能拆下木框把畫布像地毯一樣捲起來，放在拖拉機上固定後搬運。為此，只能等待顏料完全晾乾。

畢卡索佇立在作品前，邊抽菸邊檢視顏料的狀態。至於朵拉，要把作品拆下木框從畫室搬運出去的過程拍下來，把祿萊相機架在三角架上，正忙著檢查鏡頭中的畫面。

畫室的門被匆匆敲響。朵拉看手錶。距離和搬運工約定的時間還有二十分鐘。她一邊想著工人怎麼這麼快就到了一邊開門，沒想到出現的，是個頭髮剪得很短的金髮年輕女子。

朵拉一瞬間就明白這女子是誰。

畢卡索的情人，瑪麗．德雷莎．華特。在畢卡索邂逅朵拉前，以及邂逅朵拉後，都不斷在他的畫中出現的女人。白皙的肌膚，金色的短髮，偏藍的灰眸。青春的肉體裸裎，被畫下充滿官能感的性感姿態，是畢卡索作品的女主角。

發現門內的陌生女人，瑪麗．德雷莎頓時板起面孔。

瑪麗．德雷莎，算來已霸佔「畢卡索的情人」這個寶座十年。也是今年二歲的瑪雅的母親。

畢卡索已有妻子歐嘉．科克洛瓦，為了離婚問題糾纏許久。結果十年來始終無法正式離婚，期間瑪麗．德雷莎生下了孩子，畢卡索又和朵拉發生關係。

朵拉很反感自己也被當成畢卡索流連花叢的其中一段緋聞主角。她無法忍受被視為「好色的藝術家不斷更換的情婦之一」。可是，她卻又強烈意識到此刻能夠霸佔畢卡索身邊最近的位子，睡在他身旁的是自己。而且她渴望相信「畢卡索身邊」這個特等席永遠屬於自己。

朵拉早就知道，瑪麗．德雷莎和女兒一起住在巴黎郊外的布瓦熱盧古堡，畢卡索不時會去探望她們母女。畢卡索並未特別隱瞞，況且朵拉也知道，如果無法接受他就是這樣的男人，就不可能得到坐擁特等席的權利──但，直到這天開門的瞬間之前，朵拉並不知道瑪麗．德雷莎是甚麼樣的女人。

「妳是誰？」

瑪麗．德雷莎射來冷若冰霜的目光，如此質問。

「這裡是畢卡索的畫室吧？怎麼會有我不認識的女人在？」

朵拉屏息回瞪瑪麗。一步也不想讓她踏入畫家的聖地。

「原來是瑪麗啊。妳怎麼突然來了。快進來。」

背後，響起畢卡索格外從容不迫的聲音。

瑪麗從堵在門前的朵拉身旁臭著臉經過，大步走進畫室。然後，她對覆蓋整面牆的大作正眼也沒瞧一眼，直接對畢卡索說：

「我正奇怪你最近怎麼都沒來看我們……原來你把女人帶進畫室。真不要臉！」

畢卡索面不改色地叼著香菸。朵拉喀喀踩著高跟鞋走近瑪麗背後，語帶怒氣說：

「請妳出去。我們現在正要把這件作品搬出去。妳妨礙我們了，請妳立刻離開。」

瑪麗氣勢洶洶地轉身，「哎喲，該出去的不是妳嗎？」她反駁。

「我是這個人的孩子的母親。他和我有特殊關係。他在的地方就是我該在的地方。所以我待在這裡是理所當然的吧？不知是哪來的野女人居然擺出當家作主的嘴臉，就算走錯門也該有個限度。該離開的是妳。好了，請妳現在立刻出去。」

朵拉冷哼一聲，「開甚麼玩笑。」她嗤笑。

「我有理由比妳更該待在這個畫室。雖然以妳簡單的頭腦恐怕聽了我的解釋也不會懂……就算妳有小孩又怎樣？妳或許的確是『母親』，但妳已經不是『女人』了。妳啊，對他而言只是過去的情人之一。他現在迷戀的，是我。」

「少來了，妳這個不要臉的小偷！」

瑪麗尖聲叫嚷。然後猛然想撲過去。

朵拉情急之下，甩手就給瑪麗失去血色的臉頰一耳光。瑪麗驚呼一聲，隨即也回了朵拉一巴掌。

二個女人之後就這麼推來推去、互扯頭髮與肩膀、破口痛罵了半天。期間，畢卡索始終沒說話，只是冷眼旁觀二個女人的小小戰爭。即便粗糙的指尖夾的香菸已全部化為灰燼落到地上，他也沒有動彈，只是默默看著女人們的爭執。

「喂，巴勃羅。你別杵在那裡，好歹也說句話呀！」

疲於爭執的瑪麗，對畢卡索說。

「我問你，這個女人和我，你要選誰？請你現在就回答。否則，我……」

藍灰色的眼眸，轉眼浮現淚光。一直強忍的淚腺大概終於失控了，瑪麗像少女一樣嚎啕大哭，撲向畢卡索胸口，緊抓不放。畢卡索無奈地摩挲瑪麗的肩膀，朝朵拉使個眼色，露出尷尬的苦笑。

朵拉難堪地撇開臉，轉向〈格爾尼卡〉。

畫面左方抱著死去的孩子哭喊的女人，驀然映入眼簾。

朵拉湧現不甘的眼淚。但她沒哭——她告訴自己，眼淚，不該是在這種時候流，緊緊咬住臼齒。

現代生活的藝術與技術——打出這個主題的巴黎世界博覽會，隔著塞納河右岸的托卡德羅庭園和左岸的艾菲爾鐵塔相連的寬敞步道，兩側是各國的展覽館。共有世界四十四國參加，與俄國館、德國館、義大利館等列強諸國的展覽館並立，由賽爾特設計的西班牙館，終於開門了。

德國館與俄國館的設計都充滿壓迫感，互相睥睨屹立，相較之下，西班牙館就顯得非常不起眼了。賽爾特是個年僅三十五歲的年輕建築師，在他的主要根據地巴塞隆納參與了許多設計案子，在西班牙國內已有一定名聲。支持共和國政府的賽爾特，對於佛朗哥將軍率領的叛軍以及支援叛軍的納粹德國的暴行，當然是抱著堅決抗議的意味，盡量打造出樸素的展覽館，讓舞台裝置徹底烘托出展覽品本身。結果，完工的西班牙館和列強各國的展覽館有天壤之別，只是一棟不起眼的簡單建築。

然而，參與西班牙館籌建的人卻自負擁有比別館更充實的展出品。在作品創作方面，有畫家胡安・米羅、雕刻家胡立歐・貢札雷斯，阿貝托・桑切斯，身為米羅友人也已表明支持共和國的美國雕刻家亞歷山大・考爾德。況且，還有巴勃羅・畢卡索——。

開幕一個月後，當初的混雜雖已大為緩和，但是各國展覽館還是擠滿好奇心旺盛想一窺新奇、罕見事物的參觀民眾。

而且，終於到了西班牙館開館的時候。雖是因為畢卡索的創作遲遲未完成，但這樣或許反而成了吸引人們關注的最好時機，所以大使館人員也同樣滿懷期待。

六月底，終於到了〈格爾尼卡〉公開的日子。

朵拉匆匆趕往萬國博覽會主題展會場的夏佑宮。

她穿著一襲低胸的淡紫色薄紗洋裝，掛著大顆珍珠項鍊。黑髮綁起，戴著綴有羽毛的黑帽子，畫上比平日更濃的眼線，塗抹艷紅的口紅。戴著黑色蕾絲手套的模樣，即便隔著大老遠也相當顯眼。

身穿燕尾服打白領結的帕德．伊格納修，正神色不安地佇立在宮殿前的入口。「讓你久等了。」聽到這聲招呼，帕德抬起頭，如釋重負地咧嘴露出一口白牙。

「太好了。我還以為妳不會來了。……今天妳打扮得特別美。」

然後，他頗有名門貴族子弟風範地自然遞上手臂。朵拉呵呵嬌笑，右手挽住他那隻手臂。

「臨出門前絲襪破了。所以，我又跑去買新的……」

「啊，原來是這樣啊。」帕德看著朵拉修長的美腿羞紅了臉。青年靦腆的模樣，在朵拉看來很新鮮。

這孩子，自從十六歲時與年長的家庭教師互許愛的誓言，之後想必沒嘗過其他女人的滋味吧。……真可惜。

明明渴望把畢卡索身心兩方面都綁在自己身上，心頭卻驀然閃現一個念頭，想調戲懵懂不解世事的年輕人。但，如果掉以輕心地和其他男人玩火，說不定立刻會讓那個可惡的女人瑪麗．德雷莎把畢卡索搶回去。——不行，唯獨這個說甚麼都不行。

「要展出想必大費周章吧。畢竟是那麼大的作品。」

走向西班牙館的路上，帕德如此咕噥。

「是啊，非常麻煩。」朵拉接腔。

「不過，這次的嘗試，讓我發現一樁小小的『好事』。」

「『好事』？是甚麼？」

朵拉呵呵又笑了。

「即便是那麼大的作品，只要拆下木框，照樣可以像地毯一樣捲起來搬走——這就是我的發現。」

二人走過筆直通往艾菲爾鐵塔的步道，抵達西班牙館。

預定下午對一般民眾公開的展覽館，此刻擠滿大批相關人士與應邀而來的來賓、媒體記者。不久，就要正式舉行開館典禮了。畢卡索身為主要來賓，想必早已抵達會場。

這個值得紀念的典禮，朵拉特地邀請帕德擔任護花使者。帕德在因緣際會下，成為繼朵拉之後第二個看見剛完成的〈格爾尼卡〉的人物。

——那個小少爺，肯定可以派上用場。

帕德參觀畢卡索畫室的當天晚上，朵拉對畢卡索這麼說。

帕德打從心底憎惡戀人的敵人——佛朗哥政權。他對強烈批判叛軍暴行的畢卡索非常崇拜。而且，未來將有一筆怎麼花都花不完的龐大財產歸於他的名下。他是將會結出極品果實的小樹苗，必須趁現在就把他種到自家院子裡。

沒想到，畢卡索聽了，極為不悅地反駁。

——別說這麼低級的話。隨他去吧。

畢卡索並非對帕德不感興趣。他在剛完成的〈格爾尼卡〉前，把一顆血淚（正確說來是做成眼淚形狀的紅色紙片）交給帕德，不就是最好的證明嗎？

「哪，那個你帶來了嗎？」

走進人潮洶湧的西班牙館，朵拉一邊走向〈格爾尼卡〉的展覽室，一邊悄悄問帕德。「呃，對……」帕德尷尬地笑了。

「不過，我覺得……恐怕還是做不到。就算是畢卡索本人委託的，也不能替那件作品加工吧。……冷靜想想，那已經是標準的『犯罪』了。」

「哎喲，會嗎？」朵拉有點掃興。

——居然說是犯罪？替公牛的眼睛加上一顆血淚是犯罪？

那麼，佛朗哥和納粹對格爾尼卡做的，又該叫做甚麼？

〈格爾尼卡〉佔據了通往前院的一樓展覽室整片巨大的牆面。

巨大的繪畫前，考爾德使用馬達與水銀創作的「動態雕塑」作品，發出低沉的馬達聲正在展示。黑壓壓的人堆避開那個，擠在〈格爾尼卡〉前。人們竊竊私語的聲音，沙沙沙，沙沙沙，形成不穩定的回音響徹四周——對，那顯然是不安的聲音。

初次目睹〈格爾尼卡〉的人們，就算受到衝擊為之驚恐，朵拉也認為那是極為自然的反應。

格爾尼卡大轟炸的悲劇，對這場空襲的批判。對法西斯主義的公然抵抗，反戰。那裡沒有美麗的模特兒也沒有風光明媚的風景。沒有預言，神話，故事。支配畫面的，只有戰爭帶來的黑暗，轟炸引起的慘劇。以前哪裡出現過如此寫實、充滿訊息性、瀰漫憤怒與悲痛的繪畫？

「啊，找到了。畢卡索就在那裡……」

比朵拉高出一個頭的帕德，在人潮中發現畢卡索。朵拉與帕德撥開人潮，努力接近畢卡索。世界最有名的藝術家，想必正被大批人群包圍，接受眾人恭賀他完成一大傑作。

沒想到——。

朵拉吃驚地駐足。

畢卡索就站在〈格爾尼卡〉前面。周圍，站了一圈看似軍官的軍裝男人。

——是納粹。

沙沙沙，沙沙沙。室內之所以響徹不安的回音，原來是因為畢卡索正與納粹軍官對峙。

畢卡索右手拿著香檳酒杯，指間夾著點燃的香菸。而且正默默凝視打量〈格爾尼卡〉畫面的軍官們。

最後，其中一名軍官走近作品。朵拉感到背部一寒。

——不要！

她差點不由自主叫出來。軍官朝畫布捅出一刀的幻影，在那瞬間，浮現視網膜。

然而，軍官只是上前去看貼在作品旁邊的畫名。牌子上刻著「格爾尼卡」這行字。

軍官喀喀踩著軍靴走近畢卡索，說：

「——畫這幅畫的，是你嗎？」

畢卡索黝黑閃著利光的眼睛直視軍官。那雙眼睛彷彿是看穿這世間的光明與黑暗、看穿一切真相的智慧結晶。然後，他說：

「不是。這幅畫的作者——是你們。」

二〇〇三年三月二十日・馬德里

雖是上午，但馬德里的巴拉哈斯機場並未出現一如往常的熱鬧。

現身入境大廳的瑤子，任由風衣翻飛直接走向計程車招呼站。

體格魁梧的司機，一手拎起行李箱塞進後車廂。瑤子一鑽進後座，立刻用西班牙語說：「麻煩去麗池飯店。」司機在後照鏡中露出訝異的表情。

「小姐，妳是打哪來的？西班牙語講得很好喔。」

「從紐約。我的日語也很好喔。」瑤子隨口打趣。

「妳該不會是美國人吧？」司機又問。

「妳的國家，搞出不得了的大事耶。這次的戰爭不是說西班牙也加入了嗎？雖然我不太了解，但現在如果站在美國這邊，馬德里恐怕也會成為恐怖組織的標的，所以我們一般老百姓都快嚇死了。」

看來在馬德里，以美國為主的聯合軍隊開始進攻伊拉克的話題也被炒得很熱。而且，一般人並非將之視為美國總統反覆強調的「對抗恐怖組織」，而是「美國挑起的戰爭」。

——對於商借作品而言，這可真是最糟的時間點啊。

瑤子在心中嘀咕，微微嘆息。

二十分鐘後，車抵馬德里市中心的麗池飯店。

國王阿方索十三世有心打造一間連國賓都能接待的頂級飯店，在他的大力支持下，二十世紀初創立了這家飯店，瑤子只有在要和西班牙藝壇人士進行重要交涉時才會入住。

藝壇人士往往會問來拜訪自己的客人「下榻何處」。藉由訪客投宿的飯店等級，不動聲色地推測對方是哪種地位的人物。投宿「麗池飯店」與投宿「假日連鎖飯店」，得到的待遇也會截然不同。自從瑤子投身藝壇後，逐漸明白這也是一種外交策略。

「早安。八神女士。歡迎回到麗池。」

一去飯店櫃檯，早已熟識的資深經理塔迪歐．波特羅就向她打招呼。最近，為了商借畢卡索的作品，瑤子已來馬德里住過好幾次麗池了。

「又要麻煩你了，塔迪歐。請多關照。」

塔迪歐檢視電腦後，

「這次您要住二晚啊，謝謝惠顧。馬德里之後還要去何處？」

「不了，很遺憾，之後就得立刻回紐約。」

「您還是這麼忙碌啊。不過這次停留，有個小小的驚喜喔。」

「驚喜？是甚麼？」

「這個嘛，就請您期待囉。荷西，替女士帶路。」

在後方靜候的門僮，從塔迪歐手中接過帶有紅色流蘇的房門鑰匙，引導瑤子上樓。

驚喜是甚麼，之後瑤子立刻就發現了。

瑤子被帶去的，不是她預約的標準客房，而是豪華套房。以紅色為基調的優雅裝潢，除了有特大號雙人床的臥室，還有三面開窗的客廳。客廳的窗外，可以看見緊鄰飯店的雷提羅公園的樹林。這是適合款待世界各地ＶＩＰ的最高級客房。

大概是因為最近頻繁投宿，所以飯店主動替她把房間升等了。可即便如此未免還是太慷慨了吧？瑤子毋寧深感訝異。

她立刻撥打內線電話給櫃檯的塔迪歐。

「這個驚喜也太豪華了吧。這是怎麼安排的？」

她試著探問。

「這是敝飯店的大股東，也是西班牙最自豪的名士送給您的禮物。客廳茶几上有那位先生給您的留言，請您看一下。」

塔迪歐殷勤回答。放下話筒後，瑤子立刻走向茶几。

玻璃茶几上，有泡在冰桶裡的CAVA氣泡酒、玫瑰花與芙蓉組成的美麗花束、還有水果籃。西班牙皇室御用的SARGADEROS純白陶瓷圓盤上放著一個信封。瑤子拿起信封，立刻拆開。

親愛的八神瑤子

今日誠邀您至寒舍一遊。

與艾妲．柯梅里亞斯面談前請務必來一趟。

帕德．伊格納修

瑤子大吃一驚。

帕德．伊格納修。

——不會吧。

電話在背後響起。瑤子慌忙抓起話筒，是塔迪歐打來的。

「您看過那封信了嗎？」

瑤子嘆息著答了一聲「是」。

「的確是西班牙首屈一指的名士。不過，那位先生怎會找我？」

「這個就要請您自己去問他了。」塔迪歐在電話那頭笑了。

「伊格納修家派來接您的車子已抵達飯店正門口。請問您準備好了嗎？」

這個時間點根本不容瑤子選擇。結果，還來不及脫下風衣，瑤子就坐上伊格納修家派來迎接的黑色賓士後座。

「從這裡出發大約要多久才會到？」

車子起動後瑤子立刻問司機。

「大約十五分鐘，女士。路上請放心休息。」

司機彬彬有禮回答。

——怎麼辦？

瑤子從皮包取出手機，急忙查閱通訊錄的電話號碼。

不管怎樣，都得聯絡艾妲。約定面談的時間就在三十分鐘後。絕對來不及。

這到底是怎麼回事——居然沒頭沒腦就被那位帕德．伊格納修給「綁架」了。

說不定，艾妲會知道甚麼。

瑤子撥打艾妲的手機，但電話被轉到語音信箱。在語音信箱的公式化訊息播出的數秒間，瑤子思考藉口。嗶——可以留言了。

「艾妲，我是瑤子。抵達飯店的時間延誤了……恐怕趕不上與妳約定的時間。一小時後我再打給妳。」

她情急之下撒了謊，結束這通電話，關機。把手機放回皮包時，手心已汗涔涔。

打從在那封信看到「那個名字」，瑤子的心情就一直很激動。

帕德·伊格納修。——西班牙首屈一指的貴族名門伊格納修家族的家主、公爵。世界數一數二的大富豪，也是全球最知名的藝術收藏家。也有傳言說他密藏畢卡索不為人知的作品，但誰也沒親眼見過。他擔任普拉多美術館與索菲亞王后藝術中心的名譽理事，每年都捐贈龐大的金額。對於西班牙的文化行政擁有非比尋常的影響力，甚至被稱為「地下文化大臣」——是個傳說中的人物。

瑤子當年在普拉多美術館實習時，曾經遠遠見過他一次。

討厭熱鬧場所的帕德，很少現身展覽開幕酒會這種場合，但一九九一年，普拉多美術館慶祝〈格爾尼卡〉返回西班牙十周年的慶典上他出現了。

當天，瑤子身為幕後工作人員在館內忙碌地來回奔走，忽然發現有人在大批保鑣嚴密護衛下疾步走向會場。她起先還以為是首相來了，結果竟是帕德·伊格納修。那是個身材高䠷眼光銳利的老人。就像一陣風倏然走過。緊接在他之後，西班牙首相如同跟班似的小跑步跟隨。

得知那就是傳說中的「美學巨人」，瑤子很興奮。她想，原來那不是傳說，是真的存在。

而且，她也聽說，帕德·伊格納修就是促成〈格爾尼卡〉歸還西班牙的關鍵人物。

〈格爾尼卡〉的歸還，並非在送還方MoMA與接收方普拉多美術館這二館的單純交涉下實現。這已成為好不容易開始摸索著步向民主化道路的西班牙，以及躍居世界霸主的超級大國美國之間，賭上「國寶」的勾心鬥角。也有人猜測，當時的美國總統曾經秘密要求MoMA「不要歸還」。西班牙方面也有政府出面，但背後據說還有帕德．伊格納修等多位相關人士。

或許只是傳說衍生出更多傳說，但俗話說無風不起浪。就算他真的插了一腳也不足為奇。沒想到，如此重量級的大人物，居然會用這種方式主動接觸自己。

——他怎麼知道我來了西班牙？

望著車窗外流逝的高級住宅區風景，瑤子尋思。

那封信上說，在瑤子與艾妲．柯梅里亞斯面談之前——也就是說，帕德連自己的來訪目的都知道了。這次的突然接觸，對自己是吉是凶，尚是未知數。只是，瑤子感到莫名的激動不安。

高第風格的鐵門出現，車子減速後，鐵門吱呀作響地自動打開。常綠樹木茂密叢生的庭園深處，出現時尚的石造樓房。下車處，有三名公爵家的工作人員等待客人抵達。瑤子下車後，立刻在他們的陪同下走進屋內。

走廊到處裝飾著應是十七世紀至十八世紀在西班牙描繪的靜物畫與肖像畫。例如放在閃亮銀器中的新鮮水果，身穿豪華禮服黑眸定睛直視觀者的貴婦。艾爾．葛雷柯、維拉斯奎茲、牟利羅，還有疑似哥雅手筆的多件作品，令瑤子差點一再駐足。

天花板垂掛水晶吊燈，放射出數以千計的璀璨光芒。地上鋪滿萬花圖案的波斯地毯，窗戶高及天花板。覆蓋周圍的紅色絲綢壁布上，綴有百合與蜜蜂徽章的圖案。

這間屋子的主人的確似乎擁有龐大的資產。而且對美的品味也不同凡響。
瑤子被帶進屋內最深處的會客室。在那裡等她的，是個意外人物。
瑤子一走進房間，坐在皇家藍沙發的銀髮女性就站起來——是艾妲・柯梅里亞斯。
「……艾妲？」
瑤子當場愣住了。艾妲露出微笑上前，一如每次會面時那樣，滿懷親愛地摟住瑤子的雙肩行貼面禮。
「我聽到妳的電話留言了。妳說延誤抵達，所以我還以為妳不會來。」
「對不起，呃……」瑤子結結巴巴。
「因為我壓根沒想到，事情會是這樣……忍不住就……」
雖說事出無奈，畢竟還是對自己最尊敬的恩人撒了謊。這讓她感到萬分羞愧。瑤子說不下去了，只能紅著臉低下頭。
艾妲握住瑤子的雙手，「沒關係。」她用很體諒的聲音說。
「如果換我處在妳的立場，八成也會用同樣的藉口。因為在重要會談前，不容分說就被人帶走了嘛——而且這人是帕德・伊格納修。」
瑤子抬頭盯著艾妲的眼睛。
「我今天要來馬德里的事，是妳告訴他的？」
艾妲靜靜搖頭。
「不是——我也是今早突然被叫來的。他叫我和八神瑤子會談前先來這裡一趟。」
就在這時。二人的背後，通往另一個房間的那扇門，吱——的一聲打開了。

門那頭，出現高䠷的白髮男人。皺紋深刻的臉孔，銳利的眼神。

瑤子霍然一驚。

——帕德．伊格納修公爵。

雖只是很久以前驚鴻一瞥，但外貌、眼神、以及全身散發出的氣勢，一切都如瑤子當初見到時的印象。

此人現在應該已有八十幾歲了吧。然而，粉紅色襯衫搭配胭脂色領巾與光滑羊毛黑西裝的模樣非常年輕。雖然倚著右手的枴杖，但他的腳步非常穩健，緩緩走近二人。

「你好，帕德。好久不見。」

艾妲先開口打招呼，與公爵輕輕擁抱。然後，她把手放在瑤子肩上。

「我來介紹一下。這位是現在最受矚目的畢卡索研究者，八神瑤子。」

艾妲如此介紹。

瑤子伸出右手。

「您好。很榮幸能見到您。」她說。

帕德一邊與瑤子握手。

「歡迎。突然邀請，想必讓妳很驚訝吧。」

說完，他驀然一笑。「對，非常驚訝。」瑤子老實回答。

「不僅承蒙您邀請，連飯店的房間都替我升級了……實在愧不敢當。」

「哪裡，小事不值一提。」帕德說。

「我只是怕妳對馬德里留下不好的印象。」
「絕不可能有不好的印象。」瑤子說。
「我在這個城市住過，也在普拉多美術館實習過……我和外子，也是在這城市認識的。馬德里對我來說，是全世界最美好、也是我最愛的城市。」
帕德目不轉睛看著瑤子。瑤子也毫不畏縮地凝視傳說中「美學巨人」的黑眸。
帕德始終不曾移開目光，說：
「我聽露絲．洛克斐勒說，今天，妳預定和艾妲面談。至於議題，是關於畢卡索的某件作品。沒錯吧？」
突然被這樣問，瑤子的心跳差點停止。
——是露絲？
一瞬間，瑤子感到困惑，但思路立刻在腦中豁然開朗。
原來如此，是這麼回事啊。
露絲與帕德，雙方都是舉世知名的大資產家。而且，二者都是知名美術館的理事長或名譽理事，是對美術界擁有非凡影響力的「美學巨人」。二人想必早有交情吧。
無論如何都要把〈格爾尼卡〉從索菲亞王后藝術中心借出來，在MoMA展出——這就是這次造訪馬德里，露絲賦予瑤子的使命。關於商借〈格爾尼卡〉雖然早已得到否定的答覆，露絲還是如此嚴命——她說，不是去借，是搶奪。
然而，露絲應該也知道，如果每次交涉都老實採取正面攻勢，結論不可能改變。正因如此，露絲才會使出殺手鐧企圖在後面推一把。

她的「殺手鐧」，就是此刻站在瑤子眼前的這個人物。帕德．伊格納修。

八成是露絲對帕德說明原委，懇請帕德幫忙說服艾妲同意借出〈格爾尼卡〉。

〈格爾尼卡〉歸還西班牙後，被國立美術館收藏，也就是變成國家所有。而且，這是歷經長時間與複雜過程好不容易才送還回來的問題之作，也堪稱西班牙民主化的象徵。哪怕紐約現代美術館有保護〈格爾尼卡〉超過四十年的恩情，西班牙方面也不可能輕易同意借出。

是的。露絲打從一開始，想必就已明白這點。

正因如此，她才設法請動了最強大的「幫手」。

——帕德是站在我這邊的。正因如此。他才搶在我去交涉借畫之前，把我和艾妲都叫來這裡……。

瑤子如此理解後，頓時渾身放鬆。她不得不在心中感謝露絲。

——這下子，終於可以在談判桌前好好坐下了。

帕德很紳士地伸手扶著女士們的背部，邀請二人去窗邊的大圓桌。

「來，兩位這邊請……午餐已經用過了嗎？要不要來點西班牙吉拿棒配巧克力？或者，來點西班牙烘蛋？」

「我已經在飛機上吃過了……啊，不過，我想吃點烘蛋。那是我最愛吃的東西……」

瑤子語帶急切說。

驀然間，她想起丈夫「最後的早餐」吃的就是西班牙烘蛋三明治。從那之後，她就再也沒有吃過這道菜，但她現在忽然很想吃。出自公爵家廚房的西班牙烘蛋，想必很美味吧。

鋪著白色麻布的桌子中央，和送到麗池飯店豪華套房的桌上一樣，玫瑰與芙蓉花形狀優美地插滿花瓶，散發芬芳。SARGADELOS純白陶瓷圓盤，擦得晶亮的銀製餐具。布置洗鍊彷彿直接把麗池複製到宅邸內。

三人用注入LOBMEYR優美玻璃杯的CAVA氣泡酒乾杯。冰涼的泡沫似乎滲透還有時差的遲鈍大腦，感覺格外清爽。

午餐期間氣氛非常祥和。幾乎都是瑤子一個人在講話。內容主要是她在馬德里時代的回憶，但不僅是她心情激昂，意外的是帕德也很善於傾聽，一臉愉快地聽得很投入，讓瑤子得以敞開心房暢談。艾妲也露出沉穩的笑容，就像在注視自己引以為傲的女兒，默默朝瑤子投以慈愛的目光。

蓬鬆綿軟的極品烘蛋、生火腿、西班牙香腸、RUSK脆餅、搭配熱巧克力的吉拿棒……各色料理豐富妝點餐桌。喝完餐後的牛奶咖啡時，一看手錶，已經過了二小時。

驀然間，瑤子發現到目前為止的對話中一次也沒提到過〈格爾尼卡〉。

——為什麼？

二人應該都很清楚，我是來商借〈格爾尼卡〉的。

這樣下去，沒機會提起〈格爾尼卡〉就要打道回府了。

這下子事情變得很古怪——。

對話倏然打住的瞬間，「好了。」帕德說著，把餐巾放到盤子上。

「我已徹底確認過，妳的確是衷心熱愛馬德里。不枉我今天邀妳來作客。回去一定要替我向露絲問好。」

那就這樣。帕德說著，作勢準備起身。

「請等一下。——最重要的事，我還沒說。」

瑤子不禁扯高嗓門。帕德保持站姿看著瑤子。

「拜託。能否請您先坐下，公爵？」

瑤子盡可能客氣地說。帕德聽了，默默又坐回去。艾妲也抿嘴凝視瑤子。沉穩的微笑已從她臉上消失了。

之前的祥和午餐風景彷彿幻影消失無蹤。瑤子感到，餐桌周遭的空氣一下子變得很緊張。不祥的預感再次如疾風吹進她的心中。

瑤子像要揮除那種預感，毅然抬起頭，看著帕德與艾妲二人的眼睛說：

「我請求兩位——能否把〈格爾尼卡〉借給我負責企劃預定在MoMA舉行的畢卡索作品展上展出？」

帕德與艾妲依然神情不變甚至顯得詭譎地回視瑤子。危險的沉默籠罩三人。瑤子屏息等待二人的答覆。

「……不行。」

帕德斷然說道。瑤子不禁驚呼一聲：「啊？」

帕德依然盯著瑤子，繼續說道。

「昨晚，我接到露絲的電話。她希望我幫忙讓〈格爾尼卡〉在MoMA再次短期展出。她說八神瑤子隔天會去找艾妲．柯梅里亞斯交涉借展之事，希望我能助一臂之力。……當時我未置可否。然而，結論從一開始就已有了。——是『NO』。」

帕德繼續盯著驚訝得說不出話的瑤子，嚴肅地說。

「聽著，瑤子。我希望妳轉告露絲。想讓〈格爾尼卡〉離開馬德里，永遠不可能。」

因為盯著那件作品的不只是美術館人員。帕德說。他的眼中又恢復銳利光芒。

哪怕只是一瞬間，一公尺，只要離開現在的場所，〈格爾尼卡〉就會陷入被人奪走的危機。

然後帕德說，盯上這件美術史上最大問題之作的就是恐怖組織——。

第五章

何去何從

一九三七年九月十日・巴黎

做好出門的準備，最後戴上黑色寬簷帽子，朵拉就要離開自家公寓。正要開門時，她忽然折返客廳。她湊近掛在暖爐上方牆壁的金框大鏡子，再次仔細檢查口紅有沒有塗到嘴唇外。打開手上的黑色天鵝絨手拿包，取出小瓶香水。用指尖迅速將一滴香水抹在耳後，馥郁的玫瑰香氣散發，自然而然萌生情色的氛圍。

看看手腕的卡地亞手錶，早已過了下午二點。哎呀，糟糕，讓小少爺苦等太可憐了。她一邊這麼暗忖，想到等候自己的是畢卡索以外的男人，心情自然興奮起來。

來到聖傑曼大道上，午後陽光很刺眼，卻已失去夏日的光輝，路旁成排法國梧桐的葉片已開始褪色。朵拉和畢卡索一起在穆然度過整個夏天，幾天前才剛剛回到巴黎。悠哉的避暑地生活雖然不錯，但是客人頻繁來來去去還是讓她有點厭煩，更何況素樸的小村落一點也不熱鬧。起初她還漫不經心地拍攝鄉村風景，漸漸卻甚麼也不做了。之後只是無所事事地虛擲時光。

畢卡索盡情創作，而且好像也把和客人聊天當成轉換心情的消遣頗為愉快。睡覺，起床，吃飯，畫畫，聊天，心血來潮時和朵拉做愛。長時間共處，好像讓朵拉完全失去刺激感了。剛邂逅時的畢卡索，以及開始創作〈格爾尼卡〉、專心畫畫時的畢卡索，曾經讓她心如小鹿亂撞，而且渾身發疼地熱烈渴求他。

然而，回到巴黎，暫返自己的公寓後，那種不安的心情又復甦了。說不定，此時此刻畢卡索又跑去見瑪麗・德雷莎了。不，畢卡索也可能正漫步街頭，像他當初發現自己那樣打算發現「下一個女人」。

這麼一想，朵拉再也忍不住了。但她更加喜歡這種忍無可忍的感覺。

就算想見他，朵拉也不會立刻跑去畫室。她不會主動送上門。與畢卡索交往的過程中，朵拉早已明白，不要廉價出售自己的感情才是吸引畢卡索的重要關鍵。

話雖如此，老是不上不下地吊著也很沒意思。為了發洩鬱悶，試著接近畢卡索以外的男人應該也會很有趣。

「讓你久等了。你每次都很準時呢。」

在可以近距離眺望聖傑曼德佩教堂的雙叟咖啡館露天座等候朵拉的，是帕德・伊格納修。

「不是準時喔。我每次都是比約定時間提早十分鐘抵達。因為不能讓淑女等候。」

帕德親吻朵拉的手背，如此回答。朵拉滿足地微笑，晃動著耳環在帕德身旁坐下。

「避暑地的生活過得如何？」

對於帕德這個問題，朵拉叼著菸，「無聊透頂。」她不假思索回答。

「鄉下不合我的胃口。還是得在巴黎才行。」

「這樣啊。」

帕德用自己的打火機替朵拉點菸，一邊露出苦笑。

「不過，整個夏天，巴黎也很無聊。霸佔這裡露天座的都是鄉巴佬……八成是來參觀博覽會的吧，我想。」

朵拉呼地噴出青煙，看著帕德英俊的側臉問：

「這一個月，西班牙展館怎麼樣？」

朵拉事先拜託帕德，在他們去外地避暑的期間幫忙留意一下西班牙展館的情況。看看一般觀賞者到底是如何看待〈格爾尼卡〉。因為朵拉知道，畢卡索雖未說出口，但肯定也只在意這點。

「這個嘛……入場人數好像馬馬虎虎還過得去。你們在穆然那邊，沒有收到大使館的消息嗎？」

帕德神情認真地反問。

「是啊。沒有特別的消息……」

朵拉憂鬱地回答。

實際上，據巴黎來的訪客表示，大使館及西班牙展館的相關人員越來越不滿，已經到了無法掩飾的地步。不過，幾乎所有的客人在畢卡索面前都忙著逢迎拍馬，關於中傷或批判〈格爾尼卡〉的傳言只不過透露了十之一二罷了。

西班牙館開幕後，朵拉立刻把來自西班牙的實質流亡者——伊格納修公爵家的嫡長子帕德，秘密介紹給少數關係人士。

帕德的父親伊格納修公爵，早已替共和國政府籌措了大量的軍用資金，卻並未公開。巴黎也有納粹出入，如果大肆宣揚他支持共和國的立場並無好處。因此，朵拉也只向極少數關係人士介紹帕德——包括建築師賽爾特、西班牙大使、馬克思・奧伯、路易・阿拉貢等。

崇拜畢卡索，同時也把畢卡索目前的戀人朵拉視為姊姊的帕德，按照朵拉的交代，在二人離開巴黎的整個夏天，天天都去博覽會的西班牙館報到。並且與朵拉介紹的那些人逐漸熟識，小心翼翼地觀察相關人士及一般民眾是如何接受〈格爾尼卡〉，或者是否根本無法接受。

加冰塊的玻璃杯與瓶裝檸檬汁分別送到二人面前。帕德一邊在二個玻璃杯倒入檸檬汁，

「我叫了冷飲，但在露天座或許還是該喝點熱飲比較好……」

他用西班牙語混合法語說。朵拉默默喝了一口檸檬汁。

「〈格爾尼卡〉的評價不好，是吧？」

她像要確認似地說。

帕德聽了，視線瞬間在空中游移。

「對。沒錯。」

最後他認命地回答。

「出乎預料，關於西班牙館展出的〈格爾尼卡〉，各大報紙完全沒有報導……相關人士似乎也很失望。」

事實上，媒體幾乎完全沒提到〈格爾尼卡〉。對此朵拉也感到很錯愕。

當今世界最知名的藝術家巴勃羅・畢卡索，使出渾身解數，如此辛辣地描繪出他對佛朗哥及納粹發動大規模隨機攻擊的抗議。來到會場的人想必都會為之驚愕、憤怒、流淚，並且認同共和國政府。甚至可能因此對陷入滅亡危機的西班牙共和國及其人民萌生同情，進而大規模影響輿論。——關係者都深信這種可能性。他們以為蓄勢待發的各大報紙必然會以整版的篇幅刊登這件現身博覽會的作品照片。

沒想到，不知是何原因，報紙對〈格爾尼卡〉的展出竟然毫無興趣。就連一直持續報導西班牙內戰，格爾尼卡遭到轟炸時也是率先報導的《人道報》，這次雖然報導了西班牙館的開館，卻對〈格爾尼卡〉隻字不提。

因此，會來博覽會的人們，八成無法透過任何媒體得知它的風評，就算到了會場，在〈格爾尼卡〉面前也只是奇妙地保持緘默，壓根沒有那種激動之下恨不得立刻告訴別人的氛圍──帕德如此敘述。

「況且，西班牙館開館後，正好已經七月了，納粹在德國國內也開始搞甚麼『頹廢藝術展』……好像對現代藝術展開激烈的攻擊。順勢，德國館也散發誹謗中傷的傳單宣稱西班牙館的展覽不值一看、應該漠視云云……此舉多少也不無影響吧……」

「頹廢藝術展？」

朵拉反問，帕德蹙眉頷首。

納粹總統阿道夫．希特勒，把新時代的藝術──換言之，背棄傳統繪畫雕刻的摩登藝術批判為「頹廢的，猶太人及布爾什維克激進分子製造的禍害」，將德國國內美術館收藏的十九世紀末至二十世紀初各種現代藝術──不僅是德國藝術家的作品，也包括法國印象派及後期印象派乃至畢卡索的作品──全部沒收。而且，希特勒把他認為是正當藝術的純種德國人創作的傳統「健全的」作品陳列在「德國藝術之家」，在開館的同時，也舉辦了集合這些「頹廢藝術」的展覽。

他們將梵谷的作品從畫框拆下，直接把畫布從天花板垂掛，或是把猶太裔俄國畫家夏卡爾的作品貼在骯髒的牆壁上。這種異樣的展出方式似乎反而博得人們的熱烈迴響。

朵拉冷哼一聲。

「荒唐可笑。就算搞那種騙小孩的把戲，也不可能貶低〈格爾尼卡〉。」

「那當然。我也這麼想。」帕德立刻附和。

「不過──納粹那些人，對於開幕當天畢卡索對他們講的話，好像還懷恨在心呢。」

〈格爾尼卡〉在西班牙館公開展出的那一天。

就在第一次公開展現全貌的〈格爾尼卡〉前面，彷彿是來視察敵營的納粹軍官們，和畢卡索正面對峙。

其中一名軍官問畢卡索。

——畫這幅畫的，是你嗎？

畢卡索毫不畏縮地回答。

——不是。這幅畫的作者，是你們。

這段對話令全場哄然。

想替畢卡索這充滿勇氣的一句話拍手喝采的想必大有人在。但，那些人忍住了。能夠在〈格爾尼卡〉面前與納粹對抗的，舉世僅有一人，那就是巴勃羅．畢卡索。

那大快人心的瞬間。

朵拉清楚意識到。

就算和這男人殉情我也甘願。

對，在那瞬間——唯有那瞬間——她的確是這麼想。

「媒體之所以對〈格爾尼卡〉毫無反應，說不定是納粹私下搞的鬼。……雖然我也不願這麼想。」

帕德沉聲說。

朵拉忍住很想憤然啐舌的衝動，強裝平靜。

「有關方面怎麼說？」

「……好像很不滿。他們似乎以為大家會更狂熱地接受那幅作品……他們甚至說，不等會期結束就提前終止展覽或許比較好。」

「提前終止展覽？他們瘋了嗎？」

朵拉不禁扯高嗓門。周遭的客人都轉頭看二人。朵拉忿忿不平地把香菸在菸灰缸摁熄。

「這麼莫名其妙的話，到底是誰說的！」

帕德就像自己失言似地，露出愧疚的表情回答：

「……是路易．阿拉貢。」

朵拉頓時面無血色。就此緘默。

——怎麼會是他！

身為法國超現實主義作家的路易．阿拉貢，是畢卡索的友人，也是堅稱能夠製作巴黎世博會西班牙展館主要展出品的藝術家除了畢卡索別無他人，把畢卡索介紹給西班牙共和國大使館的當事人。

〈格爾尼卡〉完成前，他明明還忐忑不安地一直翹首以待。

不過，在畫室給親朋好友看時，的確只有阿拉貢一個人悶悶不樂。當時朵拉還以為，他是被作品醞釀出的悲劇氛圍徹底感染了……。

「阿拉貢的說法是，那件作品或許並不符合這次博覽會的主題『現在生活的藝術與技術』。西班牙館應該展出對政治教育更有幫助、更懂得美術該扮演甚麼角色的『靈魂工藝師』製作的作品才對……他說不符合這個條件的作品最好還是別展出。雖然他沒有明確指明他說的就是〈格爾尼卡〉……」

朵拉耐心傾聽帕德的報告，但她越聽就越焦躁。

——怎麼會這樣？

那麼偉大的傑作居然不被接受……這應該不可能啊。

大使館到底在幹甚麼？不是該更加拚命動員人們去參觀才對嗎？應該要讓更多人看到。應該要明確傳達出那幅畫的真正價值才對。

這個路易，路易．阿拉貢到底是怎麼了？他不是畢卡索的朋友嗎？現在應該不是出言否定的場合吧。他才是最該拚命地去說服報社的人。

不只是路易。還有賽爾特和西班牙大使也是。第一次看到那件作品時，他們明明感嘆著「這是世紀性的傑作」都快哭了。他們明明還說「這下子可以拯救祖國」非常高興的。

難道那全都只是隨口拍馬屁？

太過分了。對，簡直太過分了。

杜費畢卡索那麼……對，杜費他那麼拚命……好不容易才完成那件作品……。

「不可否認的是，整體而言的確和預期的不同……不過，來參觀的人之中也有人切實感受到〈格爾尼卡〉的偉大。」

或許是感到朵拉的臉色越來越難看，帕德在這場報告的最後，提起他在會場發現的一對母子。

當時帕德坐在西班牙展館中庭的桌子前，眺望會場來往的人群，一個年輕的母親帶著小孩走來。母親瞥向陽台後方的展覽室牆上掛的〈格爾尼卡〉，語帶不安地對小孩說，不知道那到底在畫甚麼

——不，也許該說她是在自言自語：

——真是太可怕了！好像蜘蛛爬過後背似的，讓人毛骨悚然。真不可思議，簡直就像身體被割得四分

五裂……戰爭真的很討厭呢。……西班牙好可憐。

聽到這裡，朵拉抬起頭看帕德。

帕德浮現軟弱的微笑，喃喃低語。

「畢卡索想說的話，人們聽見了。至少，我是這麼想。」

而且，還得讓全世界更多更多人聽見──。

一九三七年十一月二十五日。

以繁茂綠意妝點巴黎主要幹道的法國梧桐行道樹，葉片已經落盡了。

香榭大道早早出現聖誕市集，擠滿採購玻璃製的聖誕樹裝飾品及蠟燭的人們很熱鬧。空氣寒冷，呼出的氣看起來白濛濛，但期待聖誕節來臨的人們臉上發光。──或者，是為了暫時忘記已經迫近眼前的可怕軍靴聲，所以人人都跑來這裡。

這天，為期六個月的現代文明與文化的慶典，巴黎世界博覽會終於閉幕了。

最後一天，朵拉忽然臨時起意再去看一次西班牙館展出的〈格爾尼卡〉，於是獨自搭乘地下鐵。然而，她沒有在距離博覽會會場最近的托卡德羅那一站下車，提前在前一站香榭大道站就下車了。不知怎地，她忽然覺得已經不用去也沒關係了。

在各方褒貶不一的局面下，結果〈格爾尼卡〉從西班牙館開幕至閉幕，始終在同一個會場的同一面牆壁展出。

當然，在部分美術評論家及記者、畫家之間〈格爾尼卡〉被極力讚美。也有人說「畢卡索變成哥雅回來了」。還有許多人熱切地說，在西班牙處境艱苦的這個時期，應該為我們得到這足以匹敵幾千萬武器的作品而驕傲。

另一方面，也開始出現激烈攻擊畢卡索與〈格爾尼卡〉的人。令人驚訝的是，西班牙大使館的相關人員，竟也有人公然揚言「應該把畫撤下」。

——雖然取了〈格爾尼卡〉這個名稱，但畫中並沒有任何東西足以確定就是格爾尼卡，而且，這幅畫的涵義雖是對格爾尼卡大轟炸的抗議，卻未具體描繪出戰爭的慘禍及無差別攻擊。換言之，這幅畫到底想說甚麼，是基於甚麼目的而創作，其實誰也不知道，或許根本沒有打動任何人的心。

——沒錯，這幅畫是畢卡索畫的。但他應該畫點能夠讓內戰逼得走投無路的共和國同胞被鼓舞、被激勵的畫才對吧。

——畢卡索把這種毫無意義的畫塞來交差，西班牙大使館難道還要保持沉默嗎——

即便如此，〈格爾尼卡〉還是留在西班牙展館直到最後一天。

如果真的想撤下，立刻會傳出西班牙傲視全球的藝術家畢卡索和西班牙共和國發生齟齬的流言蜚語。屆時只會讓佛朗哥和納粹拍手稱快。

彷彿丟入小樹枝就會立刻著火的熾熱木炭，這幅巨大的繪畫在同一面牆上繼續脈動。

展期結束後，這幅世紀性的問題之作究竟會被怎麼處理？

朵拉完全不知道。

畢卡索說，作品用不著送回畫室。

然而，被佛朗哥率領的叛軍逼得走投無路的西班牙共和國，實際上，根本沒有地方可以收容如此巨大的作品。如果現在立刻送回西班牙國內的美術館（比方說普拉多美術館），會非常危險。可是話說回來，若要在法國租借倉庫保存，共和國政府連一法郎都出不起。

〈格爾尼卡〉到底該何去何從——。

聖誕裝飾閃爍的市場中，朵拉獨自豎起大衣的領子，漫無目的地徘徊。

大道彼方浮現凱旋門。更遠處，可以看見紅色的雲霞蜿蜒在冬寒的無垠天空。

二〇〇三年三月二十一日・畢爾包

瑤子終於在飯店房間安頓下來，已是夜間快十一點了。

外面開始下起雨。她在雨中從畢爾包機場搭計程車來此。六年前開幕的畢爾包古根漢美術館正對面的摩登旅館就是她這晚的下榻處。

脫下帶著雨水氣息的風衣，扔到床上。走近窗口，打開密閉的電動式百葉窗。水滴滑落的窗玻璃外，出現好似放射妖異光芒的飛船的美術館巨大的建築。

美國建築界的奇才法蘭克・蓋瑞設計的畢爾包古根漢美術館。蓋在流過市中心的奈維恩河畔，是總館位於紐約的世界級現代藝術美術館所羅門・R・古根漢的分館。

鈦金屬製成的銀板彎曲起伏，外型彷彿洶湧的怒濤。那種氛圍——不，不只是「氛圍」，它本身看起來就像凍結的爆炸——有種壓倒性的氣勢，實在談不上融入周遭環境。毋寧像是力壓四周，逼迫周遭來配合自己。但它絕不粗野，反而展現出極為優美的「動態」。

夜雨中，美術館看似蹲踞休息的怪獸，瑤子凝視半晌。倦意似乎已麻痺全身。

她去浴室，扭開浴缸的水龍頭。漫不經心地看著放出來的熱水嘩啦啦敲打浴缸底部，艾妲・柯梅里亞斯說的那句話——放棄吧，忽然在耳朵深處重現。

離開意外共進午餐的帕德・伊格納修宅邸後，瑤子與艾妲一起回到麗池飯店。艾妲一路跟她回到房間，摟住難掩失落的瑤子肩膀，用異常沉靜的聲調對她說。

——放棄吧，瑤子。

妳無論如何都想把〈格爾尼卡〉借去MoMA展覽的心情我非常理解。也知道比起世界上任何都市，受到恐怖行動傷害的紐約此刻最需要〈格爾尼卡〉。

但是，正如帕德・伊格納修公爵所言，那件作品永遠不可能離開索菲亞王后藝術中心一步。妳應該也很清楚。〈格爾尼卡〉的狀態很糟，如果搬動它，可能會讓顏料剝落或龜裂。搬動如此重要的文化財產，風險委實太大了。

只是……帕德說的沒錯……比作品本身狀態風險更大的，是西班牙國內有個組織企圖「奪回」那件作品。如果讓他們得知那件作品從現在的展示地點稍微移動了一公尺……他們肯定會高聲主張：看吧，不是可以搬動嗎！那就搬來我們這裡吧。

那個組織叫做「埃塔」（Euzkadi Ta Azkatasuna，簡稱ETA，意思是巴斯克祖國與自由）。是訴求巴斯克獨立的過激派恐怖組織。

他們主張，作為巴斯克獨立的象徵，也為了讓世人的目光集中到巴斯克，應該把〈格爾尼卡〉「奪回」巴斯克。

擁有是否出借〈格爾尼卡〉最終決定權的，是帕德擔任名譽理事的索菲亞王后藝術中心理事會。而理事會為了不讓埃塔有機會「奪回」，已決定無論是任何國家、任何設施、任何機構來商借〈格爾尼卡〉，都幾乎永遠不會出借。

不管妳再怎麼懇求，甚至是和帕德私交很好的露絲・洛克斐勒親自出面，都不可能出借〈格爾尼卡〉。我希望妳能夠理解，瑤子。

這個議題，在我們之間，不可能再出現在談判桌上——。

她沒說永遠不可能出借。艾妲說。

——幾乎永遠不可能。換言之——。

也就是說，好歹還是有百分之一的可能性。

埃塔組織的存在，瑤子當然也知道。暗殺中央政府要員，發動隨機爆炸恐怖攻擊，是個行為殘暴無情的激進派恐怖組織。

昔日在樹立獨裁政權的佛朗哥將軍統治下，為了抵抗中央而形成這個組織。過去三十年來，他們發動的無差別恐怖攻擊據說已造成犧牲者多達七百至八百人。佛朗哥死後，西班牙中央政府已大幅改變方向步上民主化，但這個組織還是持續要求讓巴斯克真正獨立。迄今仍無停止活動之意，美國也把他們列入國際恐怖組織的黑名單。

這樣的他們竟然盯上了〈格爾尼卡〉！就連瑤子都沒想到這點。

與艾妲道別後，瑤子倒進沙發，無力地垂下頭，思索半晌。

在紐約的露絲．洛克斐勒，想必正在翹首等待她報告這次來馬德里談判的結果。她必須立刻發電子郵件……不，必須立刻打電話。

打電話之後，該怎麼說呢？

難不成要說，失敗了，遊戲結束？

是的。Game Over。完了。不僅是艾妲．柯梅里亞斯，連帕德．伊格納修都拒絕出借的情況下，已經完全沒指望了。

想到這裡，瑤子抬起頭。

巴斯克到底發生了甚麼？此刻是甚麼狀況？

——她想弄清楚。

這趟行程預定後天回紐約。與其立刻打電話報告，當面見到露絲說清楚或許更好。即便只是為了向露絲說明，自己也該親自確認巴斯克當地關於〈格爾尼卡〉的狀況。

瑤子從皮包取出手機找電話號碼。在畢爾包，倒是有一個人可以拜託。

——璜。……不知打不打得通。

瑤子立刻撥電話。那是瑤子以前任職索菲亞王后藝術中心時的同事，現在已成為西班牙最具代表性的藝術品修復專家，璜・荷西・嘉德斯。

電話響了五聲後被接起。

「嗨，瑤子，好久不見。妳從哪打來的？」

一如往昔的快活聲音，讓瑤子不禁展顏一笑。

「好久不見，璜。我現在人在馬德里。其實……我臨時有點急事……今晚想過去你那邊。明天能不能見個面？」

就這樣，瑤子搭上從馬德里飛往畢爾包的國內線末班飛機。

瑤子上次來到畢爾包，是一九九七年來參加古根漢美術館開幕酒會，所以已睽違六年了。

古根漢畢爾包的母體所羅門．R．古根漢美術館，是根據大名鼎鼎的銅礦大王所羅門．R．古根漢收集的現代藝術品於一九三九年開幕。比MoMA的設立晚了十年。

令人聯想到曼哈頓第五大道邊的咖啡杯造型的奇特建築，是二十世紀建築界的巨匠之一，美國建築師法蘭克．洛伊．萊特的設計，也是紐約的文化圖騰。

館藏內容及品質之高，不斷企劃的精彩展覽，就這點而言與MoMA不相上下。但是決定性的不同，在於那堪稱野心勃勃的進軍世界戰略。

無論是MoMA或古根漢，只要是擁有龐大館藏的美術館其實都一樣，能夠在展覽室公開的作品極為有限。實際上幾乎大部分作品都長年沉睡在倉庫中。古根漢就是看中了這點。

他們在世界各地建造「分館」，把沉睡的館藏品在那些分館展出。或者，作為紐約總館辦的企畫展巡迴世界的中繼站。如此一來，便可避免與各國美術館的麻煩交涉。進而，只要美術館冠上國際知名的「古根漢」這個名號，便會有參觀者從世界各地前來。可以預見其經濟效果，也能促進地區活性化——這就是古根漢打出的驚人世界戰略。

這個構想正式發表時，瑤子很佩服，這的確是革命性的想法，或許替美術館步向新世紀扮演的角色指引了一個方向。但她同時也感到，若要實現這個策略，恐怕需要莫大的勞力。

不只是勞力，也需要政治力、談判力、忍耐力，以及鉤心鬥角的狡猾。設立分館的候選名單上，上海、東京、阿拉伯諸國、墨西哥，以及西班牙的畢爾包據說都榜上有名，但各國各地都有獨自的傳統、文化、風俗與習慣。而且交涉對象包括國家、自治體、私人資產家等等。如果只是單方面採用美式美術館的戰略一味進攻，恐怕不會被接受。縱使館藏豐富，畢竟只是美國的一個美術館，真的辦得到那樣的大事業嗎？

身為領導者的古根漢館長托尼．庫克，的確是出了名的談判高手。但包括瑤子在內的美術界人士都認為，這次任務相當棘手，失敗的機率毋寧更高。

沒想到，不知是用了甚麼高明手段，托尼．庫克竟然和巴斯克自治政府交涉成功，真的蓋出畢爾包古根漢美術館並且順利開館了。

這讓全球的美術相關人士都大吃一驚。巴斯克地區的確沒有值得一提的文化設施。如果能招來世界級的知名美術館將是一大話題。對巴斯克自治政府而言想必是頗具魅力的提案。

可是話說回來，要實現這個提案需要莫大的資金。不管對古根漢或對巴斯克自治政府而言，肯定都是難度極高的計畫方案。

然而，庫克成功從巴斯克自治政府那裡談妥美術館的建設用地及開設資金，乃至其他對古根漢有利的條件。

一九九七年十月十七日，畢爾包古根漢美術館開館的前一天。館方邀請了西班牙皇室與政府的相關人士、世界各地的名流、美術界人士，舉行了開幕酒會。除了MoMA理事長露絲．洛克斐勒、館長亞倫．愛德華、策展主任提姆．布朗，瑤子也應邀出席酒會。

露絲、亞倫和提姆，乃至瑤子，第一眼看到宛如怪獸包裹銀色鎧甲的建築物外型就為之啞然。沒看展覽之前，就已被建築本身震懾。托尼．庫克滿臉得意，歡迎MoMA一行人。

雖未明白說出口，但十年前就任館長以來，庫克就一直把MoMA視為勁敵。彼此相距不到三、四公里，而且都標榜是現代藝術最高峰的美術館。為了爭取收藏家的捐贈和贊助金，經常鬥得火花四射。如今終於實現MoMA絕對做不到的「分館」，庫克想必非常得意。

開幕酒會上，曾任MoMA的策展主任，如今擔任哈佛大學教授的湯姆．布朗也來了。他在畢卡索研究方面堪稱世界權威，瑤子自然不用說，就連以前曾是他部下的提姆——只因二人的名字差了一個字，就被捲入驚天大冒險……對，不是糾紛，是冒險喔，提姆說——也對他相當尊敬。

——對了，你們猜托尼．庫克是怎麼說服巴斯克自治政府的？

在酒會會場的角落，拿著雞尾酒杯，湯姆如此問提姆和瑤子。

——應該是談判能力很厲害吧，雖然不甘心。

唯獨這次，不得不承認自己這些人望塵莫及，提姆如此回答。

沒想到，湯姆另有見解。他忽然壓低嗓門說：

——是因為〈格爾尼卡〉啦。

——〈格爾尼卡〉？

提姆與瑤子同時反問。湯姆藏在銀框眼鏡後方的眼眸閃出精光。

——當然，這純粹是我個人的猜測啦……托尼．庫克有可能是對巴斯克自治政府說，當中央將〈格爾尼卡〉「歸還」時，巴斯克必須有一個展示的空間。否則，巴斯克自治政府不可能提供如此龐大的資金來建造這麼瘋狂的「箱子」。

正如你們也知道的，自從MoMA把〈格爾尼卡〉還給馬德里後，巴斯克地區的人不是就一直主張那件作品應該在巴斯克展出、那件作品屬於巴斯克人嗎？但中央當然不可能輕易交給巴斯克。直接嗆回來說「你們連展覽貴重作品的地方都沒有，別開玩笑了」。巴斯克自治政府肯定很火大。只要有了展覽場地——也就是美術館，就可以堂堂正正要求中央政府把畫送還回來了。

——原來如此。托尼．庫克也許真的是利用巴斯克自治政府「奪回〈格爾尼卡〉」的心願慫恿他們建設美術館……這就是你的意思吧？

提姆不禁沉吟。瑤子卻感到心跳加快。

……「奪回〈格爾尼卡〉」？

巴斯克自治政府和古根漢聯手？

換言之，是否可以說——昔日MoMA收藏的〈格爾尼卡〉，如今被古根漢盯上了？

就在這時。

——嗨，瑤子，歡迎妳來。

背後傳來招呼聲。瑤子吃了一驚，連忙轉身。

站在眼前的，是璜．荷西．嘉德斯。

以前瑤子在索菲亞王后藝術中心開設籌備室工作時，璜是負責修復藝術品的同事。他擁有過人的技術，很快就嶄露頭角，升格為該館的修復部長，隨即被畢爾包古根漢美術館挖角，擔任古根漢的修復部長。

——恭喜開幕，璜。見面更勝聞名，是很棒的美術館。

瑤子擁抱璜。璜回了一句謝謝，露出衷心喜悅的笑容。

瑤子覺得，可以理解璜那種笑容的意味。

因為——璜是巴斯克人。

自己的故鄉建造了氣派得令人跌破眼鏡的美術館，璜肯定感到很驕傲。

傲視全球的美術館，可以完美地調節溫度與濕度，還有萬全的保全系統，擁有寬敞的展覽室。

瑤子把湯姆和提姆介紹給老同事。二人嘴上說著恭喜，一邊與璜握手。當然，他們完全沒提到剛剛還在議論的〈格爾尼卡〉。

然而——。

「奪回〈格爾尼卡〉」這句話，始終在瑤子心頭縈繞不去。

下到早晨的雨，等到她要出門時已徹底放晴了。

畢爾包古根漢美術館銀色的表面反射朝陽，發出耀眼的光芒。瑤子任由風衣下襬翻飛，快步沿著通往美術館門廳的漫長石板步道走來。

「嗨，歡迎妳來，瑤子。我之前聽索菲亞王后藝術中心那些傢伙說，妳最近經常來馬德里……但我沒想到妳會大老遠跑來這裡，讓我有點小驚喜喔。」

璜．荷西．嘉德斯在工作人員專用出入口迎接瑤子。睽違六年的二個老同事，交換親密的擁抱。美術館前有寬敞的中庭。二人在中庭一隅的咖啡座坐下。

「妳先生的事，我真的很遺憾。呃，該怎麼說才好……」

璜也是九一一恐怖攻擊的慘劇發生後，立刻寄電子郵件來關心瑤子安危的友人之一。瑤子露出微笑，「謝謝你，璜。」她道謝。

「要振作起來並不容易。不過，哪怕只是為了不讓他枉死，我也下定決心要策畫具有社會意義的展覽。那種能夠傳達和平訊息的展覽……」

「所以妳策畫了『畢卡索的戰爭』展？」

璜一語道破。「對，沒錯。」瑤子回答。

「這也是我第一次策畫這麼大規模的畢卡索展。……九一一事件後，全球陷入暴力的惡性循環。美國也終於對伊拉克展開攻擊。雖然號稱『是要對抗恐怖組織』，其實事態更複雜。」

自己只是一介策展員，無法做出甚麼政治發言，也不打算那麼做。

不過，想到身為一個藝術家的畢卡索，都能用一幅畫來指控格爾尼卡大轟炸的暴行，喚起全世界人們的反戰意識，或許可以說，藝術的力量比武器更強大。

「我想透過這次展覽，測試畢卡索的力量──藝術的力量。我希望藉此向全世界質疑。」

瑤子斬釘截鐵說。

璜目眩神迷地凝視瑤子被中庭石板地面反射照亮的臉孔。

「換句話說，妳想讓〈格爾尼卡〉在妳的展覽──在MoMA再次展出，是嗎？」

他問。瑤子點頭。

「想當然耳，妳被艾妲拒絕了吧？」

「對，如你所想……不過，我絕對不想放棄……不，是絕對不會放棄。我相信在這次展覽展出〈格爾尼卡〉，完全符合畢卡索的意志。」

瑤子明確地說。那也等於是不讓亡夫白白犧牲──她很想這麼說，卻沒說出口。

璜在桌前支肘托腮，低聲沉吟。

「就常識判斷，恐怕不可能借給妳。因為作品的保存狀況很糟。只要稍微移動，顏料就會立刻剝落……」

「請告訴我真相，璜。」

瑤子以格外用力的口吻打斷璜的話。

「你以前在索菲亞王后藝術中心時，曾經有好幾年都負責檢查〈格爾尼卡〉的保存狀況——那件作品不能移動，理由並不只是因為作品本身的保存狀況。我說的沒錯吧？」

璜回視瑤子認真的眼眸，「對，沒有錯。」他回答。

「保存狀況的確很糟。不過，只要善用現在的技術與細心注意，從索菲亞王后藝術中心的牆上搬動絕非不可能。問題是，如果搬動那件作品，必然會產生種種風險。相關人士只是想防患於未然。」

說到這裡，璜斷然閉嘴。瑤子也陷入沉默。

二人的桌子附近，一群亞洲觀光客在導遊的帶領下絡繹走向美術館。望著晨光下閃閃發亮的美術館，人們紛紛發出驚呼，爭相拍照。目送那群人走遠後，瑤子才開口：

「這個美術館開幕後，畢爾包想必變得很有活力吧。」

璜把濃縮咖啡杯在碟子上緩緩晃來晃去，「沒錯。」他說。

「沒想到我的故鄉會變得如此舉世知名。老實說，我也很驚訝。」

建設美術館並且維持營運，的確需要龐大的資金。巴斯克自治政府幾乎負擔了全額，但這六年來，也得到遠超過那筆付出的經濟效果。璜說，相關者都很滿意。

瑤子定定傾聽璜的敘述，最後她說：

「巴斯克自治政府的相關者，真的很滿意嗎？……該不會在抱怨還少了甚麼吧？」

瑱的視線與瑤子對個正著。瑤子毫不動瑤地直視瑱。沉默再次在二人之間蔓延。

「妳知道了又能怎樣？」

過了一會，瑱反問。

「剛才你說的沒錯。要搬動〈格爾尼卡〉，除非能夠將各種風險防患於未然，否則不可能實現。所以，我想知道到底有甚麼風險。」

瑤子沒有移開目光，緊盯著瑱回答。

「我聽艾妲說，某些巴斯克人正在策畫把〈格爾尼卡〉奪回巴斯克。〈格爾尼卡〉如果借給MoMA，索菲亞王后藝術中心這些年來堅持『就作品保存的觀點而言不可能搬運，只要稍微移動一公尺，就無法避免顏料剝離的風險』的論調就會瓦解。所以無法出借展覽。她就是這麼告訴我的。……也就是說，比起運送出國，他們更害怕的，是被巴斯克方面認定這幅畫『可以運送』。到時候，可能會讓想把〈格爾尼卡〉當成巴斯克獨立標誌的那股勢力有機可乘，做出無法無天的行為……」

瑱認真聽瑤子敘述，但喝光冷卻的濃縮咖啡後，他把杯子喀嚓一聲放回碟子。然後吃吃笑出聲。

「也太誇張了吧。聽妳這麼說，好像恐怖組織這兩天就會朝索菲亞王后藝術中心丟催淚彈奪走〈格爾尼卡〉逃之夭夭。」

「我可是非常認真喔。」

瑤子打斷瑱的玩笑話。

「告訴我，瑱。那種勢力真的存在嗎？」

老同事忽然別開眼。瑤子沒錯過他眼中浮現的為難。

就在這時，璜放在桌上的手機響了。璜拿起手機掀開蓋子。

「好……我待會打給你。」結束簡短對話，璜站起來。

「我不走不行了。一堆雜七雜八的事瞎忙……妳難得來一趟，我卻連頓午餐都無法陪妳吃，真遺憾。」

瑤子也站起來。

「下次我會多待幾天。到時候我們再吃午餐吧。」

「啊，也好。下次我帶妳去西班牙小菜很棒的店。我保證。如果時間來得及，妳要不要去看一下現在正在展出的展覽？在正門入口處報上我的名字就可以入場。」

「好，一定。謝了。」

二人一起走到美術館的正門入口附近，再次滿懷親愛地擁抱，然後各分東西。

從美術館門廳即將入館的那一瞬，瑤子轉頭。

可以遠遠看見璜把手機貼在耳邊的背影。他的背後，是蔚藍的無垠晴空。瑤子瞇起眼仰望陽光耀眼的長空。

幾十公里外的格爾尼卡上空，想必也是蔚藍無雲吧。

瑤子驀然萌生這個念頭，隨即推開美術館大門走進去。

第六章

啓航

一九三九年一月二十七日・巴黎

激烈的敲門聲響起，驚醒朵拉。

她在客廳的長椅上睡著了。渾身一顫坐起來。朝雜亂堆滿舊書和紙屑還有空香菸盒等各種雜物的桌上的金色座鐘一看，已過了晚間十點。誰啊，這麼晚還來！她不耐煩地啐了一聲站起來，披上睡袍快步走向玄關。

門外出現的，是帕德・伊格納修蒼白的臉孔。每次造訪畢卡索住處時，總是頗有貴族名門子弟風範摘下呢帽優雅致意的他，此刻戴著帽子聳肩喘息，手足無措地杵在門口。

「帕德……這倒是意外，你回來了？」

朵拉把門敞開讓帕德進屋。帕德大步走進客廳，連大衣也沒脫就立刻轉身說：

「我剛剛搭乘諾曼第發車的最後一班車抵達聖拉薩車站。讓人把行李送回家後，我就直接坐車過來了。」

朵拉反手把客廳的門關上，佇立原地。帕德一臉忐忑不安，緊接著又問朵拉：

「……畢卡索現在怎麼樣？」

朵拉聳肩嘆氣。

「還能怎樣……已經沒轍了。他沮喪得無藥可救。打從昨天起就把自己關在寢室裡也不肯吃飯……都是那些可惡的新聞害的。」

帕德咬唇低下頭。地上散布紙屑和橘子皮、木炭碎渣等物。腳下有一張被撕破的一月二十七日的報紙。撿起報紙後，帕德的視線垂落紙面。

巴塞隆納淪陷

加泰隆尼亞人的抵抗終告結束佛朗哥軍隊鎮壓西班牙全境

「怎麼會這樣……啊，天啊……」

他握緊報紙，用絕望的口吻呢喃。

朵拉從桌上拿起香菸盒，叼起一根菸，擦亮火柴點燃。

朵拉也是從昨晚就沒吃過東西。一直抽菸幾乎快吐了，但是如果不抽菸，她覺得六神無主更煎熬。

「你甚麼時候知道巴塞隆納淪陷的消息？」

朵拉問，帕德始終垂著頭回答：

「今早……船一抵達勒阿弗爾港，立刻就聽來接我的人說了。其實我本來打算在翁弗勒爾住上兩三天再回巴黎……但我實在不放心畢卡索……」

帕德才剛從紐約回來。

肩負重大使命赴美的他，順利與紐約現代美術館的館長小阿爾弗雷德．巴爾完成交涉，本來就預定近期之內拜訪畢卡索順便報告此行經過。

有好消息喔，等我一回去就立刻報告——從曼哈頓的哈德森河碼頭出航前，帕德還特地發電報給朵拉。那是去年聖誕節剛過的事。

之後過了一個月，他在船上迎接新年，回到了軍靴聲更加響亮的歐洲。

他們全家逃離西班牙內戰遷居巴黎已有二年半。身為西班牙首屈一指的名門伊格納修家嫡長子的帕德，已經二十歲了。

而且，他正在盡力促成巴黎世界博覽會西班牙展館展出的那幅世紀性問題之作——巴勃羅．畢卡索創作的〈格爾尼卡〉，在法國及西班牙以外的國家巡迴展出。

一九三七年十一月底，以「現代生活中的藝術與技術」為主題的巴黎博覽會閉幕了。

一如十九世紀起已多次舉辦過的巴黎博覽會，本來，這應是各國向世界展現自家特有的藝術或技術的大好機會，也是展望光明未來的熱鬧慶典，這年的博覽會卻瀰漫異樣的氛圍。

對歐洲霸主的寶座虎視眈眈的納粹德國，配合德國強迫推動法西斯政策的義大利，以及為內戰所苦的西班牙，這些國家的展覽館互相睥睨，醞釀出一觸即發的危險氣氛。

在此情況下，〈格爾尼卡〉作為西班牙館的超重量級展示品公諸於世。

那是前所未見的另類繪畫。畫中沒有轟炸機，也沒有戰車或槍砲。畫面上完全找不到屍橫遍野或肚破腸流乃至一滴鮮血。然而，那的確是人類第一次體驗的「空襲」那瞬間的重現，是悲慘至極的戰爭紀錄，是血腥殺戮的記憶，是充斥悲傷與憤怒的地獄啟示錄。

看到這幅畫的人，反應各有不同。有人啞口無言，呆立良久。有人掩耳盜鈴假裝甚麼也沒看見似地快步離去。有人從一開始就拒絕觀賞。有人抗議公開展示這種東西有何益處。反應的多樣化，直接反映出這件作品包含的事態之複雜——換言之，此刻世界面臨的事態之複雜、危險。

也有人指控這幅畫太過詭異，要求立刻撤下。朵拉驚訝的是，西班牙共和國大使館內部竟然也有這種呼聲。

博覽會期間，大使館私下討論是否該撤下〈格爾尼卡〉之事並未傳入畢卡索的耳中。雖然連朵拉都聽說了，但朵拉封鎖了消息，堅決不讓畢卡索知道。

畢卡索一直憂心遭到法西斯主義蹂躪的祖國情況，如果得知他應共和國政府之請使出渾身解數描繪的作品竟然被自家人貶低，不知會有多麼失望。

弄得不好，說不定會像以前那樣好一陣子都不再作畫，不，如果只是一陣子還算好，萬一今後永遠放棄了畫筆——不誇張，那對人類而言絕對是莫大的損失。

把大眾對〈格爾尼卡〉的各種反應告訴朵拉的，是帕德．伊格納修。同時，與朵拉一起保護畢卡索，堅持必須把〈格爾尼卡〉的訊息進一步向全世界傳達的也是帕德。

透過朵拉認識西班牙大使館的人員後，帕德憑藉傲人的家世背景，很快就和他們熟悉起來。或許是因為他貴為名門子弟卻平易近人，人人都對帕德抱著好感，甚至開始向他透露秘密。帕德就偷偷地一五一十轉告朵拉。不只是轉告。他還抱著某種堅定的意志——必須守護〈格爾尼卡〉，並且繼續把它蘊藏的真正訊息向全世界傳播。他秉持這樣的決心強調。

——世博會期間當然不用說，就算世博會結束了，我認為〈格爾尼卡〉也該繼續展出。不只在法國國內，也要去全世界更多國家。

世博會進入尾聲時，帕德把自己的想法告訴朵拉。

——那件作品在西班牙館展出後，我每天都會花上好幾個小時觀賞。我一直在凝視它。然後，我逐漸看到。畢卡索真正的心情，就在那幅畫中。

——真正的心情？

朵拉反問，帕德點頭，平靜地說。

——那幅畫雖然取名為〈格爾尼卡〉，但畢卡索不只是針對納粹轟炸格爾尼卡……換句話說不只是在批判西班牙內戰。人類基於個人欲望和國家利益、意識形態、或者宗教對立……這些各式各樣的目的與理由不斷發動戰爭。我認為畢卡索其實是在批判那種愚昧。

我們的國家，曾有哥雅這位偉大的畫家。他也畫出了有名的戰爭畫。〈一八〇八年五月三日〉——法軍鎮壓馬德里市民的暴動，槍殺四百多人的慘劇，被他帶著憤怒留在畫布上。我認為，畢卡索的腦海或許也浮現了那幅畫。

不過，畢卡索超越哥雅，更普遍地將戰爭的可怕與愚昧融入〈格爾尼卡〉。他不只是為了記錄悲劇才畫出那幅畫。那幅畫，是畫家的——也是我們全人類的抵抗。

戰火不止，一直受到戰爭折磨的也是人類。為了擺脫痛苦，除了停止戰爭別無選擇。

無情的大規模隨機殺戮，不只在格爾尼卡，世界各地都可能發生，明年，後年，乃至更遙遠的未來，都有可能發生這種悲劇。

畢卡索在吶喊：停止吧！

別再殺人。別再打仗。斬斷惡性循環。在事情無法挽救前趕緊停手吧——。

那幅畫，是反戰的旗號。是畢卡索的挑戰，是宣言。

我認為，全世界的人都該看到那幅畫。而且都該聽聽那幅畫中傳來的畢卡索的吶喊。

為此——我想效力。

弱冠青年的眼眸，燃起理念之燈，炯炯發亮。

他變了，朵拉暗想。

和剛認識時相比，帕德明顯變了。和他當初背著父母偷偷交往的年長戀人去戰場當女兵後自己鎮日以淚洗面的樣子大不同了。他的精神已堅強如鋼鐵。

畢卡索的一幅畫——〈格爾尼卡〉，能否改變愚昧人類的未來，不得而知。

但是，至少已經如此改變了一個青年。

唯獨這點，是事實。

世博會閉幕後，西班牙館展覽的各種作品——包括米羅的壁畫和阿貝托・桑切斯的雕像等——被打包裝箱，將要經由海陸運往西班牙的港都瓦倫西亞。西班牙大使館認為，如果是當時尚未落入叛軍之手的瓦倫西亞應該暫時還算安全，可惜終究未能避開戰亂紛擾，送出去的作品幾乎都在運送途中遺失了。

〈格爾尼卡〉不在這批貨運作品中。這簡直是個奇蹟。〈格爾尼卡〉未送回國的理由完全沒公開，畢卡索自己也沒有說明，但朵拉知道，是帕德——伊格納修家族在檯面下偷偷說動了大使館。

拆下畫框捲起畫布，〈格爾尼卡〉從世博會展場回到了畢卡索位於格蘭佐居斯坦街的畫室。

朵拉和畢卡索一起盯著巨大的筒狀畫布被人搬進畫室內。

搬完後，搬運工要解開作品的包裝，畢卡索卻叫對方停手。

——就這樣就好。因為這幅畫接下來還要去旅行。

隨即，帕德來到畫室。一看到畢卡索與朵拉，青年露出笑容報告。

——這幅畫，首先會去斯堪地那維亞四國旅行。然後巡迴歐洲各國。之後，如果順利的話也會去美國。

我將啟航。請守護我們。讓全世界的人目睹「畢卡索的戰爭」。與佛朗哥、納粹對抗，與戰爭本身對抗——這是「我們的戰爭」。

一九三九年一月二十六日，共和國死守的最後碉堡巴塞隆納終於也淪陷了。

大約十個月前的一九三八年三月中旬，德國與義大利聯合轟炸部隊把巴塞隆納當成猛烈空襲的標的。造成一千三百多人死亡，二千多人負傷，美麗的城市滿目瘡痍，歷史悠久的建築通通毀於炮火下。

格爾尼卡的悲劇再次重演。

得知自己曾度過青春時代，如今也有家人居住的城市遭到轟炸後，畢卡索很氣憤。立刻把共和國政府支付的〈格爾尼卡〉畫酬十五萬法郎捐給西班牙難民救濟基金，但他知道那只是杯水車薪。

難道就沒有更有效、更具體、更明確可見的方式拯救祖國嗎？畢卡索束手無策，心急如焚。

正好就在這時，〈格爾尼卡〉結束斯堪地那維亞四國舉辦的「法國代表性美術家四人展」送回來了。

這幅畫結束一趟四國旅行後又被送往英國，帕德說動了英國方面的畢卡索支持者。並且拚命鼓勵焦躁的畢卡索，繼續傳播〈格爾尼卡〉給世人的訊息。

讓這件作品巡迴英國各地展出，明確宣示共和國政府與畢卡索絕對不會對法西斯低頭的態度。向反對法西斯及戰爭的所有人募款。這才是〈格爾尼卡〉巡迴展的最大使命。帕德如此強調。

三個月後，〈格爾尼卡〉的英國巡迴展正式展開。正如帕德所料，這次展覽掀起極大的迴響。在倫敦，不只募到金錢，也募集了捐給共和國士兵的鞋子。堆在〈格爾尼卡〉畫布前的鞋子多達數千雙，展覽結束後就送去了西班牙。

對於作品，並非都是好評。「看不懂在畫甚麼」、「太詭異了簡直看不下去」、「刺激太強烈」……這種反彈的聲浪也不小。另一方面，也不斷有人高度評價這件作品的偉大，聲稱它用美術史上最激烈率直的手法沉痛批判戰爭，年輕的藝術家們受到畢生難忘的衝擊。

帕德頻繁往來巴黎與英國，安排這次巡迴展。他驚人的成長表現令朵拉瞠目。把不可能化為可能的行動力、交涉力、熱情，還有財力，這個年僅弱冠雙十的青年都具備了。

這才是帕德真正的面貌。

帕德每次過來報告英國的展出情況，朵拉都深受感動。當初坐在咖啡館的桌前垂淚懷念失蹤戀人的「小少爺」，已經不復存在。

英國的巡迴展持續了將近一年。期間，西班牙內戰的狀況也在時時刻刻變化。

叛軍逐漸將共和國軍逼得走投無路。隨著共和國軍的劣勢日益明顯，畢卡索的憤怒與焦躁也越發濃烈。

——納粹要來了。

不僅是祖國，連巴黎都會落入法西斯分子的手中！陷入這種妄想的畢卡索，苦惱得夜不成眠。有時他去住在巴黎郊外的瑪麗．德雷莎和女兒那裡，連續多日都不回來。

朵拉獨自度過畢卡索不回來的一夜又一夜，不安的黑色火焰在她的內心熊熊燃燒。

她連飯也不吃，終日沉溺酒精，一下子瘦了很多。來探望的帕德，看到朵拉憔悴的臉龐，吃驚得說不出話。

——請你讓它逃走吧。逃得越遠越好。

朵拉對帕德傾訴。

——讓他逃走……讓誰？

聽到帕德這麼問，朵拉浮現晦暗的微笑回答。

——那幅畫。就算英國巡迴展結束了，也別讓〈格爾尼卡〉回來。那是畢卡索唯一的心願。

畢卡索並沒有親口這麼說過。但，朵拉就是知道。

如今誰也不敢說納粹絕對不會進攻巴黎。在這種狀況下，把那件作品送回來會非常危險。在運送途中被搶走或破壞的可能性極高。

無論如何都得保護那件作品——。

——交給我吧。我有好主意。

帕德用堅定的口吻這麼說。

——我會幫助〈格爾尼卡〉逃走。……逃往美國。

英國展結束後只能送去美國。帕德打從一開始就這麼盤算了。

正巧，曼哈頓西五十三街新開幕的美術館MoMA，前來洽商〈格爾尼卡〉的展出事宜。帕德為此特地去紐約交涉這次展出。那是一九三八年十一月下旬的事。

然後——。

結束從紐約的海上航程，抵達勒阿弗爾港口後，等著帕德的，是巴塞隆納淪陷的噩耗。

帕德二話不說，立刻跳上開往巴黎的最後一班車，飛奔回畢卡索的——朵拉的身邊。得知畢卡索把自己關在臥房不肯出來，帕德也難掩失望。

朵拉倒了一杯白蘭地，默默遞給帕德。帕德接下，一口喝乾，長出一口氣。

朵拉把變短的香菸在菸灰缸捻熄，凝視帕德陰沉的表情說：

「佛朗哥很快就會統治西班牙……納粹進攻波蘭，接下來大概會攻入巴黎。畢卡索最近每天都在這麼嘀咕。他說想走得遠遠的。如果自己不行，至少讓作品……避開這場戰亂。」

如果他真心逃離巴黎的瞬間來臨——想必，畢卡索會一起帶走的是那個女人，瑪麗．德雷莎和女兒。絕非自己。這麼一想，不甘的淚水便會湧現。

然而，她不能在帕德面前哭泣。朵拉咬緊後牙槽，接著又說：

「就像我上次對你說過的。全部的作品運走或許很困難，至少，那幅畫——〈格爾尼卡〉，無論如何都得讓它逃走。」

那幅畫將納粹的暴行永遠刻畫在畫布上，足以匹敵數千發炸彈。

萬一它落到納粹的手中——八成會被撕碎、踐踏、蹂躪得一塌糊塗吧。

不能讓那種事發生。等同畫家性命的作品被法西斯的魔爪玷汙？這絕對不可容忍。

對了。如果是美國——一定可以保護那件作品吧。

如果是不斷策畫出革命性展覽的MoMA，應該很適合做為避難地點吧。

帕德正是為了交涉那個，才會前往紐約。

「告訴我。……MoMA答應收容〈格爾尼卡〉嗎？」

帕德定定回視朵拉，沉靜地點頭。

——今後，不管發生甚麼……哪怕世界爆發戰爭，我希望你們也能夠保護〈格爾尼卡〉。

答應帕德這項請求的，是紐約現代美術館首任館長小阿爾弗雷德·巴爾。同時，還有擔任美術館理事長的尼爾森·洛克斐勒。

於是，〈格爾尼卡〉沒有回到巴黎，朝著曼哈頓的哈德遜河碼頭，再次渡海航行。

二〇〇三年三月二十二日・紐約

下午五點整自馬德里的巴拉哈斯機場起飛的美國航空五九五三航班，比預定抵達時間晚了一點，在七點半抵達紐約甘迺迪國際機場。

和飛往馬德里的班機一樣，回程機上也像包機一樣空蕩蕩。披著風衣的瑤子，反手拖著登機箱，快步走向入境大廳。

機場內部到處都有身穿防彈背心的警察站崗，對著經過的人們仔細打量。這種民主主義國家的國際機場不該有的異常景象，在她從紐約啟程往返的短短三天內，好像變得更加戒備森嚴。

以美軍為主的多國籍軍隊，對伊拉克發動「伊拉克自由行動」這場作戰——也就是公然轟炸伊拉克市區後，已過了整整三天。

轟炸伊拉克的瞬間被衛星實況轉播，在全球人民緊張注視下，作戰肅穆進行。瑤子也在紐約家中透過電視，以及馬德里的旅館電視，目睹了一再重播的影像。

深夜中，安靜的市區突然閃現刺眼的光芒。簡直就像精彩表演的電影某一幕。實在難以相信是在真實世界發生——在瑤子看來，那像是經過電腦繪圖軟體加工，可以在網路輕鬆點閱，拍攝得非常逼真的虛擬影片。

然而，那的確就是造成破壞的瞬間影像，記錄了這場雖未公開，或許也奪走一般市民性命的真實轟炸行動。

手機的語音信箱，有露絲．洛克斐勒的秘書黛西的留言。「抵達甘迺迪機場後，請立刻來電。」鑽上計程車，她對司機只說了一句「去曼哈頓」，立刻打電話給黛西。

「我是MoMA的瑤子。剛剛抵達甘迺迪機場。洛克斐勒女士……」

她的話還沒說完，黛西就說：

「洛克斐勒女士請妳立刻來家裡一趟。」

瑤子醒悟，露絲果然在等候自己的歸來。

「我現在剛上計程車，就算直接趕去理事長府上，也要九點以後才能到……」

「洛克斐勒女士說幾點都沒關係。總之請直接過來。」

對方的語氣不容分說。掛斷電話後，瑤子對司機說：「麻煩去東七十九街，五號大道和麥迪遜大道之間。」然後，她微微嘆氣，倒向黑色皮革座椅。

——結果，自己的馬德里之行，關於借展〈格爾尼卡〉毫無進展。

索菲亞王后藝術中心的館長艾妲．柯梅里亞斯已經挑明了叫她「放棄吧」。

還有，在露絲安排下有幸見到的大人物，帕德．伊格納修公爵。如果能說服身為傳奇收藏家擁有借展〈格爾尼卡〉決定權的他，這次交涉一定會成功。抱著這樣的期待，露絲把希望寄託在瑤子與公爵的會面。然而——。

這場談判，失敗了。

不，甚至不算是坐下來談判。在同樣身為藝壇大老，想必也有多年交情的露絲拜託下，公爵雖然答應見瑤子，卻打從一開始就已備妥答覆。只有一句話，「NO」。

不過話說回來，得知不肯出借〈格爾尼卡〉的理由並非只為了保護作品，還是讓瑤子大受衝擊。換句話說，只要發現〈格爾尼卡〉從索菲亞王后藝術中心的牆上移動了一公尺，有股勢力就會立刻高聲索討那幅畫。

那是聲稱〈格爾尼卡〉屬於巴斯克的巴斯克人。還有，在旁虎視眈眈就算不擇手段也要搶奪的一群恐怖分子——。

堪稱人類珍寶的文化財產成了政爭的工具，這個事實擾亂了瑤子的心。

不管怎樣，只能把一切告訴露絲謀求善後之策。

瑤子在第五大道邊的某高級公寓門口下了計程車。

門僮輕快地替她開門。門廳雖然小巧卻隱約有種高雅氣質。向坐鎮櫃檯的保全人員表明來意後，對方立刻用內線電話替她聯絡。等了一會後，身穿黑色針織衫及緊身裙的黛西出現。

「抱歉，這麼晚來訪。」瑤子向她打招呼。

「哪裡。洛克斐勒女士一直在等妳呢。」

黛西說著，帶領瑤子去搭乘電梯。

露絲一年有三分之二的時間都住在這棟公寓。剩下的三分之一輪流住在長島和麻州的葡萄莊園、華盛頓及波士頓的豪宅。曼哈頓的高級公寓有一整層都是露絲的私宅。

女傭在玄關門口迎接瑤子。把風衣和行李箱交給女傭後，她被帶進多間會客室的某一間。

壁爐上方的牆壁，掛著美國當代藝術家賈斯培．瓊斯「黑色」系列中的一幅代表作。諸如此類，這座私宅的牆面掛滿露絲．洛克斐勒精心挑選的現代藝術收藏品。就像是秘密美術館。

「歡迎妳回來，瑤子。」

穿著米色喀什米爾針織衫和白長褲的露絲出現，走向瑤子。然後懷著比以往更熱烈的情感擁抱她。

瑤子接受她擁抱的同時暗忖，看來不用自己報告，露絲已猜到這次交涉出師不利了。

「對不起。本來應該立刻打電話給您……但我還是想當面向您報告。」

瑤子率直道歉。

「我懂。」

露絲簡短回應。二人並肩在沙發坐下。

「妳見到帕德了吧。他看起來如何？」

瑤子放在膝上的雙手倏然握緊。

「我作夢也沒想到，竟然能當面見到那位傳說中的藝壇巨人，伊格納修公爵。……謝謝您的費心安排，露絲。可是……」

這次的經過究竟該如何說明才好。瑤子不知所措。

為了從索菲亞王后藝術中心借出〈格爾尼卡〉，露絲．洛克斐勒替瑤子安排了最強，也是最後的一張牌。——那就是與帕德．伊格納修的會面。

可惜自己並未活用那張牌。而且，最後還輸掉了這局遊戲。

她自認已盡了最大努力。然而，縱使這麼說也只是辯解。況且，借不到〈格爾尼卡〉的這個結論也已無從改變。

「——果然，他還是拒絕出借吧。」

露絲用平靜的聲調說。瑤子不由垂下眼簾。

「很抱歉。都是我能力不夠……」

之後她已說不出話。露絲伸出手，輕觸瑤子垮下的肩膀。

「沒關係，瑤子。不是妳的錯。……帕德除了說『NO』別無選擇。」

〈格爾尼卡〉的重要性，以及，將那件作品從索菲亞王后藝術中心的牆上移動的難度有多高，帕德．伊格納修比任何人都更清楚。

露絲如是說。

況且，比任何人都明白此刻必須在紐約展出那件作品之意義的，也是他——露絲說。

瑤子抬起頭看露絲。

「這是甚麼意思？您說公爵明白此刻必須在紐約展出的意義……」

露絲的嘴角浮現微笑，答道：

「想當年，將〈格爾尼卡〉橫渡大西洋送進MoMA逃離戰火的——正是帕德．伊格納修。」

彷彿暴風迎面襲來，瑤子大吃一驚。

——是帕德．伊格納修……把〈格爾尼卡〉送去MoMA避難？

她從未聽說過此事。

瑤子的博士論文就是寫〈格爾尼卡〉，所以舉凡和〈格爾尼卡〉有關的主要資料她都看過。可是，她不記得有任何地方提到帕德．伊格納修的名字。

反之，她一直以為〈格爾尼卡〉從MoMA送回西班牙時，或許是伊格納修公爵替西班牙政府撐腰私底下主導此事。

這到底是怎麼回事？

「〈格爾尼卡〉是反戰的標誌，是『畢卡索的戰爭』的象徵。同時也是『我們的戰爭』的象徵。……帕德以前對我這麼說。然後，他就把那件作品託付給MoMA了。」

露絲露出有點恍惚的眼神追憶。

畢卡索的戰爭。換言之，也是我們的戰爭。

當年二十歲的帕德．伊格納修，對著十一歲的露絲．洛克斐勒這麼說。

妳懂嗎？露絲。

畢卡索和我們正在對抗的敵人——就是「戰爭」本身。

我們的對抗，將會持續到以戰爭為名的暴力和惡性循環從這世界消失的那一天——。

就這樣，露絲將一切向瑤子娓娓道來。

六十四年前，船抵曼哈頓的哈德遜河碼頭，一名青年走下船，對熱愛藝術的少女說過的那些話。

一九三九年五月一日的清晨，法國開來的定期船「諾曼第號」抵達卻爾西碼頭。

貨物陸續卸下的同時，幾百名乘客也逐一下船。

十一歲的露絲．洛克斐勒，這天沒去小學上課，和MoMA的館長小阿爾弗雷德．H．巴爾一起來到碼頭，準備迎接來自法國的特別訪客。

特別向學校請假也要來接人，自然是有特別的理由。

露絲迷戀的藝術家巴勃羅．畢卡索的「超級巨作」即將抵達——她從當時擔任美術館理事長的父親尼爾森．洛克斐勒及阿爾弗雷德雙方那裡都聽說了這個消息。

巨作的名稱是〈格爾尼卡〉。

那件作品預定先在美國國內的幾家美術館巡迴，最後在紐約現代美術館展出。是在館長阿爾弗雷德策畫的畢卡索畫業四十周年紀念回顧展展出。

MoMA於一九二九年，在莉莉．P．普利斯、梅亞麗．昆恩．沙利文、艾比．阿德麗琪．洛克斐勒三位女性的提議下創立。三人都是大富豪的夫人，懷抱野心想集合全球最尖端的藝術在紐約創立前衛美術的殿堂，為了打造前所未有的新形態美術館，他們傾盡全力。

MoMA標榜走在世界尖端的嶄新美術館，到底該把甚麼樣的作品，基於甚麼樣的主題，在甚麼樣的空間展出？

勇於迎戰這個困難又讓人雀躍的挑戰性課題，擔任首任館長的，是阿爾弗雷德．巴爾。年僅二十七歲的他，卻已對現代藝術的未來十分看好，不斷舉辦革命性的展覽，替日後的MoMA定下關鍵的方向。

露絲的祖母艾比．阿德麗琪．洛克斐勒，成為這位年輕館長的後盾，全面協助他推動各種挑戰與改革。

同時，作為交換條件，艾比也拜託阿爾弗雷德教導孫女露絲現代藝術的知識。露絲在祖母的影響下，小小年紀就已對藝術展現出濃厚的興趣。

阿爾弗雷德雖然每天過著分秒必爭的忙碌生活，還是經常帶著想必會是未來的藝術庇護者的少女露絲去看展覽，熱心又詳細地教導她甚麼是現代藝術。

——已經確定畢卡索的超級大作將從法國送來喔。那是一件驚天巨作。

某天，阿爾弗雷德如此告訴露絲。那是一九三八年聖誕節左右的事。

就在數日前，某個西班牙年輕人來見過阿爾弗雷德。得知MoMA眼下正在策畫畢卡索畫業四十周年回顧展的他，是來洽談能否在展覽中追加「一件特別作品」。而且，展覽結束後，也想請館方繼續保管那件作品。

那個「特別的作品」據說是〈格爾尼卡〉。

阿爾弗雷德懷疑自己是否聽錯了。那是一年前在巴黎世博會西班牙展館展出，備受眾人注目，甚至掀起社會論爭的問題之作。之後，那幅畫巡迴歐洲各國，替苦於西班牙內戰的共和國軍籌措軍資，這些事阿爾弗雷德也很清楚。

他當然很希望MoMA舉辦的畢卡索回顧展能夠展出這幅畫，但作品本身規格超大，運送所需的人力和經費都非同小可。更何況，畢卡索投入全副身心創作的作品要離開歐洲，還不知畫家本人是否同意。不過，值得當面與畢卡索商量看看。——就在阿爾弗雷德這麼考慮之際。

自稱帕德．伊格納修的青年，是西班牙首屈一指的名門伊格納修家的嫡子。他以畢卡索特使的身分，負責安排〈格爾尼卡〉的世界巡迴展出。

阿爾弗雷德驚訝的，與其說是對方主動表明要把〈格爾尼卡〉借給MoMA展出，毋寧是對方請求在展出結束後由MoMA繼續保管這幅畫。

——到底為什麼？那應該是等同藝術家生命的重要作品吧。

對於阿爾弗雷德這個問題，帕德說，正因如此。

——的確，那件作品等同畢卡索的生命。正因如此，今後戰爭恐怕會席捲歐洲全域，必須讓那幅畫逃離戰火。

如果不採取行動，說不定哪天會被佛朗哥或納粹盯上。情況非常危險。已經到了前所未有的地步。畢卡索希望能把那件作品盡量藏匿到遙遠又安全的場所。

即便法西斯分子使出千方百計也碰不到一根手指頭的安全場所。

至於那個安全場所——除了MoMA別無其他可能。

二十歲的青年，晶亮的認真雙眸直視阿爾弗雷德，如此說道。

青年的提議不是騙人的，畢卡索是真心想讓〈格爾尼卡〉逃往美國——阿爾弗雷德直覺。

站在個人立場當然很想舉雙手歡迎，但不管怎樣，MoMA要接收〈格爾尼卡〉都必須經過理事會的同意。

理事會是否會接納這件政治色彩太濃厚的作品？還有，運送費用又該如何籌措？

聽了阿爾弗雷德憂慮的問題，帕德立刻表示。

——請讓我見理事長尼爾森．洛克斐勒。我直接向他說明。

正常情況下絕不可能同意這種要求，但顧及全球富豪的勢力平衡，阿爾弗雷德認為，洛克斐勒家族應該不會輕忽歐洲的名門伊格納修家族。於是，他讓這個不顧一切渾身充滿熱情的青年見到了尼爾森．洛克斐勒。

會談之後，理事長慨然同意保管〈格爾尼卡〉。還附帶一個贈禮，從法國送來的運輸費用將由洛克斐勒家族全額贊助。

——妳父親真是個爽快人。一旦決定了，就全面迅速執行。真的，優秀的領導者就該像他這樣。

阿爾弗雷德愉快地笑著對露絲說。

——〈格爾尼卡〉抵達紐約時，妳要不要一起去迎接？

露絲喜不自勝回答：

——要，阿爾弗雷德，我當然要！

然後，就在翌年，〈格爾尼卡〉終於抵達紐約了。

看到身穿白色亞麻西裝走下船梯的帕德．伊格納修，露絲也趕緊跟著阿爾弗雷德走過去。

——歡迎光臨紐約。我是露絲．洛克斐勒。代替家父來迎接您。

露絲紅著臉伸出右手。帕德露出白牙一笑。他緊握少女的小手說：

——幸會。我已從令尊和阿爾弗雷德那裡久仰大名了。

畢卡索托我轉告您，〈格爾尼卡〉還要麻煩您多多關照了。

帕德的話，直接打動露絲的心。那句話聽來真實無偽。

卸貨後，為了檢查〈格爾尼卡〉的狀況，畫被暫時搬進當時剛在西五十三街開幕的MoMA館內。

檢查那幅畫時，露絲也到場旁觀。捲成地毯狀的畫布，慢慢地，慢慢地打開，展露全貌的那瞬間。

露絲清楚聽見，站在露絲背後觀看開箱作業的帕德，異常沉靜，卻又帶有充分熱切地對她說：

——格爾尼卡是反戰的標誌，也是「畢卡索的戰爭」的象徵。同時，也是「我們的戰爭」的象徵。

畢卡索的戰爭。換言之，也是我們的戰爭。

妳懂嗎？露絲。

畢卡索和我們對抗的敵人——就是「戰爭」本身。
我們的戰爭。將會持續到以戰爭為名的暴力和惡性循環從這世界消失的那一天——。

第七章

訪客

一九三九年四月八日・巴黎

朵拉・瑪爾佇立在橫越塞納河上的西堤島前端，連結左右兩岸的新橋上。

這是個沒有月亮的寒冷春夜。朵拉倚靠欄杆，茫然眺望橋下滔滔流過的河水。

新橋——被如此命名的這座橋，是巴黎最古老的橋。一六〇七年起就屢次修補，迄今仍保持當初竣工時的姿態橫亙在塞納河上。

巴黎一如這座橋，也經歷多次革命、無數流血事件、市民群起、以及戰爭，卻仍保有許多一如建造當時的建築物。而且因十九世紀中葉起一再舉辦世博會，也建造了許多最尖端的建築及設施。

新舊並存，卻絕不雜亂。這就是巴黎。

新橋位於巴黎市中心，橋面也很寬，因此自古以來交通流量就很大。此外，成排拱型連接的橋樑映襯塞納河淡綠色的水面也格外好看。清晨有拖車，午間則是汽車川流不息，夜幕低垂時只見對對情侶依偎著漫步而過。

在這美麗的橋上，朵拉隻身佇立。

晚間八點，在夜生活熱鬧的巴黎這個時間還很早。然而，路上已不見來往行人。只有汽車偶爾呼嘯而過。

黑暗的大片西方天空隱約可見艾菲爾鐵塔的影子。直到不久前，塔身還綴滿燈泡，浮現在夜空的剪影非常美麗。彷彿在向世人高聲宣言，全世界最華麗的藝術之都巴黎就在這裡。然而，如今已經不再有璀璨燈泡烘托出艾菲爾鐵塔的剪影。

在當今的時代，讓本就顯眼的建築變得更顯眼，不知有多麼危險。法國政府畢竟也不是笨蛋。如果那樣做，難保幾時不會有納粹的轟炸部隊前來空襲。——對，就像格爾尼卡的遭遇。

朵拉將雙肘撐在冰冷的石頭欄杆上，失焦的雙眼茫然望向逐漸暗淡的天空。

——他沒回來。

畢卡索沒回來。大約一周前，他離開格蘭佐居斯坦街的畫室。也沒交代去向。

朵拉的心，被這唯一的念頭反覆折磨。

畢卡索沒回來。不管做甚麼，朵拉都面臨這個事實。不知不覺，心頭好像已經被來歷不明的妖魔佔領了。

——好痛苦。痛苦得快死掉。

和畢卡索交往三年來，從未如此痛苦過。

畢卡索有妻子歐嘉。還有瑪麗・德雷莎這個情人，以及她生下的女兒。

那又怎樣？這對畢卡索和自己交往造成甚麼妨礙嗎？

然而現實就這樣逼近眼前。

毋寧有種快感。因為自己與畢卡索之間建立了特別關係，就連他的妻子、情婦或女兒都無法介入。

她以攝影家的身分把〈格爾尼卡〉創作過程拍攝下來，以藝術家的身分擁護〈格爾尼卡〉。做到了他的妻子和情婦都做不到的事。

但，另一方面，自己不是妻子也不是他孩子的母親，對畢卡索而言甚麼都不是，令她經常對自己的位置隱約感到不安。萬一有一天畢卡索離去，自己究竟能夠拿甚麼挽留他？

別傻了——如果那天真的來臨，那就到時看著辦吧。

誰要一哭二鬧三上吊啊！自己才不是那種可愛的小女人。也不是柔弱的菟絲花。

她只會轉身背對，任他想走就走——不過如此而已。

應該早就有這種覺悟才對。

與畢卡索的關係本就不可能永遠持續。正因如此，才會燃燒激情。

哪怕剎那也好。但願能讓他眼中只有自己看不見別的。讓他只愛自己。把全部欲望都投注在自己身上。

正因為只有剎那，所以才好。

明明應該早就認清這點才對的。

可是——。

朵拉再次將視線移向塞納河永遠不知停駐的滔滔水面。

一瞬間，彷彿看見自己從橋上躍起墜入河面的身影。背上一寒，不禁用雙臂緊緊抱住自己的肩膀。

這並非畢卡索第一次不告而別。隨興的他，經常這樣沒交代去向就出門了。

這種時候，朵拉知道他多半都是去瑪麗．德雷莎和女兒那裡了。

即便是他那樣的男人，也會疼愛女兒嗎？

這麼一想，頓時感到妒火搖曳紅舌舔舐心頭深處。

自己不像瑪麗．德雷莎擁有女兒當作最後王牌。唯一有的，僅僅是拍攝〈格爾尼卡〉的祿萊相機，以及高傲的一顆心。

過了三十歲後，想必也會逐漸人老珠黃吧。只要還活著，就無法阻止女性魅力一天比一天減退。那麼，乾脆死了算了？趁著還有美貌讓他欣賞。趁著還擁有他的愛情。

這樣的念頭掠過腦海，後背頓時一陣發冷。

——死了又能怎樣？我死了，難道那人會為我傷心？

這個時代，成千上萬條性命在戰爭中猝然消失。就算死了我一個人，世界也不會有任何改變。

朵拉抬頭仰望夜空。

看不見皎潔的月亮，也看不到任何星星。只有晦暗陰霾的夜空。戰鬥機劃破這樣的天空攻擊巴黎的日子或許已經逼近了。

畢卡索離開畫室整整消失了一周的理由，朵拉痛徹理解。

四月一日，弗朗西斯科．佛朗哥宣布西班牙內戰結束。

繼年初的巴塞隆納淪陷後，佛朗哥率領的叛軍一口氣將西班牙共和國打垮了。從此，數十萬西班牙國民淪為難民，不得不翻越庇里牛斯山脈亡命法國。如今叛軍已穩居上風，英法兩國正式承認了佛朗哥的叛軍政府。

到了三月二十八日，馬德里終於淪陷。統治了西班牙全域的佛朗哥，立刻向全世界宣布內戰結束。

各國的反應很複雜。西班牙成為軍事政權已是不容否認的事實。如此一來，各國恐懼的不是西班牙，而是支援西班牙的德國納粹。

在歐洲一下子提升了存在感的希特勒，隨即鎖定下一個獵物。先是奧地利落入他的手中，接著是波蘭，然後——是法國。

西班牙內戰結束宣言的衝擊如狂風席捲巴黎街頭的這一天，畢卡索離開了畫室。

四月二日早晨，朵拉在書報攤買報紙得知西班牙內戰終結後，十萬火急趕往畢卡索的畫室。她有種非常不妙的預感。

畫室裡，只有畢卡索的秘書傑米在。一看到朵拉，傑米就面無血色訴苦。

——畢卡索失蹤了。

以往不管任何情況好歹還會對傑米這個好友交代去向，但這次畢卡索連傑米都沒有告知就走了。

就此過了一星期。

為了逃避湧現的不安，朵拉幾乎沒好好吃過東西，整天喝酒。

只要心裡稍有空隙，恐怕就會被壓垮。

當然，畢卡索沒有死。那絕不可能。

故國落入法西斯的魔掌，想必讓他非常憤怒。無處發洩的憤怒、憎恨、悲傷越來越強烈，大概讓他深受打擊。

即便如此，那個男人絕不會死。毋寧會把爆發的感情全數投入創作。

他一直是藉著這麼做來保持生活的平衡。他就是這種人。他是畫家。——是造物主。

他不會死。他大概會活得很久很久，一直活下去。不停地畫了又畫——想必，他會藉著這麼做，向法西斯、向戰爭復仇。

佇立塞納河畔，朵拉一次又一次告訴自己。

他一定會回來。
縱使不再回到我身邊——也一定會回到格蘭佐居斯坦街的畫室。
因為，〈格爾尼卡〉還在等著。
巨大的畫布被捲起，牢牢打包，不久就要搬出畫室。越過大西洋，前往美國，前往紐約，前往紐約現代美術館。
趁著戰爭的腳步聲尚未逼近，法西斯的魔爪尚未伸來。

一個月前，二月下旬的午後。
格蘭佐居斯坦街的畢卡索住處，大門被人敲響三下。
正在廚房煮咖啡的朵拉關掉爐火，對著牆上的鏡子稍微整理頭髮後，快步走向玄關。
門外出現的，是一如往常優雅穿著羊毛西裝的帕德．伊格納修。另外，還有個領口端正繫著英式斜紋領帶，戴著銀色圓框眼鏡充滿知性風貌的男人。
「我來介紹一下。這位是阿爾弗雷德．巴爾先生。他是紐約現代美術館的館長。阿爾弗雷德，這位是朵拉．瑪爾。是攝影家，藝術家。」
帕德用法語介紹，朵拉伸出塗抹豔紅指甲油的玉手。
「幸會。歡迎來到巴黎。」
阿爾弗雷德拉起那隻手輕輕一吻。看起來很習慣接待上流階級貴婦的樣子，頓時讓朵拉充滿好感。
「很榮幸見到您。您的工作表現我已聽伊格納修先生提過了。聽說您在攝影事業非常活躍。希望有機會能夠拜見您的作品。」

阿爾弗雷德用流暢的法語寒暄。雖然是來見畢卡索的，卻還是先把自己當成藝術家尊重，這番說詞哪怕只是客套話也讓她很高興。

「謝謝。畢卡索也一直在期待您的來訪。請進。」

MoMA館長，小阿爾弗雷德．巴爾。MoMA創立的同時年僅二十七歲就被拔擢為館長，一做就做了十年。不斷企劃嶄新的展覽，對「現代藝術是甚麼」做出定義。如今在現代藝術的世界幾乎無人不知無人不曉，他的存在感備受肯定。

一九三九年是MoMA創立十周年。在慶祝周年紀念的同時，正好也是畢卡索作畫滿四十周年，因此阿爾弗雷德打算向畢卡索提案舉辦美國首次畢卡索大型回顧展。

其實本來就有此計畫，但去年底帕德主動提供讓〈格爾尼卡〉在美國巡迴展出的點子後，計畫一下子變得具體化，這次他來巴黎就是為了當面和畢卡索商談展出作品的名單。

阿爾弗雷德與帕德被帶進雜亂堆滿東西的客廳在沙發坐下後，裡屋的門開了，畢卡索現身。阿爾弗雷德立刻起立。他的臉上洋溢喜悅的光輝。

「歡迎。」

畢卡索簡短說，與阿爾弗雷德握手。阿爾弗雷德似乎激動得一時說不出話。感受到他率直的感動，佇立一旁的朵拉，不禁心口微微發燙。

隨著西班牙內戰日漸混亂，法西斯國家抬頭，歐洲已陷入一觸即發的狀態，此刻來到歐洲照理說是很危險的舉動。但阿爾弗雷德還是來了。——只為了見畢卡索，就只為了這個理由。

「我希望將您身為藝術家所做的一切在美國展出。」
阿爾弗雷德語帶熱切說。
「包括您剛來巴黎帶有藍色色調的早期作品，以及粉紅色時期的作品。還有那件創新的〈亞維儂姑娘〉。立體主義時代的一連串畫期性作品，超現實主義的作品。還有您現在正在創作的作品——那些作品，能否全部都交給我？我希望藉此讓美國人看到西班牙內亂的實情，促進國人的支援。」
畢卡索聽了，用那彷彿可以看穿世界一切的黝黑眼眸定定凝視阿爾弗雷德。然後，他說：
「我會盡全力配合你的企畫。不過——要這麼做的話，我這邊也想委託你一件事。」
阿爾弗雷德毫不畏懼地回視畢卡索。
「……您儘管吩咐。」
畢卡索保持和阿爾弗雷德對視的姿態，用沉靜的聲調說：
「我想請你保管〈格爾尼卡〉。」
朵拉屏息凝視對峙的二人。帕德亦然。
阿爾弗雷德與畢卡索面對面，用明確清晰的口吻回答：
「那正是我所期盼的。」
少了〈格爾尼卡〉就不是巴勃羅．畢卡索的回顧展了。
那件作品具備的訊息性、時代性，散發令人目眩的強烈光芒。
有史以來，人類就不斷重複戰爭。人類是一種愚昧得無藥可救，可悲得無藥可救的生物。
那件作品中，從頭到腳都透出畫家對愚昧人類的憤怒，敲響不可再重蹈覆轍的警鐘。

同時，也蘊藏著藝術家無法對人類徹底絕望的感傷心緒。

「那樣的傑作，我們怎麼可能拒絕。」

說到這裡，阿爾弗雷德異常認真的眼眸對著畢卡索說：

「我請求您。請把〈格爾尼卡〉送到紐約——借給我們的美術館。」

畢卡索閃亮如黑曜石的雙眸凝視阿爾弗雷德。片刻沉默後，畫家用莊嚴、卻蘊含真實的聲調，明確回答：

「就把〈格爾尼卡〉送去你那裡吧。——不過，我只有一個條件。」

——即便展覽結束後，希望也能將那件作品留在MoMA。

在西班牙恢復真正的民主主義之前，絕對不要把它歸還給西班牙。

這，就是唯一的條件——。

二〇〇三年四月一日・紐約

瑤子居住的卻爾西區公寓臥室窗口，這天早上，可以看見蔚藍無垠的晴空。

窗戶右邊的牆上掛著鑲嵌在畫框裡的小幅畫作。畫的是白鴿。一筆畫似的輕妙筆觸，洋溢鮮活的躍動感。甚至好像下一秒就會從畫框中出來，展翅從窗口飛向藍天。

瑤子穿上充滿春天氣息的米色長褲套裝，對著衣櫃門內側的鏡子檢視，拿梳子梳頭髮。鏡中映現對面牆上的鴿子圖。瑤子對鏡凝視片刻後，關上衣櫃門。

——難不成，這是……畢卡索的「白鴿」？

八年前。接受此刻已不在人世的伊森求婚後，他送了一個盒子「作為婚約的信物」。若是婚戒，這盒子未免太大了吧——瑤子為了掩飾喜悅，半開玩笑地說。解開白色緞帶，打開蓋子後，從盒子裡出現的，是一幅小巧卻散發耀眼躍動感的畫作。

第一眼看到的瞬間，瑤子就知道這是畢卡索的親筆畫。小幅鴿子畫洋溢真跡才有的光芒。

——真不敢相信……是真的？

瑤子抬起頭看伊森。伊森的眼睛有點羞澀地微笑。喜悅與愛意充斥心扉，瑤子忍不住緊緊摟住伊森的脖子。

——妳還沒答覆呢，瑤子？關於我的求婚……請妳嫁給我。妳應該會答應吧？

伊森溫柔的聲音在耳邊響起。瑤子一再點頭，一次又一次回答我願意。

——我愛妳，瑤子。

——我也愛你，伊森。

瑤子走到掛在牆上的鴿子圖前。就此佇立，默默凝視。然後，她在心中呼喚亡夫。

——伊森。

終於迎來了這一天……「畢卡索的戰爭」展舉行記者招待會的日子。

雖然她苦心策畫就為了努力熬到今天……卻還是無法把〈格爾尼卡〉從馬德里借來。

你被人從我身邊奪走的二〇〇一年九月十一日。從那天起，仇恨在全世界蔓延。

之後，到底誰是敵人、那個敵人在何處、有何企圖都看不清的狀態下，開始了伊拉克戰爭。仇恨不斷產生惡性循環，演變成無止境的戰爭。

為了切斷那種惡性循環，藝術究竟能發揮甚麼效用？

她希望藉由這次展覽提出這個問題。

將近七十年前，畢卡索靠著一支筆戰鬥，憑著一幅〈格爾尼卡〉挑戰，那種氣概，才是她想藉由這次展覽再次展現的。

她想證明，當時畢卡索的心情，也是現在我們的心情。

也是為了質疑，美國宣布決定轟炸伊拉克時，掛在聯合國大廳牆上的〈格爾尼卡〉壁毯被黑幕掩蓋的真正用意——。

還有伊森……也是為了你。

然而……

瑤子靜靜凝視「白鴿」。之後，她將絲巾纏繞領口，拎起皮包走出家門。

代替全面改建中的曼哈頓西五十三街MoMA本館，蓋在皇后區的臨時展館「MoMA QNS」。禮堂擠滿了大批媒體相關者。

會場後方有鋪著白色桌巾的長桌，供應咖啡與糕點、餅乾。到場者一手拿著咖啡，翻開事前分發的參考資料。傳單上面印刷著「畢卡索的戰爭」這行文字。

差五分一點時，MoMA館長亞倫・愛德華、繪畫雕刻部門的策展主任提姆・布朗、以及瑤子，從休息室走入會場。三人在前方的椅子並排坐下。

有人輕戳肩膀，向右一看，是紐約時報記者凱爾・亞當斯。凱爾微微朝她擠眼。瑤子卻罕見地報以遲疑的笑容。

昨晚凱爾打電話來問瑤子：演說台會設置在哪一邊？到時候我要坐在妳眼前。我會帶攝影師去，所以妳可要給我一個最佳鏡頭。

之後，凱爾又問——〈格爾尼卡〉果然借不到？

身為伊森和瑤子的好友，凱爾一直很關心瑤子企劃的「畢卡索的戰爭」展的籌備過程。此外，聯合國安理會會場大廳展示的〈格爾尼卡〉壁毯被人罩上黑幕的這起事件，也是他陪同瑤子一起去聯合國。對於很了解瑤子策畫這次展覽的用意，也陪她一起行動的「戰友」凱爾，瑤子不想說謊。然而，她還是有所保留地只告訴凱爾一句話。

——明天的記者會上，我會說明一切。

下午一點整，MoMA的公關部長阿格涅斯・辛普森站上會場講台。

「謝謝各位今天大駕光臨。關於本館預定於今年五月二十三日起舉辦的特別展覽『畢卡索的戰爭』，我們會做出說明。首先有請本館館長亞倫・愛德華致詞。」

亞倫站起來，走向講台。先由館長簡單說明舉辦這次展覽的起因以及意義，接著預定由瑤子做簡報。再過五分鐘就要上台了。

瑤子微微閉上雙眼調整呼吸。

到場者拿到的參考資料中，也有說明這次展覽理念及概要的簡報大綱，以及預定展出的部分作品的照片。其中並沒有〈格爾尼卡〉。

——或許會展出〈格爾尼卡〉。

那件巨作，在這個時間點，或許會再次回到紐約，回到MoMA。如果這是真的，將是重量級的大新聞。

這樣的揣測，已在直覺敏銳的部分媒體記者之間流傳。

正巧就在這時，以美軍為主的多國籍聯軍對巴格達展開空襲，伊拉克戰爭爆發。而且，聯合國安理會議場大廳展出的〈格爾尼卡〉壁毯被人罩上黑幕。〈格爾尼卡〉的周遭瀰漫某種陰謀的氣息。

而策展人八神瑤子，就是在九一一恐怖攻擊事件中失去丈夫。

這次展覽，想必暗藏她個人極為重要的訊息——。

「接下來，就請負責企劃本展的繪畫雕刻部門策展員八神瑤子，對本展做個簡報。」

隨著阿格涅斯的介紹，瑤子起身。

站上講台，她調整麥克風的位置。手腳微微發抖。這並非她第一次召開記者會做簡報，卻前所未有地緊張。

——沒辦法。不管怎麼樣，要借出〈格爾尼卡〉都太困難了。

馬德里的交涉鎩羽而歸之事，瑤子已向直屬上司提姆．布朗報告。包括理事長露絲．洛克斐勒特地安排她與左右〈格爾尼卡〉借出決定權的藝壇大老帕德．伊格納修見面一事也和盤托出。但是，她沒說自己為了確認巴斯克地區到底發生了甚麼狀況特地隻身去過畢爾包。

——妳已經做得很好了。開記者會時，也許會有針對〈格爾尼卡〉展出可能的惡意問題，屆時妳只要老實答覆就好。就說很遺憾，沒那個可能。雖然這次展覽叫做「畢卡索的戰爭」，但並不會展出〈格爾尼卡〉。

這對瑤子——以及對 MoMA 而言，純粹就是敗北宣言。

不過，他們也討論過替代方案——把洛克斐勒家族寄放在聯合國的〈格爾尼卡〉壁毯借來參展。關於這個方案，已經私下取得露絲的同意。

一度沉入黑幕下的作品，將要堂堂正正在美術館的牆上展出。光是那樣，想必就會製造不少話題。

瑤子輕吸一口氣後開口。

「感謝各位今日來到本館。接下來由我就『畢卡索的戰爭』做說明。……各位也知道，畢卡索對本館是很特別的藝術家。一九三九年，在首任館長阿爾弗雷德．巴爾的企畫下，舉辦了他在美國的首次回顧展『畢卡索：藝術生涯四十年』，之後，又在一九八〇年舉辦了他畢生最大展出規模也寫下歷年來最高參觀人數紀錄的『巴勃羅．畢卡索回顧展』……」

瑤子一邊在前方的螢幕上投影出預定展出的每件作品，一邊概要說明展覽企畫。尤其是針對「此刻」在紐約舉辦這次展覽的重要性，她花了相當多的時間熱切敘述。

本來是預定舉辦別的企畫展，但九一一事件後，她希望世人能夠透過這次展覽重新認識，從受到重創的紐約，發出畢卡索想告訴世人的「以暴制暴的惡性循環到頭來不會有任何東西產生」這個訊息有多麼重要——。

開始敘述還不到一分鐘，緊張已煙消霧散。瑤子流暢地滔滔不絕，結束二十分鐘左右的簡報。

到了記者提問的階段時，立刻有多名記者舉手。凱爾默默交抱雙臂，擺出冷眼旁觀事態發展的架式。

第一個發問的，是素來以評論辛辣知名的《國際先驅論壇報》主跑美術新聞的記者喬納森·克雷格。

「既然稱為『畢卡索的戰爭』，我以為理所當然會有〈格爾尼卡〉展出。」

——來了。

瑤子自然打起精神提高戒備。除了這個問題之外，想必在場所有記者都沒別的想問。

「妳在簡報開頭提到MoMA過去舉辦過二次畢卡索的展覽，二次都有〈格爾尼卡〉展出吧。妳這麼有野心的企畫如果少了那件作品，就主題而言，好像失去辦展覽的意義了？」

這個挑釁的問題，令會場一陣騷動。瑤子霎時詞窮，視線游移。提姆立刻像要暗示「老實回答沒關係」般對瑤子使眼色。

是的。如今只能據實以告。而且，必須說出正在檢討商借〈格爾尼卡〉壁毯參展的可能——。

瑤子在短短數秒間低頭調整呼吸。然後，她抬起頭，對著克雷格發話：「關於這個問題——」就在這時。

通往休息室的房門忽然開了，一名女性快步走入會場。是露絲．洛克斐勒的秘書黛西。瑤子吃了一驚，望向黛西。

黛西默默跑上台，把一張紙條迅速塞進瑤子的手心。

看到這張紙條後，立刻放棄記者會，直接趕往拉瓜地亞機場。

我要搭乘私人專機去見帕德．伊格納修。妳隨我同行。　露絲

瑤子屏息。抓著紙條，塞進口袋。然後，「不好意思，呃……」她沒用麥克風就說。

「這個問題，恕我無法奉告。……失陪了。」

說完，她立刻轉身離開講台。吃驚的提姆慌忙站起。簡報人員的突然離場，令全場譁然。

「喂……等一下，瑤子。妳到底要去哪……」

大聲叫住她的，不是館長也不是提姆，是凱爾。然而瑤子已不再回頭。

記者會的翌日，早上八點。

瑤子隨同露絲．洛克斐勒再次回到帕德．伊格納修家。

事情的轉變匪夷所思。就在短短十天前，瑤子才離開這座大宅——帶著絕望。沒想到竟然又這樣回來了。在露絲的帶領下。

十二小時前，搭乘洛克斐勒家派來的黑色轎車，從MoMA QNS趕往拉瓜地亞機場。她向來把護照當

成身分證隨身攜帶，所以出國手續很快辦妥。停機坪上，洛克斐勒家族的私人專機灣流G550正在待命。頂著從東河吹來的風，瑤子鑽進早已做好起飛準備的機內。奶油色皮製座椅上，任何時候都一樣優雅的露絲，穿著淺粉色針織衫與白長褲，正在等候瑤子的抵達。

——我們要去見帕德。

瑤子一繫上安全帶，露絲就說。

——無論如何都得把〈格爾尼卡〉再次帶回紐約。……記住了嗎，瑤子？

露絲的語氣中，帶著絕對寸步不讓的堅定與強悍。瑤子心頭湧起的感動，以及敬畏，甚至讓她莫名心慌。

終於，露絲・洛克斐勒行動了。

瑤子激動得心跳劇烈。

為了打動帕德・伊格納修——為了請動〈格爾尼卡〉。

二人就這樣抵達伊格納修家。

二人被帶進的會客室，壁爐上方掛著畢卡索的靜物畫。這幅畫洋溢著一九二〇年代超現實主義時期的特徵，停留窗口的白鴿展翅，室內的桌上放著堆滿蘋果與柳橙的盤子。瑤子曾在畫家作品年鑑上看過這件作品。

年鑑上只標明「私人收藏」並未透露是誰收藏的。原來是在這裡啊，瑤子內心不由暗自吃驚。

「那件作品……嚇到妳了？」

看瑤子似乎被牆上的畫作吸引，露絲小聲說。

「不只是這一件。帕德擁有畢卡索作品中的精品。甚至包括年鑑上沒有記載的作品。」

聽到露絲說總數應該超過一百件，瑤子已經啞然了。

此人到底是多麼厲害的收藏家？而且，到底與畢卡索結下多麼深厚的交情？

敲門聲響起。坐在沙發上的露絲與瑤子立刻起身。

厚重的對開房門倏然開啟，身穿黑西裝打紅領結的帕德・伊格納修現身。

「啊，帕德！」

露絲大喊一聲跑過去。二人緊緊相擁。瑤子感到二人長年培養出來的溫暖友誼，驀然眼睛發熱。

「妳不管幾歲都還是淘氣小姐呢，露絲。聽說妳突然來訪，我只好中途溜出與首相的早餐會趕回來。」

帕德半開玩笑說。但，那想必是真的。「對不起。」露絲像少女一樣羞澀回答。

「是我太胡鬧了。無論是對你……或是對瑤子。」

帕德瞥向瑤子。瑤子伸出右手說「很榮幸能夠再次見到您」，帕德緊握住那隻手。

「本來正在開下個月她企劃要在MoMA舉辦的展覽『畢卡索的戰爭』的記者會。可是，開到一半，我就傳話叫她提前退場立刻趕到機場。我跟她說，我們一起去見帕德吧。」

露絲說明。帕德目瞪口呆說「不會吧」。瑤子只能朝他聳聳肩。

「正確說來，露絲說的是『我要去見帕德。妳隨我同行』。完全沒有容我拒絕的餘地。」

帕德依舊瞪大雙眼凝視露絲。露絲莞爾一笑。

「真是的……妳這人……」

帕德吃吃笑出來。然後把手放在露絲和瑤子二人的肩頭說：

「好吧好吧。我已經充分理解妳們的氣魄了。那我就洗耳恭聽囉。」

三人在壁爐前的沙發坐下。坐在對面的帕德，背後就是畢卡索的畫。瑤子已無法按捺打從剛才就一直撲通撲通亂跳的心跳。

露絲到底要對帕德說甚麼？對此，帕德又會如何反應？簡直完全無法想像。

伊格納修家的專屬侍酒師送來冰透的氣泡酒。在酒杯注入起泡的液體後，侍酒師就離開房間，帕德這才拿著杯子說：

「不管要談甚麼，先歡迎妳們為此來到這裡。」

乾杯！他說著舉杯。露絲與瑤子也同樣舉起酒杯。清爽的氣泡滑過喉嚨。絕對不能喝醉，因為今天想必會是值得紀念的日子——瑤子如此告訴自己。

「我可以坦率地直說嗎？」

露絲以洗鍊的動作把杯子放回桌上後，如此切入正題。「那當然。」帕德和顏悅色地回答。

「這些年來，妳有哪一次不坦率？」

的確，瑤子在心中暗自點頭。露絲聽了，浮現女神般的微笑，說道：

「我們有權將〈格爾尼卡〉在紐約展出。」

帕德臉上那種縱容小妹妹的溫和笑容消失了。瑤子感到全身一下子都僵住了。露絲毫不畏縮地繼續說。

「當初第一次見面時，你曾對我說過。〈格爾尼卡〉是反戰的標誌也是『畢卡索的戰爭』的象徵。同時也是『我們的戰爭』的象徵。」

畢卡索的戰爭。換言之，也是我們的戰爭。

妳懂嗎？露絲。

畢卡索和我們對抗的敵人——是「戰爭」本身。

我們的戰爭，將會持續到以戰爭為名的暴力及惡性循環從這世界消失的那一天——。

「六十年後的現在，惡性循環並未消失。九一一恐怖攻擊事件，阿富汗空襲，以及這次的伊拉克戰爭。惡性循環反而不斷增加。美國出兵伊拉克的行動，連聯合國安理會都無法阻止。如你所知，鮑爾國務卿宣布要出兵轟炸伊拉克時——畢卡索的訊息被掩蓋在黑幕下了。」

聯合國安理會議場大廳掛的〈格爾尼卡〉壁毯被人罩上黑幕的事件，帕德不可能不知道。

「那塊壁毯，是家父尼爾森為了祈求世界和平，特地委託畢卡索創作的。後來我們借給聯合國展出。沒想到，竟然也沒對我們打聲招呼就罩上黑幕……」

大概是又想起當時的憤怒與困惑，露絲的聲音有點顫抖。帕德彷彿成了化石文風不動。瑤子默默旁觀二人的樣子。

「……那不是妳的私事嗎，露絲？」

過了一會，帕德才開口說。聲音很平靜。露絲抿嘴看著帕德。

「的確，沒有徵求妳的同意就給那塊壁毯罩上黑布，想必讓妳很不滿。但是，就算這樣，妳憑甚麼一口咬定妳們有權利在紐約展出真正的〈格爾尼卡〉？」

凝重的沉默瀰漫。瑤子大氣也不敢出地等待露絲的回答。

露絲沉默片刻低下頭，最後緩緩抬頭，直視著帕德說：

「如果原版的〈格爾尼卡〉能夠『回到』紐約，那將證明我們並未屈服於恐怖組織企圖奪取〈格爾尼卡〉的威脅。」

重要的，是把黑幕絕對無法掩藏的畢卡索最真實的吶喊向世界傳播。

對，從昔日守護〈格爾尼卡〉超過四十年的MoMA，向世人再次發聲。

露絲明確地說。

瑤子不知不覺已用力握緊放在膝上的雙手。

是的。一點也沒錯。我想透過「畢卡索的戰爭」展做的，正是這件事。

我們將堅決對抗到底。——對抗戰爭，恐怖主義，以及暴力的惡性循環。我們要繼承畢卡索的意志，透過藝術去對抗。

帕德依舊沉默，文風不動。露絲正面凝視帕德，以異常沉靜的聲音說：

「如果你同意把〈格爾尼卡〉再次送去紐約——我有個很棒的主意。你要不要聽聽看？」

帕德抬眼看露絲。瑤子恨不得全身化為耳朵，仔細聆聽露絲的主意。

帕德的背後，壁爐上方掛的畫作中，停留窗邊的白鴿張開雙翼彷彿隨時將要飛去。

第八章

流亡

一九三九年十二月一日・魯瓦揚

遠眺比斯開灣的沿海路上，用絲巾把黑髮完全包住的朵拉・瑪爾踽踽獨行。在她身後，跟著畢卡索的愛犬，格雷伊獵犬卡斯貝克。牠有時會在路邊駐足，頻頻抽動鼻子，過了一會又追上朵拉。朵拉與狗之間的距離，不斷拉開又縮小。

這是冬天安詳的上午。大西洋的浪濤雖然有點洶湧，籠罩水蒸氣的上空朦朧染上柔和的白色。九月下旬來到此地時，街頭和海邊更熱鬧。此刻人影稀少，更看不到像她這樣悠哉遛狗的人。

是的，夏末秋初頻繁來往街頭的，是載著法國士兵的軍車。

身穿軍服的年輕人各個面無表情，坐在罩有車篷的枯草色大卡車上，不發一語被帶去某地的情景已見過多次。每當畢卡索和友人坐在街角的咖啡館桌前，喝著波爾多產葡萄酒好不容易心情稍微好轉，偏偏總在這時有軍車從旁經過。

每次，剛剛還興匆匆聊著快活話題的畢卡索，總會立刻愁眉不展，低頭陷入沉默。就像太陽躲入雲層，之後桌前通常只瀰漫尷尬無言的氛圍。

——要開戰了。

一九三九年四月一日，西班牙叛軍的將軍弗朗西斯科・佛朗哥宣布西班牙內戰結束。歐洲各國以及美國，都承認了佛朗哥統率的國粹主義政權。事實上，共和國政府瓦解，西班牙誕生了新的法西斯主義政權。

結果，三大法西斯國家成為歐洲的軸心。希特勒的德國，墨索里尼的義大利，以及佛朗哥的西班牙。尤其是希特勒，大剌剌聲稱自己將成為歐洲霸主，令德國周邊諸國為之戰慄。

德國於一九三八年併吞奧地利。接著又逼迫捷克割讓蘇台德地區。英法兩國為此反彈，雙方陷入一觸即發的狀態，但在義大利居中說合下，英法德義四國首腦於慕尼黑召開會談，勉強迴避了衝突爆發。

當時希特勒對英國首相張伯倫保證「領土擴張只到蘇台德地區為止」，讓英法軟化了態度，結果卻輕易違背了承諾。一九三九年三月在實質上併吞了捷克。等到西班牙內戰結束，接著又想繼續往波蘭擴張領土。

如此一來，法國也不能再坐視不管。各地年輕人被徵召入伍，軍車在街上頻繁往來加強軍備。難以言喻的詭譎氛圍，開始籠罩巴黎乃至法國全國。

打從巴塞隆納淪陷，西班牙共和國軍敗勢漸濃的初春時節，畢卡索就開始變得坐立不安。

他會不交代去向便突然出門，過了一兩星期才沒事人似地回來。之後，就把自己關在格蘭佐居斯坦街的畫室，連著好幾天都不出來。他在畫甚麼，或者甚麼也沒畫，已經無人能知。

畢卡索下落不明。——每次，朵拉的心頭都會充斥莫名的不安，讓她生不如死。

畢卡索說不定就此一去不回。而我，說不定已被他拋棄了。

我們的關係，也許早就已經結束了。

——這樣的話，我們……不，我該怎麼辦？

就算沒有我，他也能活得很好。他應該會活下去，繼續作畫。

可是，我呢？——就算沒有他，我也能活下去嗎？

我活不下去。

——不，不對。

我偏要活著。

哪怕只是為了對那個瞧不起人地認定沒有他我就活不下去的男人還以顏色，我也得努力活下去。

雖然被畢卡索拋棄的事實尚未發生，但朵拉在見不到畢卡索的期間，整天都在思考自己被拋棄之後的事。好像已經連是否還愛他都不確定了。她有種由愛生恨的莫名恐懼。

五月就這麼心神不寧地過去了。在紐約參與〈格爾尼卡〉在瓦倫廷畫廊展出的帕德·伊格納修傳來消息，展覽已經開始了。

先從私人畫廊開始的〈格爾尼卡〉個展——換言之只展出〈格爾尼卡〉這一幅作品，之後，巡迴美國國內數個展場，最後，加入十一月在MoMA舉辦的「畢卡索：藝術生涯四十年」展。之後，該展預定巡迴美國國內的九個美術館。全程總計三年。

巡迴展全部結束後，從全球借來參展的畢卡索作品，將會各自歸還原主——除了〈格爾尼卡〉。〈格爾尼卡〉為了逃避戰火，被安排到美國「避難」。雖是靠美國的文化、經濟界人士大力支援才得以實現，但居中努力促成的是帕德。

帕德和這件作品的美國受託者——多半是以MoMA為主的美術館——的交涉乃至運送手續、相關經費的籌措等等繁雜作業全都漂亮又確實地做到了。畢卡索似乎也覺得只要交給帕德便可安心，對於〈格爾尼卡〉送往美國避難幾乎完全沒插嘴干預。

不過，〈格爾尼卡〉要送去美國避難之事，畢卡索對另一位大功臣MoMA館長阿爾弗雷德·巴爾提出了唯一的條件。

——展覽結束後，希望也能將那件作品繼續留在MoMA。在西班牙恢復真正的民主主義之前，絕對不能歸還給西班牙。

這就是他唯一的條件——。

〈格爾尼卡〉用三年時間巡迴美國全國後會回到MoMA。之後，說不定永遠都不會回到畢卡索的手上，也不會回到西班牙。

到頭來，〈格爾尼卡〉不是暫時去避難。

——是流亡。不，是被迫流亡。

而且是讓那件作品在這個時期，降生這個世界的當事人——畢卡索主導的。

此舉唯有藝術家才能做到，是對逐步走向戰爭的世界最強烈的一擊。他不會把〈格爾尼卡〉送回法西斯主義統治的祖國。他要讓這件作品留在美國這個民主國家，留在高聲宣揚現代藝術表現手法之自由的MoMA。——還有比這個更強烈反戰的訊息嗎？

阿爾弗雷德·巴爾承諾一定會尊重畢卡索的意願，策畫了「畢卡索：藝術生涯四十年」美國巡迴展。

——美國與MoMA的命運，和你——及〈格爾尼卡〉同在。

請相信我。

為了借展〈格爾尼卡〉，特地來到格蘭佐居斯坦街的畫室拜訪畢卡索的阿爾弗雷德·巴爾，最後留下這句話才離開。

不久，〈格爾尼卡〉也搬出畫室準備前往美國。

搬運作業從頭到尾都有朵拉、畢卡索和帕德在旁看著。
這件作品，想必永遠不會再回到巴黎了。
說不定，在自己有生之年都無法再看到這件作品。
這麼一想，頓時幾乎心碎。
把畫布捲起來收進巨大的圓筒形箱子，由數名搬運工抬走的樣子，就像是在抬走巨人的棺木。

之後，畢卡索彷彿趕走附身的惡魔，整個人變得神清氣爽，恢復從前的開朗。
朵拉也彷彿之前那段苦惱的日子都是一場夢，再次成為畢卡索的模特兒，過著與他耳鬢廝磨的日子。
她照常攝影，偶爾也會畫畫。精神一旦穩定下來，她終於想起自己也是藝術家。
然而——。
戰爭的陰影無聲無息地逐步逼近，已經無人能夠阻止。
夏天，畢卡索帶朵拉前往南法的港都昂蒂布。或許是美麗祥和的大海與素樸的小鎮撫慰了他的心靈，讓他重新找回創作活力，他開始著手創作大型作品〈昂蒂布夜釣〉。
不料進入八月後狀況驟變。悠閒的港口小鎮開始出現法軍的軍車和士兵。去咖啡館時，人們的話題也都是在議論幾時開戰。
——為了讓我無法畫畫，他們打算發動戰爭嗎？
畢卡索不屑地譏諷。他又變回那個陰鬱的畢卡索。
——待在這裡也沒用。回巴黎吧。

夏日假期就此中斷。畢卡索與朵拉、秘書傑米，從昂蒂布車站搭乘開往巴黎的夜車。他們在客滿的車上徹夜未眠，好不容易回到巴黎，人人都已失去鎮定。

——要開戰了。

九月一日，納粹德國進攻波蘭。與波蘭定下互助條約的英法兩國，在九月三日對德國正式宣戰。

——納粹要來了。

巴黎市民戰慄不已。把奧地利、捷克、波蘭逐一納入囊中的希特勒，真正的目標是——這個國家，法國。歐洲最珍貴的美麗都市，巴黎。

納粹在德國民族至上主義的號令下，針對猶太人、吉普賽人、社會少數派大肆虐殺。巴黎也住著許多猶太人。萬一納粹佔領了巴黎，這個舉世罕有的藝術之都，八成會被血腥屠殺瞬間玷汙。

這個國家真的能夠防止納粹入侵嗎？與德國領土相連不得不互相監視的是法國。後方的英國會來援助嗎？蘇聯呢？身為納粹宿敵的他們，會在德國的背後繼續虎視眈眈嗎？

九月十七日，整個歐洲竄過一陣電擊。俄軍竟然繼德軍之後侵略波蘭。

應該已和德國反目的蘇俄，為什麼會這麼做？令人驚訝的是，德國與蘇俄在進攻波蘭前秘密簽訂了互不侵犯條約。蘇俄為了成為北方霸主，一直在牽制鄰國德國的動作，如今卻答應希特勒的條件，簽訂互不侵犯條約進攻波蘭，然後瓜分波蘭領土。

這次的戰爭將是席捲全世界的大戰。任誰都一目了然。

九月下旬，畢卡索啟程前往面向大西洋比斯開灣的避暑地魯瓦揚。朵拉與傑米、愛犬卡斯貝克照例相伴。

留在巴黎不管怎麼想都太危險。建議畢卡索躲到面臨大西洋的港都以便萬一有難還可以搭船逃往美國的，正是帕德。

瑪麗．德雷莎和女兒瑪雅，已經早畢卡索一步來到魯瓦揚，朵拉也知道此事。但現在正面臨空前的非常事態，不是亂吃醋的時候。

他們租下可以遠眺大海景觀絕佳的別墅，畢卡索將頂樓當成畫室，重新投入創作。

從巴黎帶來的少數畫布，一轉眼就用光了。這種小港口很難買到畫布。畢卡索就用傑米弄來的報廢木板當畫布。拿木椅的椅面充當調色盤。沒有畫架就蹲在地上畫。畫肚破腸流的鳥被貓吃掉，畫臉孔詭異分解的女人——模特兒是朵拉。雖非直接描繪戰爭本身，但作品籠罩虛無不安的氛圍。

畢卡索滯留昂蒂布時創作的畫，有種徹底的明朗與躍動感。這種堪稱畢卡索精髓的感性，如今已消失無蹤。

但畢卡索還是繼續畫。畫了又畫，不停地畫。

這讓朵拉感到安心。無論法國處於多麼困窘的狀態，造物主畢卡索照樣沒事。——是的，哪怕畫的是詭異的貓，至少勝過甚麼也不畫。

——你好像畫得挺起勁的。可見你很喜歡這個地方。

有一次，朵拉一邊當畢卡索的模特兒擺姿勢，忍不住脫口而出。

目睹自己的臉孔在畢卡索的畫中醜陋地崩壞，朵拉只覺五味雜陳。但是畢卡索正在畫自己的喜悅還是勝過了一切。

畢卡索默默動筆，最後方說：

——對於自以為是畫家的傢伙而言，這裡不是挺好的嗎？

這句話帶著畫家特有的嘲諷。朵拉察覺，他果然還是想回巴黎。

可惜無能為力。

不是自己無能為力。面對戰爭這個巨大的障礙，任何人都只能呆然佇立。

就這樣，秋去，冬來。

德國繼續和英法兩國對峙。歐洲西北部的天氣始終惡劣，無法出動德國自豪的空軍。

但願籠罩歐洲西北部的惡劣天候能夠盡量持續下去。

暴風啊，肆意呼嘯吧。大雪啊，飄落吧。下得越多越好。最好永不休止。

帶著畢卡索的愛犬走過漫長的海岸線，朵拉不得不如此祈禱。

雖然她知道沒有永不休止的大雪。

一九四〇年一月十日，傍晚。

畢卡索與朵拉，和帕德・伊格納修坐在魯瓦揚市中心某家咖啡館內。

帕德過完年剛從紐約回來。他先去巴黎待了兩三天，之後立刻趕來魯瓦揚。畢卡索一直在等帕德的來訪。看到帕德，畢卡索難得露出笑顏，立刻邀他共進晚餐。

「我一到巴黎，就收到阿爾弗雷德・巴爾的電報。一月七日已順利結束MoMA的『畢卡索：藝術生涯四十年』展，締造驚人的參觀人數和讚賞。他說，要向畢卡索報告這次展覽的盛大成功及衷心感謝。」

喝著梅鐸產的紅葡萄酒，「是嗎。」畢卡索語帶愉悅。

「實際上，MoMA的確做得很好。……搶在回顧展之前買下〈亞維儂姑娘〉和〈鏡前少女〉做為該館的主力館藏品，而且阿爾弗雷德．巴爾為了這次回顧展收集到的三百六十四件作品，件件都是重要精品。……包括〈格爾尼卡〉也是。」

大概是在回想幾周前才在紐約看過的展覽，帕德在一瞬間露出追憶的迷離眼神。

畢卡索緩緩晃動調酒棒，凝視杯中紅寶石色的液體形成小小漩渦。

「……了不起的傢伙。」

畢卡索喃喃自語。

朵拉與帕德抬頭看畢卡索。

「你是在說帕德吧？」

朵拉微笑接腔。

「不，不對。……是他……阿爾弗雷德．巴爾吧？」

帕德說。畢卡索狡黠一笑。

「當然二者都是。」

帕德驀然露出笑容。

「這是我的榮幸。……竟能與阿爾弗雷德一同得到褒獎。不枉我特地去紐約一趟。」

他回答。畢卡索滿意地點點頭。朵拉看到久違的帕德來訪，讓畢卡索的臉上始終掛著開朗的笑容，不禁萬分喜悅。

實際上，對畢卡索而言，能夠結識這二名青年——帕德．伊格納修和阿爾弗雷德．巴爾，不知是多麼大的幸運。

的確，畢卡索的名聲如今在全球已有屹立不搖的地位，作品之精采更是毋庸贅言。況且，〈格爾尼卡〉是空前的問題之作也是傑作，這點如今無論任何人都不得不承認。

然而，要在短期內組織一場高品質的展覽贏得高度評價，光靠畢卡索自身的力量絕對做不到。唯有具備卓越感性又有執行力和政治力的策展人才能做到。

此刻歐洲正陷入極端困難的時期，畢卡索那些最出色的作品，以及在事態演變到納粹進攻巴黎這個最糟的地步時八成會被率先貼上「頹廢藝術」標籤成為破壞標的的〈格爾尼卡〉，能夠送到歐洲以外的國家——現階段最安全的美國，而且是現代藝術的強力庇護者 MoMA 手裡，簡直只能說是奇蹟。

參與了那一切，同心協力幫助〈格爾尼卡〉成功流亡美國的二名青年，帕德和阿爾弗雷德。

這二人為畢卡索和〈格爾尼卡〉付出的心力，讓這天的朵拉忍不住想感激冥冥之中的神明。

「話說回來——巴黎的狀況如何？」

隔窗可以看見多輛軍車駛過大馬路。望著那些軍車直到車尾燈消失後，畢卡索問帕德。

「損失很嚴重嗎？」

帕德的眼中浮現憂色。但他沒有迴避畢卡索的注視，毅然回答：

「如你所言……巴黎受損嚴重。」

街頭並未被士兵淹沒。也沒有戰車和戰鬥機出現。

但，法國已經對納粹開戰了。這個事實在巴黎市民的心頭落下暗影。

「巴勃羅，少了你的巴黎，對我來說，就像熄滅的蠟燭。不過，我……面對你……還是說不出『希望你回巴黎』這種話。」

勉強擠出這番話後，青年垂落長睫毛。

這天，畢卡索臉上的溫和表情不知幾時消失了。

朵拉恍惚的視線投向剛才軍車駛去的街頭遙遠彼方。一隻鴿子橫越她的視線，翱翔在寒冷的陰霾天空中。

二〇〇三年五月十九日・馬德里

銀色車身的西雅特IBIZA徐緩抵達麗池飯店的門口。門僮立刻走近，拉開副駕駛座的車門。身穿白襯衫緊身牛仔褲的瑤子現身。從駕駛座走下的，是索菲亞王后藝術中心館長辦公室的工作人員，安立科・克雷門德。

「這次真的多虧你照顧，安立科。謝謝你送我過來。」

瑤子紅著臉與安立科握手。「不客氣。」安立科說著，瞇起濃眉下的眼睛。

「妳一定累了吧。今早從紐約抵達馬德里後，還來不及休息一下就去索菲亞了。今天妳就好好休息吧。」

「好，我會的。一定連喝杯咖啡都來不及就睡著了。」

安立科笑了，回到駕駛座。揮手說聲Chao（再見），車子駛入夜色中的馬德里街頭。目送車子遠去後，瑤子走向飯店櫃檯。

「歡迎您回來，八神女士。很高興又見到您。」

飯店資深經理塔迪歐・波特羅在櫃檯迎接她。瑤子與塔迪歐握手，「是啊，我也是。」她說。

「我也很高興又能回到馬德里。」

上次來這家飯店是四月二日，和露絲・洛克斐勒同行，只住了一晚。而今晚又是只住一晚的短暫停留，意義卻格外不同。

「您的行李已經放進房間了。請好好休息。」

塔迪歐和顏悅色說。之前瑤子拎著行李箱就上了來接機的安立科的車，直接去索菲亞王后藝術中心，但安立科把她的行李先送來飯店了。接送海外訪客讓人賓至如歸，也是身為館長辦公室人員的他重要工作之一。

在負責客房的飯店人員帶路下，走過鋪著厚地毯的走廊。老實說，她很想一個人在飯店的酒吧悄悄舉杯慶祝，但瑤子還是忍住了，直接前往房間。

她在網路上訂的是最普通的標準房型，但飯店準備的是豪華套房。就是她第一次見帕德·伊格納修時住的那個房間。

優雅的沙發前，玻璃茶几上，放著堆滿水果的籃子，沾著水滴的冰桶裡放著CAVA氣泡酒的黑色瓶子，還有一個高腳酒杯。

拿起水果籃旁的白盤豎立的卡片，打開一看，上面用西班牙文印著「歡迎光臨馬德里」。瑤子不禁微笑。

——是帕德在歡迎我。

這麼一想，不禁後知後覺地撫胸暗自慶幸。

當然是因為有帕德的許可，自己才會三度來到馬德里。

然而，這天一整天都好像在作夢。若真是作夢，請別讓我醒來——她不知這麼想過多少次。同時，也對帕德迅速、慎重、秘密地替她完成一切繁瑣手續的力量感到敬畏。

如果可以，瑤子很想當面致謝。然而，帕德直到最後都沒有現身索菲亞王后藝術中心。

見不到他本人是理所當然，電話和電子郵件或謝卡也行不通，總之完全無法接觸。知道他參與此事的，只有索菲亞王后藝術中心的館長艾妲．柯梅里亞斯、MoMA的館長亞倫．愛德華、策展主任提姆．布朗，以及露絲．洛克斐勒。

——還有，我。

瑤子從冰桶取出氣泡酒發出黑光的酒瓶，用餐巾罩住瓶口開栓。啵！悶聲一響，隱約散發一股甜香。酒杯很不像名門飯店應有的客房服務水準，內側已結了一層白霧，但瑤子不以為意，逕自注入金色液體。接著她忽然想起亡夫伊森。

瑤子的酒量不好，卻很喜歡氣泡酒。彼此生日或展覽開幕的晚上之類特別值得慶祝的日子，伊森總是會買香檳或CAVA氣泡酒回來。

瑤子說看到瓶塞噴出很可怕，所以開瓶向來由伊森負責。學生時代第一次自己買來氣泡酒，戰戰兢兢開瓶時，瓶塞噴出正巧命中天花板的頂燈打碎燈泡，經歷這種悲劇後，從此瑤子就很怕開瓶。而伊森總是俐落地拔出瓶塞。然後笑著說，不只是氣泡酒，任何瓶塞我都很會開喔。

——我是妳的專屬開瓶師，瑤子。雖然我沒有那麼豐富的葡萄酒知識足以成為專屬侍酒師。

他死後，瑤子總算學會自己開瓶。從此，每次開瓶時，總會想起與伊森含笑互相碰杯的那些瞬間。

——恭喜妳，瑤子。妳終於辦到了。

驀然間，她好像聽見伊森的低語。

「謝謝。……我終於辦到了。」

瑤子出聲呢喃。然後，她稍微舉高杯子，一口喝光金色的氣泡。

在麗池飯店的豪華套房獨自舉杯慶祝的十二小時前。

那天適逢休館日的索菲亞王后藝術中心三樓展覽室，瑤子和艾妲．柯梅里亞斯都在場。

索菲亞王后藝術中心的修復部門主任雅梅迪歐．德雷斯，以及普拉多美術館的修復部長伊吉斯．霍爾站在二人身旁。四人的周圍，有十二名穿著作業服的美術運輸組人員正在待命。

瑤子的眼前，此刻剛從牆上取下的巨大畫布，被平放在保護墊上。

——〈格爾尼卡〉。

童年第一次看到以來，一路引導瑤子的人生至此的命運之畫。

幾十年來，懷著敬畏、憧憬、夢想一直在注視的畫，此刻，平躺在自己眼前。

這是瑤子第一次看到平放的〈格爾尼卡〉。緊張過度就算想上前，雙腳也不聽使喚。艾妲察覺，對她耳語：「靠近也沒關係喔。」瑤子點點頭，一步一步緩緩走近。

雅梅迪歐與伊吉斯穿白袍戴著護目鏡似的放大鏡，分從作品的左右兩方開始一點一點檢查畫布表面。起初是平放，接著靠牆豎立，中心部分放在可以上上下下的電動起降機上，小心翼翼地仔細檢查畫作狀況。

長達三小時又四十分鐘的檢查過程中，瑤子一直提心吊膽。萬一發現新的重大損傷或顏料剝落，修復專家判定就物理性而言不可能搬離這個場所的話……。光是這麼想像就冒冷汗。

不過，西班牙最自豪的國立美術館二位修復專家，基於保護作品的觀點，本就一直主張無論任何場合都不可能將〈格爾尼卡〉從現在展示的牆面搬離。這二人現在就在瑤子眼前檢查畫作。

那不是為了判斷「能否搬離」而檢查。是為了「搬離之後」，換言之運到紐約之後，是否能保持搬動前的狀態抵達，必須寫一份在展場檢查狀況時必要的作品狀況報告。

〈格爾尼卡〉終於要來了。

這個事實，已不容推翻。

瑤子一次又一次告訴自己。否則，她實在無法相信這是真實發生的事。

靠一己之力終於毫無辦法。本來她已死心地抱著「game over」的想法出席「畢卡索的戰爭」記者會。畢卡索靠著一支畫筆是如何對抗戰爭本身——展覽雖打出這個主題，卻不得不明確表明，雖然昔日基於畢卡索的意願，MoMA成為〈格爾尼卡〉的「流亡」地點，如今卻無法再次展出原版的〈格爾尼卡〉。

沒想到，事態突然轉變。

從記者會現場拐走瑤子把她帶去馬德里的露絲．洛克斐勒，當面和握有〈格爾尼卡〉出借決定權的帕德．伊格納修談判後，事情急轉直下，取得了帕德的協助。

〈格爾尼卡〉面前那扇本以為永遠被關上的堅固鐵門，終於動了。

匪夷所思的發展，是因為露絲做出特別的「提案」。那個提案，內容超乎想像。瑤子親眼看到，帕德聽著露絲的提案，轉眼已眼色大變。

這是只有露絲才能提出的提案。而且，也只有帕德才會對那個有反應。

每次想起當時的情景，瑤子就感到全身竄過一陣發麻似的感動。

露絲．洛克斐勒和帕德．伊格納修。二人終其一生始終熱愛藝術，也長年扮演庇護者。他們等於是執掌藝術界的女神和男神。歷經幾度星霜培育出的深厚友誼，藉由「藝術」這個堅固的情感連結，締造出瑤子也無法介入的關係。

畫作終於檢查完畢，當場寫成厚厚一本報告。二名修復專家正確且精密地淡然完成了調查。絕對不能移動——這想必是他們的真心話。但是，出借〈格爾尼卡〉的決定，是西班牙政府的官方決定，已無法推翻。

在西班牙掌握獨裁政權超過三十年的弗朗西斯科．佛朗哥去世，西班牙終於可以作為民主主義國家重新出發。西班牙恢復真正的民主主義之前，絕對不要歸還——按照畢卡索這個意願，「流亡」MoMA的〈格爾尼卡〉，於一九八一年返回西班牙。從此，這件作品歸西班牙國家所有，當它離開現在展出並管理該作的索菲亞王后藝術中心時必須經過政府的許可。

在誕生的同時就掀起物議的〈格爾尼卡〉，即便回到西班牙後，為了收藏地點也引起熱烈爭論。畢卡索的故鄉馬拉加，畢卡索度過青春時代且有國立畢卡索美術館的巴塞隆納，擁有巴斯克地區最大的話題性美術館古根漢分館的畢爾包，以及促使畢卡索畫出這幅作品的悲劇城市格爾尼卡。每個城市都不斷聲稱〈格爾尼卡〉應該在自己的地方展出，直到現在。

然而，基於「保護作品」的名義，〈格爾尼卡〉始終沒有離開馬德里。哪怕是世界知名的美術館請求短期借出參展，也堅決不肯出借。因為，一旦同意出借，證明了這幅畫「可以搬動」，各個城市就會立刻追究「明明可以搬動嘛」，進而要求「那就送來我們這邊」。

因此，借出〈格爾尼卡〉，而且是送往紐約——促使西班牙政府做出這個決定想必不容易。然而，當瑤子陪同露絲再訪帕德後，短短一個月的功夫西班牙政府就批准借出〈格爾尼卡〉了。

同意借出的通知，不是透過電子郵件或電話、傳真，是以正式書面，由索菲亞王后藝術中心的館長艾妲以國際快捷寄給瑤子。瑤子拿到後立刻飛奔去見露絲。

一看到露絲，瑤子已激動得說不出話，只是撲上去抱住她。露絲緊緊抱住瑤子纖細的肩膀。

——〈格爾尼卡〉……就要回到紐約了……！

瑤子含淚報告後，露絲莞爾一笑，說：

——那個人只要認真起來，就會這樣。

「那個人」，當然是指她的朋友帕德．伊格納修。

同時，關於出借〈格爾尼卡〉，索菲亞王后藝術中心方面——也就是西班牙政府，只提出了一個條件。

秘密進行籌備，秘密搬出、運送。

他們最害怕的，就是同意借出的事情被外人得知引起騷動。當然，對〈格爾尼卡〉虎視眈眈的各個都市，以及過去曾經商借的各大美術館八成會激烈抨擊吧。也極有可能成為恐怖組織的標的。

在作品平安抵達紐約之前，無論如何都得保守秘密。

這就是唯一的條件。

關於此事的所有訊息都被謹慎處理。嚴禁透過電子郵件聯絡，顧及電話也可能有被人竊聽的風險，通話中也禁止出現「畢卡索」和「格爾尼卡」這二個名詞，改用「貢札雷斯的素描」這個暗號。

——真的能夠從索菲亞王后藝術中心借出來嗎？

隨著搬出的日子接近，瑤子內心越來越不安。

——萬一無法搬出來。

就算搬運出來了，萬一被恐怖組織襲擊了？

每次想到都背上一涼。這種時候，瑤子會凝視臥室掛的那幅畢卡索的白鴿圖，讓自己鎮定下來。她想起畢卡索描繪〈格爾尼卡〉的憤怒，與戰爭的對抗，對和平的信念。

——守護。

守護〈格爾尼卡〉。守護畢卡索的信念。

無論如何都要守護到底。不惜性命。

為了畢卡索。——也為了你，伊森。

然後，終於到了搬出畫作的這天。

打包裝箱前，來了二名海關職員，當場辦理通關手續。

巨大的畫布，由十二名美術運輸的專業人員仔細打包，放進特製的運送箱。為了將運送時的震動減至最低，是內藏避震器的運送箱。這些特製品也是在索菲亞王后藝術中心內部秘密做成的。

瑤子跟著艾妲屏息旁觀一切作業。直到運送箱的蓋子牢牢固定關閉前，她甚至覺得自己忘了呼吸。

放進運送箱的〈格爾尼卡〉，將在翌日清晨送上大卡車，運往機場。

然後，將搭乘只為了這一件作品而特地租下的貨機，在瑤子與艾妲的陪同下，送往甘迺迪國際機場。

結束漫長得幾乎暈倒的一日，瑤子在麗池飯店的套房沙發上，終於得到片刻休息。

喝了一杯冰涼的氣泡酒後，疲勞頓時湧現。她本想通知露絲已順利做好搬運的準備，但索菲亞王后藝術中心方面交代過絕對不能從馬德里聯絡紐約。

明天一早還要早起。去沖個澡就趕緊睡吧——就在她正要脫襯衫時，房間的電話響了。

瑤子的肩膀猛然一抖，慌忙拿起床邊的電話話筒。

「哈囉。」她用西班牙語說。

「哈囉，瑤子。我是索菲亞的保羅。打擾妳休息不好意思。」

索菲亞王后藝術中心有好幾個「保羅」。展覽組、修復組……一時之間搞不清是哪個保羅，但安立科・克雷門德送她回飯店還不到三十分鐘。大概是有甚麼東西忘在車子上了吧。

「怎麼了？有甚麼事嗎……」

「那個……發生了緊急狀況。艾妲叫我立刻帶妳去索菲亞……我現在就在樓下。」

心臟撲通一跳。

——緊急狀況？

不會吧——。

「海關那邊打電話來……聲稱通關有問題。他們說，這種狀況下，作品明天說不定無法獲准出國……」

「你說甚麼！」瑤子語帶顫抖說。一瞬間，眼前火花四射，腦中一片空白。

「無法獲准出國……怎麼會？為什麼……？」

「呃……詳情我也不清楚……」

自稱保羅的人似乎也一頭霧水。瑤子感到，心跳已快得可怕。

「我知道了。我馬上下去，你等我一下。」

匆匆說完，她就把話筒一扔。

重新穿好襯衫，抓起皮包，衝出房間。甚至來不及等古典電梯，直接從三樓走樓梯跑到一樓。推開擦得晶亮的旋轉門出去，眼前停著銀色的 IBIZA。瑤子飛快鑽上車子後座。

「不好意思，打擾妳休息……」

一上車，駕駛座的陌生男人就用非常抱歉的語調道歉。

「沒事，快走吧。」

瑤子幾乎是吶喊著說。車子立刻發動。

彷彿一下子被扔進黑夜的大海中。瑤子在洶湧混亂的浪濤間掙扎，一邊拚命思考。

到底發生了甚麼事？

不知道。雖然不知道……。

萬一無法通關，作品不能出國的話——。

那該怎麼辦？

必須打電話給露絲。不，不對，打給帕德比較好。

那樣想必能夠更快了解狀況。沒事，只要有帕德出馬……只要告訴帕德，一定……

洶湧的浪濤襲來。眼前一片漆黑——。

瑤子就這樣失去意識。

距離她用冰涼的氣泡酒獨自舉杯慶祝，正好過了三十分鐘。

第九章

淪陷

一九四〇年八月二十九日・巴黎

吱吱吱……傾軋聲響起，門開了。

門內，是一片空蕩蕩的空間。略為泛黃的白牆與天花板。裸露的大樑。紅褐色木頭地板，地板上，沾著黑、白、藍、無數色彩的顏料。

——好大。

這個房間，以前有這麼大嗎——走進房間的瞬間，朵拉・瑪爾不由吃了一驚。

這裡是格蘭佐居斯坦街七號，建於十七世紀的公寓四樓。畢卡索的畫室。

不，正確說來，曾經是畢卡索的畫室。而現在，再次成為畢卡索的畫室。

這一年，畢卡索和朵拉、傑米一起遷居法國西岸的小城魯瓦揚。

一九三九年九月，德軍進攻波蘭，法國就此對納粹德國宣戰。巴黎不知幾時也會被德軍進攻陷入危機，所以他們早早就離開避難了。

然而，最後畢卡索還是在朵拉與傑米的陪同下，又這樣回到巴黎。

難以置信的是，在他們離開巴黎期間，格蘭佐居斯坦街的住處和畫室，竟被已成為西班牙新任霸主的佛朗哥政權下的西班牙大使館查封。

回到巴黎的前夕，畢卡索才從帕德・伊格納修口中得知此事。

畢卡索離開的期間，委託帕德代為管理巴黎的住處與畫室。帕德每周會過去看一下，但有一天，他發現門上貼了「查封」的告示。

帕德立刻聯絡業者，把屋內所有東西——也包括許多創作中的作品——全數搬出，秘密移往伊格納修家族位於巴黎郊外的某棟宅邸。大使館當然也知道，比起房子本身，房子裡的東西更有價值。所以帕德當機立斷，決定必須趁著被那些人搶走前盡快處置。

之後，帕德與大使館交涉，總算在畢卡索回到巴黎前，重新討回了畫室與住處。八成付了一筆錢。而且金額肯定相當可觀。但，帕德並未告訴畢卡索，一切都在檯面下自行處理妥當。

朵拉事到如今才對這個青年的實力震驚。

如今，帕德．伊格納修不只是畢卡索的支持者，也成了畢卡索憑藉藝術的力量與殘酷戰爭對抗的軍師。

佇立門前，仔細眺望空曠室內的畢卡索，緩緩走到室內中央。然後，放眼望著空蕩蕩的白牆，從口袋掏出香菸點燃。

朵拉也跟在畢卡索後面進屋，接著是傑米。傑米東張西望，不勝感慨地嘀咕：

「這個地方……原來這麼大啊。」

是的——離開之前，畢卡索創作中的作品自然不消說，畫布、畫架、筆架、顏料箱、成疊紙張、乃至其他東西全都亂七八糟堆在一起，擠滿整間屋子。

而三年前的春天。這整面牆上還掛著一幅畫。

〈格爾尼卡〉。

凝視此刻空無一物的白牆某一點，畢卡索默默抽菸。朵拉佇立在稍遠處，望著畢卡索矮胖結實的背影。背影有點憔悴。不過，好像可以聽到背影發出聲音。

——我終於又回來了。

好了，該畫甚麼呢。

誰怕誰啊——。

「怎麼樣，是不是變得很清爽？簡直不敢相信這裡曾是你的畫室。」

最後走進房間的，是帕德．伊格納修。

帕德喀喀發出腳步聲，大步走到畢卡索身旁。接著像畢卡索一樣仰望空曠的牆壁說：

「一切，就是從這裡開始的對吧。」

畢卡索將指間的香菸扔到地上，用皮鞋尖輾熄。然後把臉轉向帕德，不發一語地驀然一笑。帕德也露出清新爽朗的笑容。

「——又要開始了，是吧？」

畢卡索簡短應了一聲是。

「那當然。」

一九四〇年六月十日，法國政府宣布巴黎為不設防城市，二十二日，正式對德國投降。

以英法為主的聯軍和德軍的戰鬥在上個月開始，英法始終處於下風。

從荷蘭攻入的德軍，逼荷蘭投降後，接著又佔領了多佛海峽。五月二十八日，比利時投降，法國的港灣都市布洛涅、加來也被佔領，接著登克爾克被包圍。期間，有三十四萬聯軍部隊從英國逃離，剩下的部隊無力戰鬥，德軍一鼓作氣逼近巴黎。

如今要拯救巴黎，法國政府只能宣布巴黎為不設防城市，將政府機關從巴黎遷至波爾多。結果，就在法國對德國宣戰僅僅九個月之後，德軍兵不血刃地進入巴黎。

六月十四日，德軍穿過凱旋門，在香榭大道遊行。巴黎市民在大道沿路相迎。

就像被鉛彈擊中心口——目睹遊行的帕德，去魯瓦揚這麼告訴畢卡索和朵拉。

在臨時寓所的沙發坐下後，帕德一臉沉痛地敘述遊行的情況。

「那種情景很詭異。士兵們整齊劃一地行進……納粹的萬字旗迎風飄揚，戰車和大砲絡繹不絕……通過昔日拿破崙一世棺木經過的那座凱旋門……」

巴黎被德國蹂躪了——。

朵拉氣得熱血沖頭，站起來拿起桌上的報紙，三兩下就撕得粉碎。報紙整面都印刷著「法國投降」的大字。

把撕碎的報紙摔到地上後，朵拉猛然坐倒在沙發上。

「太荒謬了……納粹固然可惡，法國政府也好不到哪去！窩囊也該有個限度。竟然無條件投降拱手讓出巴黎……簡直是瘋了。」

近似羞恥的憤怒，讓她全身發熱。就像是被最厭惡的男人侵犯……。

相較之下，聆聽帕德報告的畢卡索，始終不發一語，文風不動。神情有點恍惚，好像在聽昨天做的夢境。

當初聽到格爾尼卡被納粹空軍部隊轟炸得滿目瘡痍的消息時，他明明那麼憤怒。

當時，他把爆發的負面能量全都投注在大作〈格爾尼卡〉上。

——絕對不可原諒。

我要戰鬥。透過這幅畫，與法西斯戰鬥。與戰爭本身對抗——。

他並沒有這麼說出口。然而朵拉可以清楚聽見畢卡索的心聲。

當畢卡索在畫室創作，朵拉把攝影機對準畢卡索和〈格爾尼卡〉。藝術家噴濺的熱情，在畫布上揮灑自如的畫筆，互相碰撞的顏料，這些她連一瞬間都不想錯過。

轉眼過了三年——。

畢卡索的抵抗成為徒勞，巴黎輕易落入法西斯的魔掌。

那個獨裁者希特勒想必很得意吧。奉拿破崙一世之命建造的絢爛凱旋門——拿破崙一世自己，直到躺進棺木前始終沒有走過凱旋門——如今是希特勒揮舞著萬字旗，率領數千萬士兵通過。

把法國、巴黎收歸掌中。換言之，也等於將自古以來歐洲當權者憧憬的藝術文化之都收歸己有。

就好像摘下了高不可攀的高嶺之花，佔有了高貴的公主。歐洲已經全盤歸自己統治了。這麼一想，希特勒八成得意洋洋吧。

「之後呢？巴黎……今後，留在巴黎的法國人會淪為俘虜被帶去哪裡嗎？」

朵拉語帶顫抖詢問。帕德搖頭。

「德國雖然佔領了法國，卻沒理由俘虜一般法國人。雖然生活會出現種種限制，但今後會怎樣可能還得暫時觀望一陣子。只是……」

帕德深深蹙眉，低聲說：

「住在巴黎的許多猶太人，大概會被通通帶走……」

當時，納粹已是公然對猶太人進行迫害。那種惡魔行徑，今後也將在巴黎不斷上演。

朵拉不由渾身打個冷戰。那一瞬間，畢卡索的臉上掠過暗影。

朵拉站起來，從餐具櫃拿來酒杯。打開放在邊桌的干邑白蘭地，將琥珀色液體注入杯中。朵拉的嘴角浮現苦澀的笑容。

「這麼奢侈的東西，大概很快就再也喝不到了。」

說著，她仰頭一口乾杯。液體如熾熱的靈蛇滑落喉頭。

畢卡索與帕德都保持緘默，望著朵拉的喉嚨如生物蠕動。

朵拉呼地吐出一口氣，濕潤的雙眼望向畢卡索。

「哪，我們……是不是已經回不去了？」

畢卡索依然沉默。朵拉冷哼一聲。

「沒錯。納粹統治下的巴黎，就算回去也沒用。」

她不屑地說。畢卡索黝黑的眼眸一瞬間似乎微微游移。朵拉心情越發殘酷地說：

「就連這個小城，很快也會有納粹出現。他們肯定會挨家挨戶搜查，看看有沒有猶太人躲藏。就連我們……也不知會怎樣。萬一被發現了……」

說到這裡，她驀然打住。

——萬一畢卡索被納粹發現了，究竟會怎樣呢？

畢卡索是畫出那幅〈格爾尼卡〉的藝術家。

〈格爾尼卡〉是對納粹轟炸格爾尼卡的明確抵抗，也是對納粹大規模隨機攻擊一般平民的沉痛批判。

那件作品，就等於「反納粹」的旗幟。創出那種作品的畢卡索，怎麼可能被納粹放過？

不管躲到哪裡，想必都會被找出來。

朵拉的心頭，掀起激烈的龍捲風。

——如果和畢卡索在一起……自己也會陷入危險。

剎那間，這樣的念頭閃過。

但是，不——她推開「想保護自己的那個自我」。

當初交往時不就知道會很危險嗎？

納粹算甚麼？如果畢卡索被帶走了——那我一起去也就是了。

可以陪著畢卡索下地獄的女人。除了我，再沒別人了。

「……回巴黎吧。」

畢卡索忽然說。就像在喃喃自語。

本來低著頭的帕德與朵拉，不禁扭頭看畢卡索。

「不用現在動身沒關係。遲早……不，近期之內就回去吧。在那之前你可以替我守住畫室嗎，帕德？」

帕德顫抖的雙眸凝視畢卡索。

「為什麼？……巴黎現在正處於最危險的狀態。你還是別回去比較好。倒不如留在這個港口小城，以便隨時可以逃往海外。況且……」

「不。」這次插嘴的是朵拉。
「畢卡索說的沒錯。我們近期之內就回巴黎吧。待在這裡太無聊了。」
可以和畢卡索並肩面對命運。這個特權只有自己才享有。這種念頭突如其來地湧現朵拉的心頭。
既然如此，去哪都行。任何地方我都願意追隨。
反正本來就沒想過可以上天堂。但，如果要下地獄——那就去華麗的地獄。
對，去巴黎。
「的確。這裡太無聊了。……還是巴黎最好。」
畢卡索接腔。說到這裡，終於露出這天第一個笑容。是大無畏的笑容。

格蘭佐居斯坦街七號。
在帕德的奔走下，有段時期變得空無一物的畢卡索畫室，那些和破銅爛鐵差不多的寶物終於再次回來了。
破掉的沙發，壞掉的油燈，磨損的地毯，椅腳折斷的椅子。許許多多沒畫完的畫。新鮮的顏料閃閃發亮的調色盤，乾涸的畫筆，扭曲的顏料管。金色的鬧鐘。
在畫架放上嶄新的畫布，畢卡索站在那面前。
朵拉在略遠處叼著菸，凝視畢卡索的背影。
有點憔悴的背影。然而，創作的活力如火焰竄起，熊熊燃燒。
這是全世界獨一無二，令人深愛的背影。

而我，將追隨這個背影。

直到世界盡頭。——哪怕那裡有地獄在等著。

「朵拉，當我的模特兒好嗎？」

畢卡索沒轉頭，如此說道。

朵拉嫣然一笑。

「好。……沒問題。」

把夾在塗抹艷紅指甲油的手指間的香菸扔到地上，用高跟鞋尖輾熄。

然後，她緩緩走近。——走向命中注定的男人背影。

二〇〇三年五月十九日・西班牙國內某處

黑暗——。

被完全遮斷的黑暗中，瑤子清醒了。

正確說來，一時之間還不確定是否清醒。因為明明應該已睜開眼，看到的卻是黑暗。

她一再試著眨眼。眼皮在動——她想。可是，眼前呈現的是和閉眼時完全相同的黑暗。

一瞬間，這究竟是現實還是作夢——甚至連自己是生是死都不確定了。

她試著活動身體。右手，左手……雙手都在背後。她微微動了一下，沒感覺。完全不聽使喚。

很沉重。全身好像重如鉛塊。

這到底是怎麼回事？

黑暗中悄然無聲。撲通撲通，撲通撲通，唯有心頭的悸動響徹耳膜深處。是自己的心跳聲嗎？抑或，是身旁某人的心跳——。

「……這裡是甚麼地方？……有人在嗎？」

瑤子想確認自己是否活著，試著出聲。脫口而出的是日語。

然後，她終於想起，對了，這裡應該是西班牙。

——發生了甚麼事？

我在麗池飯店的房間。

參與〈格爾尼卡〉的打包作業……明天一早的搬運作業全部準備就緒……去飯店辦理住房登記。

然後，怎麼了？

然後……喝氣泡酒獨自慶祝……對了，接到電話……是索菲亞王后藝術中心的職員打來的……對方說，〈格爾尼卡〉也許無法通關……。

瑤子在黑暗中瞪大雙眼。

——對了！

她上了車，之後就失去意識了。

彷彿電流竄過般一陣戰慄。她擠出全身吃奶的力氣試著活動雙臂，不能動。她終於察覺雙手被反綁在身後。

「……來人……有沒有人在？回答我！」

她朝著黑暗中放聲大喊。這次是用西班牙語。——然而四下還是一片死寂。

就像被埋在地底的墓室中。說不定，周遭就躺著乾屍？自己該不會置身其中，就此被永遠埋葬吧——。

她在冰冷的地板上拚命扭動身體。腳沒有被綁住，但同樣不聽使喚。越是扭動掙扎，全身好像就越沉重。

瑤子一邊聳肩呼吸，終於理解發生了甚麼事。

——我被綁架了。

為什麼？

有人想殺我？

為什麼會是我——？

就在這時，遠處傳來腳步聲。不止一人的腳步聲。聲音逐漸接近。瑤子屏息。

喀嚓喀嚓開鎖的聲音。過了一會，吱……響起傾軋聲，門開了。瑤子凝神注視，盯著細長的一線光明逐漸擴大成房門的形狀。

背對昏暗的燈光，門口浮現剪影。三個剪影——三個好像都是男人。瑤子的身體僵硬。

其中一人拿手電筒照瑤子的臉。瑤子霎時被刺眼的光線逼得閉上眼。站在中間的男人走近。然後，在瑤子一直沒注意到的椅子坐下。

「妳的西班牙語很完美。……不愧是在索菲亞王后藝術中心工作過。」

男人低聲說。是西班牙語。瑤子再次凝神細看男人。

手電筒是朝自己這邊照，所以背光讓她看不清對方。但，至少看得出對方穿黑衣黑鞋，戴著頭罩只露出眼睛。站在坐著的男人兩側的男人也是同樣打扮。唯一的不同，是兩側的男人手裡拿著槍。

瑤子感到背上噴出冷汗。她想說些甚麼，可是舌頭打結說不出話。嘴裡很乾。渾身上下不停顫抖。

哼！男人嗤鼻一笑，說道：

「妳用不著這麼害怕。我們不會胡亂殺人。妳如果死了就無法談判了。……妳可是重要人質。」

——人質……？

額頭滲出大量汗水，瑤子努力擠出聲音。

「到底是為什麼……你們有甚麼目的？」

男人沒回答這個問題。反而與站在身旁的男人交換三言兩語。聽到他們的對話，瑤子猛然一驚。

巴斯克語。

是恐怖組織——「巴斯克祖國與自由（ＥＴＡ）」……！

醒悟的瞬間，一切思路都連貫了。

〈格爾尼卡〉即將出國，自己正在麗池飯店的房間獨自慶祝。這時接到某人自稱「索菲亞王后藝術中心的保羅」來電。聲稱〈格爾尼卡〉的通關手續出現問題。

她在慌張之下未做查證就跳上停在飯店門口的車子。那輛車，是索菲亞王后藝術中心館長辦公室的工作人員安立科之前駕駛的車子，銀色的西雅特IBIZA。的確是那輛沒錯。所以，她才會大意地上車。

——他們知道我在索菲亞待了一整天。

而且，想必也知道我為何會待上一整天——。

「……你們是不是搞錯綁架對象了？」

瑤子鼓起勇氣說。聲音無法控制地顫抖。但，她還是擠出僅有的勇氣繼續說。

「就算拿我當人質也沒有用喔。我家不是有錢人，也不是政府要員。如果你們想要贖金，那就完全找錯對象了。」

當然，她知道對方的目的不是贖金。但她還是佯裝不知。她害怕被對方發現她已洞悉他們真正的目的。

這些男人如果是埃塔組織的成員……那他們的目標只有一個。

「奪回〈格爾尼卡〉」——除此之外別無其他。

〈格爾尼卡〉終於要離開索菲亞王后藝術中心。他們已掌握這個消息了。
就像被釘在十字架上的耶穌基督，永遠無法離開索菲亞展覽室的牆面。那就是〈格爾尼卡〉的宿命。
然而，有人向那個宿命正面挑戰，企圖顛覆。——那人正是八神瑤子。
埃塔組織想必一直虎視眈眈，就等〈格爾尼卡〉從展覽室牆上移動的瞬間。
當然，大家早就知道，這幅畫極有可能被人盯上。正因如此，準備工作應該是非常小心謹慎才對。
結果——。
竟然如此輕易地自己落入埃塔組織的掌中。
瑤子咒罵自己的愚蠢。
坐在椅子上的男人似乎在盯著瑤子。他緩緩換個姿勢蹺腿，回以異常從容的聲音：
「那可難說……到底是哪一邊重要，是人命，還是一幅畫……」
瑤子用力咬緊臼齒。
——真卑鄙。
他們拿人質的性命，逼迫對方把已經打包好的〈格爾尼卡〉交給他們。
他們的談判對象想必是索菲亞的館長艾妲・柯梅里亞斯。——不，不對，是西班牙政府。
說不定已經發出正式聲明。如此一來，這個新聞大概已傳遍全球了。
西班牙政府企圖秘密將國寶〈格爾尼卡〉借給美國。這個事實一旦公開，將會引起軒然大波。
美國是伊拉克戰爭中轟炸巴格達的多國籍聯軍的主力。雖然總統才剛發表終結戰鬥宣言，但那並不能改變美國主導轟炸的事實。

甚至有數不清的民眾高舉〈格爾尼卡〉的複製畫，對著主導轟炸的美國，以及支持美國、加入多國籍聯軍的西班牙政府，大喊反戰口號。

更別說是把作為反戰象徵的〈格爾尼卡〉借給美國了。

——是的。一點也沒錯。瑤子痛徹明白這點。

但是，正因如此，此刻——對美國，對紐約而言，更需要〈格爾尼卡〉的力量。

她本來打算藉由這次展覽，向世人展現畢卡索的真實意願，對反戰的想法，比利劍更強大的畫筆之力，不向恐怖組織屈服的意志。

可是——。

瑤子仰望天花板。

——該如何是好？

坐在椅子上的男人，似乎在默默觀察瑤子的反應。椅子大概是老舊的木椅，隨著男人緩緩將重心前後移動，不時發出吱……吱……彷彿被壓得喘不過氣的聲音。聽著那刺耳的聲音，瑤子閉上眼。

——或許會被殺。

如果和西班牙政府的交涉拖久了……此事並不簡單，延宕日久是必然的……說不定遲早都是一死。

我被殺後……〈格爾尼卡〉會怎樣？

會被這些人搶去巴斯克？

然後，這些人又能怎樣？把畫掛在自己的大本營舉杯慶祝？

突然間，心頭的激怒如沙塵席捲而起。

〈格爾尼卡〉將落入恐怖分子之手。那件作品明明是為了抵抗法西斯暴行而生！
——唯獨那個，絕對不可以。
站在椅子旁的男人忽然用巴斯克語對坐著的男人囁嚅。瑤子耳尖地聽見，對話開頭是用「烏爾」喊對方。
「烏爾，我有個問題。」
瑤子立刻主動發話。被喊出名字的瞬間，男人倏然靜止。瑤子趁勝追擊似地繼續說。
「烏爾，你們的目的是把〈格爾尼卡〉送去巴斯克。還沒考慮過送去之後該怎麼處理。總之先搶走那幅畫，一切之後再考慮也不遲。——是這樣沒錯吧？」
一切都是推測。但她直覺應該不會錯。
烏爾保持沉默沒回答。但，那種沉默證明了瑤子的推測的確是對的。
冷汗噴出，心跳劇烈。渾身顫抖。但瑤子下定決心說：
「你的計畫注定失敗。因為，那個……〈格爾尼卡〉，不是不懂處理方式和保管方式的人能夠應付的作品。」
烏爾被黑襯衫包裹的肩膀倏然一動。站在兩側的持槍男人正欲上前一步，「慢著！」烏爾用巴斯克語制止他們，正面迎戰瑤子。
「妳倒是挺敢說的嘛……妳以為妳是誰？」
「我的名字是瑤子。八神瑤子。」瑤子斬釘截鐵回答。
「我想你應該早就調查過了。我是畢卡索的研究者。站在專家的立場我必須再次強調。……你們奪取

〈格爾尼卡〉的計畫注定失敗。」

烏爾突然站起來。椅子順勢發出巨響翻倒。瑤子不禁悚然縮起身體。

「看來妳還沒搞清楚自己現在所處的狀況吧，瑤子？」

烏爾漆黑的剪影杵在瑤子的眼前。只見他聳起的肩膀和手臂粗壯的肌肉隆起。一瞬間，強壯的手臂朝自己脖頸伸來的幻影浮現。瑤子緊閉雙眼，企圖逃避逼近的幻影。

「我不知道妳是多厲害的專家，但我承認妳的確有足夠的力量請動那幅畫。……接下來必須看西班牙政府的態度了。就不知妳的性命是否有和那幅畫交換的價值……」

瑤子已經無法抬頭。

自己現在大概是在地下室吧。空氣潮濕悶熱。腦袋嗡嗡發暈。必須說點甚麼，必須讓對話繼續下去——可是越這麼想，舌頭就越是打結說不出話。

「不管怎樣，很快就會知道了。這裡或許會是妳人生的最後一站。……妳就做好心理準備吧。」

照在瑤子臉上的手電筒喀的一聲熄滅了。三個男人默默走出房間。

房門砰地關上。接著，是喀嚓喀嚓上鎖的聲音。

徹底的黑暗再次降臨。

連自己是睜著眼還是閉著眼都分不清的黑暗——。

瑤子……瑤子。

我回來了，瑤子。

今早吃西班牙烘蛋三明治喔。
咦，真稀奇。今天是吹的甚麼風？
沒甚麼。就是忽然想吃了。這不是「最後的晚餐」是「最後的早餐」。
「——伊森。」
瑤子呼喚，隨即朦朧睜開眼。同時，一行淚水滑落眼角。
正上方可以看見粗大的木樑。不知從哪裡飄來懷念的氣味。——是煎蛋和烤麵包的香氣。
她試圖慢慢起身。但，雙手依然被反綁，身體不聽使喚。
她立刻想起現在正遭到監禁，再次被推入絕望的深淵。
——原來是夢。
她夢見亡夫伊森。
二年前的九月十一日早晨，明明該一如往常去買貝果，偏偏那天他買回來的是最愛吃的西班牙烘蛋三明治。彷彿搭乘時光機重回那天早晨，鮮明的場景在夢中重現。
那個早晨——丈夫去他位於世貿中心的辦公室上班，就此天人永隔。
瑤子躺在木頭地板上，抬起下巴仰視頭頂。
靠近天花板的地方有小窗，從窗口吹入微風。可以看見地面和地上生長的草木。看來這裡位於半地下。隱約傳來小鳥啁啾。這表示，現在是早晨嗎？
飄來的香氣，是某個家庭準備的早餐香味嗎？
「——感覺如何？」

突然有人用西班牙語說話，瑤子嚇得肩膀一震。
——是女人的聲音。
她戰戰兢兢試著直起上半身。
房間角落放了木椅，現在坐著一個女人。瑤子的視線和那雙漆黑的眼眸相對，不禁驚嘆屏息。
烏黑的長髮綁成馬尾，身穿黑襯衫和緊身黑長褲。年紀大約三十幾，是個身材纖細五官美麗的女人。
「妳睡得很熟。……八成連我進來都沒察覺吧。」
女人走到瑤子身旁，「來，站起來。」說著扶起她的上半身讓她站起。
「廁所在那邊，走。」
瑤子被關的地方是半地下的冷清房間。當初恢復清醒時眼前一片漆黑所以沒發現，其實有小窗，好像也有廁所。這裡大概是恐怖分子的巢穴？
走進廁所時，女人替瑤子解開綁住手腕的繩子。瑤子鬆了一口氣。對方還肯派女性成員來看守，可見他們好歹還有點人性。
上完廁所出來，「坐這裡。」女人把手放在剛才自己坐的椅子椅背上說。瑤子默默聽從。
——這是怎麼回事？
昨天在黑暗中感到的恐懼，竟然消失了。
對於埃塔組織和他們那個首領「烏爾」——當然這只不過是她的推測——還懷抱憤恨，可是對這個女人卻完全不排斥。
說不定，對方就是想藉著派來女性成員讓我放鬆戒心，以便向我套話。

或者，也許和政府的談判已有結果。我的命運說不定已經決定了。

所以最後他們要讓我死得起碼有點尊嚴——會是這個意思嗎……。

女人抓起瑤子的雙手放到身後，用繩子牢牢固定在椅背上。女人迅速有力的綑綁動作，似乎在告訴瑤子幹「這種事」已經不是第一次了。

女人端起放在房間角落地上的托盤來到瑤子面前。簡陋的塑膠盤子裝著雞蛋和麵包、水杯。香味就是從那裡飄來的。

「西班牙烘蛋……」

瑤子不由出聲呢喃。好像在繼續作夢。

女人默默拿叉子戳起烘蛋，送到瑤子的嘴邊。瑤子張嘴讓女人放入。

或許食物摻了藥。但，那也無所謂，就吃吧。她想。

西班牙烘蛋是伊森的「最後的早餐」。——如果這成了自己的「最後的早餐」，倒也算是求仁得仁。

西班牙烘蛋微熱，鹹鹹甜甜。而且非常可口。甚至覺得感動。

「……很好吃。」

彷彿吃到久違的母親親手做的菜，誠實的心情化為言語脫口而出。

女人露出微笑。並且繼續沉默地把烘蛋送到瑤子嘴邊。

烘蛋和麵包都吃得清潔溜溜。女人餵瑤子喝水，從長褲後面的口袋取出餐巾替瑤子擦嘴。

「謝謝。……妳叫甚麼名字……？」

被這麼一問，女人回答：「……麥提。」

「謝謝妳，麥提。非常好吃。」

麥提看了瑤子一眼，露出笑容。看到麥提毫無戒心的笑容，瑤子直覺此人並非壞人。送來的不是冰涼的食物，是溫熱的料理。——為了我這個人質。

察覺這點時，淚水緩緩湧現。

大概是從昨晚就一直緊繃的神經倏然放鬆，再也無法抑制眼淚。

瑤子咬緊嘴唇嗚咽。麥提還是沉默地凝視她，卻用手裡的餐巾替她輕輕拭去臉頰滑落的淚水。

「謝謝妳，麥提。」

瑤子鼻頭通紅地再次道謝。

「討厭，瞧我真是的……好像一哭就不可收拾……都是因為烘蛋太好吃了……」

麥提不由噗哧一笑。

「這麼喜歡啊。」

瑤子點頭。

「這是我丈夫最愛吃的……我就是在馬德里認識他的。當時我住的公寓附近有家餐廳做的家常菜很好吃……我倆經常去吃。他還說西班牙烘蛋是人生『最後的晚餐』想吃的東西……」

瑤子長出一口氣，說道：

「沒想到真的一語成讖。」

之後，瑤子斷斷續續說出她與伊森共度的最後一個早晨。

命運之日，二〇〇一年九月十一日。

丈夫買了西班牙烘蛋三明治回來。開玩笑說這不是「最後的晚餐」是「最後的早餐」，一邊津津有味地大快朵頤。

沒想到，那句話竟然立刻成真——。

「至今我還是不時會夢到那天早晨的事。然後，我每次都很後悔。」

瑤子帶著哭腔說：

「那天早上，我有個重要會議，所以忙著準備去開會……甚至沒有好好和他說話。要是當時我挽留他就好了。我應該告訴他『甚麼會議通通不重要，我只想一直和你在一起，讓我們多聊一會吧』。照理說並不是做不到喔。可是……我沒做到……」

又有淚水湧出。凝視瑤子的麥提，忽然伸出手，用指尖抹去瑤子臉頰滑過的淚水。麥提的手指柔軟，溫熱。

很不可思議地，瑤子在麥提面前自然而然地敞開心門。她覺得就算這樣中了恐怖分子的詭計也無所謂。

——反正自己已經沒有以後了。

或許會在這裡結束一生。就算僥倖生還了，引發這次事件的原因是自己造成的，自己必須負起責任。不管怎樣，在這裡，都必須先做到自己能做的唯一一件事——。

瑤子抬起頭，直視麥提。

「麥提，我想拜託妳。……我也許無法走出這裡了。我已有心理準備。所以，最後唯有一件事……我想請妳轉告烏爾。」

麥提也同樣直視瑤子。瑤子毫不退縮地盯著那漆黑雙眸說：

「我希望他放棄奪取〈格爾尼卡〉。因為那件作品不屬於他。更不屬於我。……**它是屬於我們的**。」

一九三七年，納粹德國對格爾尼卡發動人類史上首次大規模隨機轟炸。

這種暴行激起熊熊憤怒之火，促使畢卡索畫出一幅巨作。

這件作品堪稱紀念碑，證明了一支畫筆遠比數千萬把槍的力量更強大。

轟炸破壞了城市，人們，一切的一切。甚至是人心。

然而，畢卡索的作品讓人們萌生反戰的想法，深深打動了人心。

人類打從歷史有記載起，就不斷互相憎惡，你爭我奪。每個時代都有戰爭。發動戰爭的永遠是為政者，市井小民只能被捲入，為之驚慌失措、悲痛、受傷。

不能繼續這樣下去。今後，要用自己的聲音喚起和平。

要對抗。對抗「戰爭」本身。——靠自己的力量。

這才是〈格爾尼卡〉蘊藏的訊息。

「那件作品，在美術史上，是身世背景最複雜最苦澀的一幅畫。政治影響力不可小覷，這點我想你們應該也理解。」

瑤子向麥提坦承自己是紐約的國際性美術館MoMA的策展員，目前正企劃藉由畢卡索的力量呼籲反戰的展覽。

但願世界從此再也沒有任何戰爭。

她想透過這次展覽，傳達畢卡索默默用畫筆傾訴的訊息。

就在奪走丈夫的九一一悲劇發生的城市，紐約。

就在主導伊拉克戰爭，對巴格達發動空襲的國家，美國。

這次展覽，取名為「畢卡索的戰爭」。

而且，無論如何都想展出〈格爾尼卡〉。

她想透過堪稱畢卡索「遺言」的這件作品，警告一再重蹈覆轍的人類，撫慰受傷的紐約市民，祈求遭到空襲的巴格達亡魂安息。

然而——。

「已經無法實現了。我大概再也回不了紐約。就算能夠回去，這次展覽引發了殃及〈格爾尼卡〉的事件，恐怕也不可能如期舉行展覽了。一切，都得放棄。所以……」

必須保護〈格爾尼卡〉。

瑤子的心願，只剩這一樁。

就算有人千方百計奪走了畫，之後又能怎樣？那樣的巨作可不容易藏匿。再者，就算要收藏在巴斯克地區的美術館——對了，聽說畢爾包古根漢美術館也偷偷替那件作品準備了展覽室——也得經過合法的手續。

換言之，那不是烏爾這些人能夠應付的作品。

「我求妳，麥提。請轉告烏爾。〈格爾尼卡〉是人類的瑰寶。不是私人能夠輕易處理的。我們都必須負起責任保護它，把它傳給後代子孫。那是我們的寶物。」

麥提動也不動地傾聽瑤子說話。雙眸閃亮如黑曜石。與麥提面對面，讓瑤子產生一種不可思議的似曾相識感。

麥提眼也不眨筆直凝視的雙眸。

好像在哪見過。很像自己熟知的某人──。

麥提直視瑤子說：

「既然妳是畢卡索的專家……那妳一眼就看得出是不是畢卡索的作品？」

這個意外的問題讓瑤子有點困惑。但她還是誠實回答：

「我不是鑑定師，所以我想很難一眼就判明真偽。……不過，是不是真的，我倒是可以說說我的看法。」

麥提從長褲後面的口袋取出一張八乘十二公分大小的照片。默默遞到瑤子的眼前。

瑤子垂眼望向那張照片。

上面拍攝的是──鴿子。

一隻似乎正要展翅飛向長空的白色鴿子圖。

第十章

守護神

一九四二年七月十四日・巴黎

近正午時，聖傑曼德佩的雙叟咖啡館露天座，朵拉・瑪爾正在抽菸。不是她一直抽的吉坦牌，是德國香菸。香菸攤已經買不到法國菸了。無奈之下只好買這種，但總覺得不是滋味。她不想抽德國菸所以也試著戒了一段時間，可嘴巴一無聊就會忍不住點菸。菸不離手的習慣讓朵拉感到很惱火。

時值正午，聳立眼前的聖傑曼德佩教堂的鐘聲響起。朵拉望著人們列隊走入教堂。教堂周遭停了好幾輛德國軍車。許多持槍的軍人站在教堂前及聖傑曼大道，眼神犀利地注意四周。

這天是法國革命紀念日。是民眾攻佔巴士底監獄引發法國大革命，並且贏得勝利的日子。對法國人而言是特別的一天。

一七八九年，反對法國王室的人民群起與王室軍隊對抗，終於打倒王權，迎來民主主義社會。法國大革命就是市民革命，是民眾第一次贏得主權的抗爭。

法國國民對這個掀起革命促使民主主義誕生的日子不知有多麼引以為傲。「七月十四日」就是民眾獲得自由的代名詞。

被訂立為國定假日的這天，街上會有遊行，人們歌唱，跳舞，舉杯互慶。自己這些人獲得自由了——擺脫王室的壓迫，自由學習，自由買賣，自由表現，自由過日子，自由生存。對，我們是自由的。每年這一天來臨時，法國人就會想起這點，滿懷喜悅。——為了自由。

畢卡索和朵拉都不是真正的法國人。但，只要是住在巴黎熱愛自由的人，不管是誰都不得不慶祝這個日子。因為整個城市都在熱烈舉行慶祝活動。

朵拉也會和熱愛自由也愛慶祝活動的藝術家們一起愉快度過這天。自從和畢卡索交往後，就和他的跟班們一起包下餐廳大吃大喝，通宵鬧到早上。即使戰爭給整個歐洲帶來不穩的陰影後，唯獨這天還是會像忘記不安似地熱鬧非凡。

但就連那樣都已辦不到了——自從納粹德國佔領巴黎後。

巴黎落入納粹之手，轉眼已有二年。

席捲全歐的世界大戰始終不見結束的跡象，希特勒還在貪心地繼續發動戰爭。這場大戰究竟幾時方休，已經無人能夠預測。

巴黎淪陷後，巴黎市民就開始提心吊膽，不知納粹會對法國人使出甚麼手段。但意外的是，納粹並未強勢鎮壓法國人，至少表面上仍然保有安穩的日常生活。

不過，巴黎終究不再是以前的巴黎。

街頭到處都有德國軍車和士兵鎮守，負責監視。秘密警察不分日夜四處搜捕猶太人。一旦發現猶太人就會立刻遭到監禁送往收容所。淪陷後，猶太人已從巴黎絕跡。

不只是猶太人，藏匿他們的人也跟著被捕，不知被帶往何處再也沒回來的現象也經常發生。

物資管制也變得很嚴格。禁止買賣奢侈品，也禁止一般市民食用高級牛肉及糕點。菸酒類的嗜好品也只能買到德國貨，法國貨變得很難入手。

由於鐵器或銅器幾乎都被當作軍事物資使用，各種金屬被搜刮一空。甚至可以聽見戲謔的傳言說，納粹接下來該不會想把艾菲爾鐵塔融化打造戰車吧。

而藝術家，在壓抑的氛圍中已經無法自由自在地創作了。

文學家寫的東西遭到檢閱。美術、音樂、舞蹈、戲劇、攝影、電影——各種藝術都無法再批判納粹或戰爭，也無法訴求和平。

在這全世界的創作者憧憬的藝術之都，巴黎。昔日法國憑藉市民革命贏得的「創作自由」已經徹底枯萎，奄奄一息。

又有誰能想得到，巴黎竟然會有失去「創作自由」的一天呢？

朵拉吐出細長的紫煙，眼神迷離地盯著站在街角的德國士兵。

誰也想像不到，巴黎竟然會失去自由。

——包括我和畢卡索也是。

朵拉與畢卡索是在二年前離開實質上「避難」的法國西部港都魯瓦揚，回到納粹德國佔領的巴黎。身為創作那幅〈格爾尼卡〉的畫家，擁有極大藝術性、社會性影響力的巨匠，畢卡索待在納粹統治下的巴黎非常危險。

避難魯瓦揚時，格蘭佐居斯坦街的畫室和住處遭到此刻已納入佛朗哥政權下的西班牙大使館強行查封。多虧帕德．伊格納修努力周旋才設法取回，但納粹對畢卡索的財產和行動虎視眈眈已是不容置疑的事實。

即便如此，畢卡索還是下定決心。

——重返巴黎。非回巴黎不可。

當初，朵拉和帕德都擔心畢卡索一回到巴黎，納粹就會對他伸出魔爪。

已經拿多名猶太藝術家血祭的納粹魔爪，或許會把被他們貼上「頹廢藝術」標籤的「現代藝術」創作者通通抹殺殆盡。

——如此一來，畢卡索當然首當其衝。畢竟他可是激烈批判納粹的轟炸行動，畫出那幅〈格爾尼卡〉的藝術家。

——如果回巴黎，也許會被送進地獄。

朵拉苦惱著是否該設法把畢卡索留在魯瓦揚。但她也知道，一旦畢卡索做出決定，要讓他改變主意非常困難。

這樣的話——大不了自己陪畢卡索一起下地獄就是了。

朵拉這麼決定後，終於決心跟畢卡索一起回巴黎。既然如此，帕德自然也全力支持畢卡索的歸來。

之後過了二年——。

如今已經沒有任何巴黎市民公然慶祝革命紀念日。

聖傑曼德佩教堂的鐘聲並非慶祝紀念日。那是正午整點報時的鐘聲，是催促人們做午間禱告的鐘聲。

「——妳的表情看起來很無聊。」

背後響起聲音，朵拉轉頭一看。身穿夏季西服的帕德．伊格納修面帶微笑站在眼前。

不管法國國民的經濟狀況有多麼窘迫，身為名門望族伊格納修家族繼承人的帕德，從來不會忽略打理自己得體高雅的穿著。他身上穿的是一般市民穿了可能會立刻被罵「太奢侈」遭到沒收的高級夏季羊毛西裝外套。每次看到這樣的帕德，朵拉毋寧感到深受鼓勵。

資產家伊格納修家族當然也遭到納粹的監視。但是還不至於毫無理由地遭到沒收財產。不過，伊格納修家的財產為了安全起見本就分散在瑞士、英國、美國各地。聽到帕德這麼說，朵拉好像明白了伊格納修家為何能夠如此富裕。有錢人很懂得如何自己保護自己的財產。所以不管發生甚麼事，有錢人依然是有錢人。

「你上哪去了？打從上星期就沒見到你，畢卡索還在擔心你呢。」

帕德幾乎天天都會去畢卡索位於格蘭佐居斯坦街的畫室報到。

並不是為了甚麼要事來訪。帕德只是坐在畫室角落的沙發，默默旁觀畢卡索作畫。有時一起用餐，陪畢卡索聊聊天，然後就離去。也曾偷偷帶來高級的法國葡萄酒。

所以，只要二天沒露面，畢卡索就會開始惦記帕德怎麼沒來。甚至催促朵拉或秘書傑米去打個電話問問或是去伊格納修家叫他來。

畢卡索打從心底信賴、依靠帕德。只要帕德在身邊，他就會心情特別好。簡直像是父親疼愛有出息的乖兒子。

——如果是我兩三天沒露面，畢卡索會那麼緊張嗎？

畢卡索對帕德的關愛，甚至讓朵拉嫉妒。然而，想到帕德為畢卡索做過的種種，畢卡索這麼愛護他也是理所當然。

帕德付出全副身心保護畢卡索和他的作品。他讚美、守護〈格爾尼卡〉，最後甚至幫助〈格爾尼卡〉流亡美國。

在自己這幾人的有生之年，那件作品或許都無法回到歐洲了。當時朵拉這麼想過。

納粹和法西斯分子成為歐洲霸主，統治全歐後——。

自己這些人，究竟該如何是好？

沒事的。每當朵拉惶恐不安時，帕德總是用這句話安慰她。

——沒事的。不管怎樣，我都會負責保護畢卡索和妳。

「我去了某個地方一趟。……因為畢卡索說，想用青銅雕刻……」

帕德說著，在朵拉旁邊坐下。朵拉要拿菸給他，他舉起一隻手推拒。彷彿想強調他對德國香菸實在不敢領教。

「……我弄到青銅了。大約有一百公斤。」

帕德悄聲說。

「一百公斤？」朵拉反問。

「噓！」帕德把食指抵在嘴前。「拜託小聲點。」

現在法國要弄到金屬類是難於登天。就連艾菲爾鐵塔都可能被融化，帕德到底是怎麼弄來這一百公斤的青銅？

「哎，總之我是透過某個管道弄來的。詳情不便透露……」

帕德打哈哈。

——這到底是甚麼人啊。

朵拉感到背後不寒而慄。這種非常時期還能弄到青銅固然不簡單，但是只為了畢卡索想用青銅創作就不惜冒著任何危險也要弄到手，帕德這種氣概才更讓人害怕。

「為什麼，帕德？我是說……」

朵拉忍不住問。

「你為什麼肯為了畢卡索如此賣力？」

帕德聽了，本來端到嘴邊的咖啡杯又喀嚓一聲放回碟子。然後，他朝幾名德國士兵站崗的教堂門口望去。

「妳還記得嗎？朵拉。我和妳認識的那一天……」

帕德用沉靜的聲調說。

朵拉抬頭望著帕德的側臉。那是略顯蒼白的英俊側臉。

與帕德相遇。那是五年前，巴黎世博會剛開幕不久的時候。

是的。記得就是在這家咖啡館……這個座位。當時帕德同樣西裝筆挺，獨自坐在這裡。年僅十八歲左右的他，瘦削的臉龐還殘留少年的影子。

「我當然記得。因為你非常優雅非常英俊。而且……」

朵拉想起當日，忍不住笑意。

「當時你正在哭。你說，你的戀人去戰場了……」

那時候，帕德在混雜的露天座格外顯眼。梳理整齊的黑髮，長睫毛，以及大顆淚珠……。發現那個身影的朵拉，受到強烈吸引，不由在他身旁坐下。彷彿二人事先已經約好。

帕德略顯寂色的雙眸轉向朵拉。

「對，就是那樣。……當時，我徬徨無助，只能流淚。」

——我可真窩囊。真沒出息。

為什麼我不敢說。——妳要去戰場的話那我也一起去。我們永遠都不分離——。

到頭來，自己還是把自己的家庭和名聲看得比她更重要吧？其實很害怕去戰場會喪命吧？

無數勇敢的年輕人志願加入人民戰線軍，每天都有人死去。但自己並不想成為其中一人。

其實是因為這麼想才逃走吧？

當時帕德已經失去活下去的理由。

自己在巴黎這樣啜飲一杯葡萄酒的瞬間，說不定，她正在戰場遭到槍擊。也許子彈已貫穿她的胸膛，栽倒在屍橫遍野的大地。而且還有無數軍靴一次又一次踩過那上面——。

光是那樣想像，不知有多少次差點叫出來。

已經活不下去了。

喝完這杯葡萄酒就去塞納河吧。從情侶們互訴情意的美麗新橋，縱身跳入黑暗的水面——。

正當帕德這樣想不開時——他有了奇遇。

他遇見朵拉・瑪爾。隨即，還有她的情人巴勃羅・畢卡索。

「如果當時，在這裡……妳沒有主動對我說話，而且，如果沒有見到畢卡索……我現在恐怕已經不會這樣活著呼吸了。也不可能親眼看到〈格爾尼卡〉。」

帕德說著，凝視朵拉。

「謝謝妳，朵拉……我對妳和畢卡索有說不盡的感激。讓我明白即便這樣的我也有能做的事的——正是你們。」

帕德的眼中隱約浮現水光。

和初次邂逅時一樣的眼睛。同樣愁腸百結的眼神。

「別這樣。你幹嘛，突然一本正經的……」

朵拉抱著難為情與些許不安交錯的複雜心情回答。

「應該說謝謝的是我才對。你投入全副身心支持畢卡索。賭上你的一切保住了〈格爾尼卡〉。當然，我也已有和畢卡索一同接受命運的覺悟。只是，畢竟也有很多事是我一個人無能為力的。——多虧有你，畢卡索和〈格爾尼卡〉才能夠倖存到今天。」

朵拉已經不再塗指甲油的纖細手指，輕觸桌上的帕德指尖。

「謝謝你，帕德。你是畢卡索的守護神。……有你在，真是太好了。」

帕德用力握住朵拉的手。然後，他的眼中蓄滿淚水，低聲囁嚅：

「……今天我才知道。……她……我的愛人……已經蒙主寵召。」

打從格爾尼卡遭到空襲那時，帕德就一直在打聽戀人的消息。

要打聽消息非常困難，反之，也沒有聽到戀人死亡的消息。換言之那也證明她還活在某處。帕德一直這麼告訴自己。

帕德下定決心，要把幫助畢卡索保護〈格爾尼卡〉當成自己畢生的使命。

自己無法和她一起上戰場。但，正因如此，此刻自己才能夠在這裡繼續自己的戰鬥。那就是和〈格爾尼卡〉一起對抗戰爭本身。

結果，西班牙共和國被法西斯分子佛朗哥將軍打垮了。第二次世界大戰爆發，巴黎淪陷落入納粹德國之手。戰爭依然在繼續。那表示自己也只能繼續抗爭。

只要還有戰爭，自己就得守護畢卡索和〈格爾尼卡〉到底。絕對不會認輸，也不能輸。

因為守護畢卡索和〈格爾尼卡〉，也就是守護「創作的自由」。

那同時也是對無法並肩戰鬥的戀人的誓言。絕對不能輸給蹂躪故國西班牙、蹂躪巴黎、乃至整個歐洲的法西斯主義。

然而——。

就在今早，帕德接到一通電話。是替他在西班牙打探戀人消息的人打來的。

他心愛的人，已經不在人世了。她在西班牙內戰結束前夕，死於馬德里的槍戰中——對方如此報告。

「我……我的心裡一直隱約抱著期待。或許她幸運地活下來了，更幸運的話說不定已流亡法國，也許哪天會來巴黎找我……所以，在那天來臨前我也要繼續戰鬥。我起碼得活到與她重逢的那天為止。我一直這麼想。……可是……即便如此……」

說到這裡，帕德垂下頭。朵拉知道他不想讓朵拉看見哭泣的模樣。朵拉悄悄伸出手摟住帕德的肩膀。

——她已經不在人世了。

可是，即便如此，戰鬥仍要繼續。

結束禱告的人們，開始絡繹走出聖傑曼德佩教堂。持槍的德國士兵銳利的雙眸轉向人們。

朵拉摟著帕德微微顫抖的肩膀，只是一逕沉默眺望七月陽光中來往的人們。

二〇〇三年五月二十日・西班牙國內某處

冷清單調的半地下小房間角落放置的簡陋木椅。瑤子雙手被綁在那把椅子的背後，壓根無法動彈。

瑤子被計畫「奪回〈格爾尼卡〉」的恐怖組織ＥＴＡ綁架了。他們一直在虎視眈眈〈格爾尼卡〉從索菲亞王后藝術中心搬出的瞬間。

用人質瑤子的性命交換，把〈格爾尼卡〉送去巴斯克——。

他們肯定正與西班牙政府如此交涉。

瑤子透過和疑似埃塔組織領袖之一的烏爾簡短的對話，猜到自己目前的處境。

已經沒希望了。……自己大概不可能生還了吧。

就算僥倖生還，引起這種殃及〈格爾尼卡〉的事態，「畢卡索的戰爭」展恐怕也不可能舉辦了——。

瑤子內心的絕望與灰心如黑煙蔓延。同時，一個決定也如烈火熊熊燃起。

——必須保護〈格爾尼卡〉。

就算犧牲自己的性命，也得保護那件作品。

萬一〈格爾尼卡〉落入恐怖分子的手裡，到底會怎樣？

那件作品太大，根本無法藏匿。由於創作迄今已超過六十年，如果處理不慎可能會造成很大的負荷，甚至導致畫作破損。

屆時，該怎麼辦？

不知道。此刻的自己根本無法想像。不過，無論如何都得阻止他們胡來。

一定得保護——。

而此刻。

站在被綁在簡陋木椅的瑤子面前的，是個巴斯克女人——她自稱麥提。

麥提從黑長褲後面的口袋掏出一張照片，遞到瑤子的眼前。

上面拍攝的，是一隻鴿子。彷彿馬上要展翅飛向長空的白鴿圖。

目睹的瞬間，瑤子不禁倒抽一口氣。

——好像。

好像伊森代替婚戒，送給瑤子的那幅畢卡索畫的鴿子簡筆圖。彩色照片的鴿子圖雖有著色，但是和瑤子珍愛的那幅畫給人的印象驚人地相似。

簡潔有力的明快筆觸，明確的色彩。鴿子的鉛白與背景的藍色對比，勾勒出鴿子身體的明晰線條。畫中多了青綠色與紫水晶的抽象方塊是和簡筆圖最大的不同，但構圖及鴿子的表現手法分明正是畢卡索的「那個」。

「這是……這張照片是在哪拍的？」

瑤子抬起垂落照片的雙眼問道。

麥提沒看瑤子的眼睛，一直低著頭。

「不知道是誰在哪拍的。但這張照片本來在我媽手裡。」

麥提簡短回答。

「妳媽？」

瑤子重複，麥提點點頭。

「那麼，這張照片中的作品呢？也在妳媽手裡嗎？」

麥提這次搖頭。

「以前是。可是現在，在我這裡。」

瑤子的視線又回到照片。

這是——。

沒有親眼見到作品之前，她無法斷言。

不過，這幅畫具備了畢卡索作品的一切特徵。構圖、色彩、筆觸、以及戰後畢卡索特別喜歡一再描繪的「鴿子」這個主題。

雖然沒找到簽名，但或許只是照片沒拍到而已。

最重要的，是第一印象。

這是畢卡索的真跡——瑤子瞬間就直覺。

繪畫的真偽鑑定，必須由專家經過種種程序慎重進行。沒有作品能夠在瞬間鑑定。不過，以前曾聽某位認識的鑑定師說過，真假判定往往意外地與第一印象吻合。那人說，就算是繁瑣的科學判定或極端複雜的程序，也無法勝過專家的直覺。

——這是巴勃羅．畢卡索的真跡。而且，極有可能從未被人發現。

想必是戰後，一九四九年之後的作品。很接近巴黎舉行世界和平會議時他所畫的白鴿。從那時起，畢卡索就開始頻繁描繪鴿子。

直到畢卡索一九七三年以九十一歲高齡去世為止，一生創作超過七萬件的畫作。也有人說如果加上素描總數超過十萬件，推測應該還有他隨意走筆塗鴉送給別人的未發表、未被發現的作品。

伊森送給瑤子的鴿子素描，雖不確定是在甚麼情況下創作，但的確是有畢卡索親筆簽名的真跡。

這張照片裡酷似該作的「白鴿」彩繪圖。如果真的是畢卡索畫的，為何會在麥提的母親（現在是麥提）的手裡？

是誰贈送的？是贓物？或者，是贗品——。

麥提垂首片刻，最後抬起頭，朝瑤子投來求助的眼神說：

「哪，請告訴我。這個……是畢卡索畫的嗎？」

麥提的聲音帶有渴望得知真相的熱切。瑤子難掩困惑，遲疑地回答：

「我不是鑑定師，更沒有親眼見到作品，所以我也無法明確斷言……不過如果我的直覺正確，應該是……」

「應該是……？」

瑤子深深望著麥提黝黑深邃的眼眸說：

「麥提，我倒想請妳告訴我，妳剛才說以前是妳母親擁有這件作品。妳母親是怎麼得到的？還有，是在甚麼時候轉讓給妳的？」

麥提閃躲瑤子的注視。然後，緊緊抿嘴沉默了一會，最後才囁嚅般細聲反問：

「如果我回答了妳的問題……妳可以告訴我這到底是不是畢卡索的畫嗎？」

瑤子凝視麥提的雙眸點點頭。
「好。……我保證。」
麥提在瑤子正對面的地上抱膝而坐，開始斷斷續續敘述自己的身世。
——我的故鄉是巴斯克的比斯開省小鎮格爾尼卡。
我父親在畢爾包的德烏斯托大學擔任社會學教授，母親是很平凡的家庭主婦。我在安穩的家庭無憂無慮長大，是個開朗活潑的小女孩。
但是三十年前——我八歲那年，一切都變了。
我永遠忘不了，那是非常安詳溫暖的四月某個星期天上午。
爸爸媽媽和我一家三口，正在餐桌前吃早餐。對，那時候，我記得——桌上有剛烤好的麵包、吉拿棒、巧克力，還有媽媽的拿手好菜西班牙烘蛋正在冒煙。
我正在報告前一天學校發生的事。爸爸媽媽都帶著慈祥的笑容專心聽我說話。
這時，咚咚，咚咚！……忽然響起猛烈的敲門聲。
吃驚的爸媽面面相覷。我清楚記得，那一刻，媽媽的臉孔簡直就像凍結了。
咚咚，咚咚！敲門聲一再響起，我聽見男人的聲音頻呼爸爸的名字。這次輪到爸爸的臉孔轉眼變得慘白。
爸爸媽媽始終沒有起身。二人彷彿變成冰雕動也不動。我很害怕，終於哭了出來。這是怎麼了，爸爸？媽媽我好害怕，是誰來了？我哭著這麼問。可是爸爸媽媽都沒有回答我的問題。

後來，爸爸倏然起身走向玄關。媽媽高喊等一下，叫住爸爸。但爸爸還是默默開了門。

頓時，一群穿著威嚴制服的男人大步闖入家中。男人包圍爸爸，問了三言兩語。爸爸認命似地點點頭。

不要走！媽媽高喊。

爸爸在一瞬間朝我們轉頭。爸爸的眼睛看著我。他的眼神看起來很寂寞。好像有話想說。那是對一切已經絕望的悲哀眼神——。

那就是我看到「活著的爸爸」的最後一瞬間。

事後我才知道，爸爸身為血統純粹的巴斯克思想家，對當時統治西班牙的佛朗哥政權很反感，一直在指導巴斯克的獨立運動。不過，爸爸沒有加入任何非法組織，純粹是合法地正大光明向政府挑戰。

為了阻止爸爸的活動，警察帶走了他。

媽媽和我，都以為爸爸一兩天之內就會回來。可是，過了很久之後，媽媽收到一封通知。上面寫著爸爸在偵訊過程中心臟病發死掉了……。

又過了一陣子，爸爸終於回來了……是裝在棺木裡回來的。

鄰居害怕警察的監視，甚至不敢來參加喪禮。

棺木上本來應該可以看見爸爸臉孔的小窗口被牢牢封閉，棺木蓋子也被鎖死。

如今我已明白，是因為爸爸的屍體狀態無法見人才會被這樣處理。因為，爸爸肯定是遭到嚴刑拷打被殺死的。

棺木要下葬時，媽媽抱住棺木，發狂似地大哭。

身為大學教授的遺孀，媽媽本來應該可以領到家屬年金。可是，我們所有的收入都被斷絕了。

媽媽只好出去工作。當裁縫，麵包店店員，女傭，她同時兼了好幾項工作，為了供我上學拚命打工。

可是……。

媽媽不知幾時罹患了重病。可她卻一直瞞著我，繼續工作直到病倒。

有一天……對，就在我決定進入爸爸昔日執教的大學念書時……媽媽在工作地點倒下被人送進醫院。

她全身已被癌細胞侵蝕，醫生告訴我，她恐怕來日不多了……。

我的眼前頓時一片漆黑。

媽媽要死了。我將變成真正的孑然一身——。

無人可以依靠。也沒有錢。枉費我好不容易決定升學方向，變成孤兒後，我到底該怎麼辦？

我抱著躺在病床上的媽媽痛哭。就像當日抱著爸爸的棺木痛哭的媽媽。

媽媽的病情日漸惡化，一看就知道她已漸漸意識不清。

訣別的時刻，很快就會來臨。

怎麼辦……我該怎麼辦……我已經不知如何是好了……。

沒想到，奇蹟發生了。

陷入昏睡狀態的媽媽，忽然恢復清醒。然後，媽媽對著在病床邊替媽媽測量脈搏的醫生與護理師口齒清晰地說，請讓我和女兒單獨說幾句話。

——麥提，我有話必須告訴妳。

我抹去肆意流淌的淚水，把耳朵湊近媽媽的嘴巴。

——我要把我唯一的寶物給妳。

之前我一直藏著，但只要有「那個」，妳就等於是坐擁幾千萬比塞塔的大富翁。

只是，無論發生任何事妳都不能放棄「那個」。只有當妳賭上自己的性命想保護甚麼……想保護某人時，才可以放棄「那個」。

「那個」一定會成為妳的守護神，保護妳，以及妳珍惜的東西。

媽媽說著，交給我一張照片。

對……就是這張照片。

然後，她告訴我「那個」在哪裡。……她說「那個」被捲起來，用月曆紙包裹，藏在衣櫃抽屜最深處。

一口氣說到這裡後，媽媽就平靜地嚥下最後一口氣。露出聖母瑪利亞的安詳神情。

我依照媽媽說的，從衣櫃抽屜的最深處，找到了「那個」。

打開捲起的畫布那瞬間，白色的鴿子……活靈活現地展翅，好像要從敞開的窗子飛出去。

一隻悠然翱翔天際的美麗鴿子。

這到底是誰畫的？

把這麼生動的鴿子，畫在畫布上的是……。

我凝神把畫布徹底檢視了一番。最後在角落找到小小的簽名。

那裡，清楚寫著——Picasso——。

……怎麼可能。

這是那個巴勃羅．畢卡索畫的……？

我的腦子已經一團混亂了。

如果這真的是畢卡索畫的，那就難怪媽媽會說「等於成為坐擁數千萬比塞塔的大富翁」了。

但，媽媽為什麼會……擁有畢卡索的作品？

難不成，是從哪個美術館偷來的？所以一直藏起來不讓任何人發現？

我越想就越糊塗。

唯一明白的，只有一點。

絕對不能讓人知道我有這幅畫。唯獨這點絕對不會錯。

我要偷偷藏起來，絕對不能賣掉。

一如媽媽的遺言——。

說句老實話，如果那是畢卡索的真跡，我很想立刻就拿去換錢。如此一來，說不定就夠我支付大學學費和暫時所需的生活費了……。

「是啊……」

瑤子聽著麥提告白的痛苦，感同身受地低語。

想到她經歷的深刻苦惱，簡直找不出任何話表達。即使麥提把母親遺留的「畢卡索的畫」賣掉也是理所當然。如果她為了求學、生活這麼做，天堂的母親應該也會諒解。

麥提本來一直平靜敘述，說到這裡卻突然噤口。低垂的臉孔宛如一朵白花。失神的視線在地上徘徊，最後彷彿下定決心似地抬起，正面凝視瑤子，再次開始敘述。

然而……。

我放棄念大學，決定去找工作。為了獨自活下去，我已覺悟這是唯一的選擇。

到了入學金和第一年學費的繳費期限最後一天，我正準備出門去辦理取消入學的手續。就在這時，我收到一封信。信封上並沒有寄信人的姓名。

打開一看，裡面是支票。……一百萬比塞塔。正好是入學金和第一年學費加起來的金額。支票的開票者是「巴斯克教育財團」這個我聽都沒聽過的團體。而且還附上一封信，信上寫著——謹代替過世的令尊，資助妳求學。

那是埃塔組織首領之一烏爾寄來的。

做為引導巴斯克獨立運動，因此遭到國家抹殺的人物，埃塔組織和烏爾把我爸爸視為英雄。他說今後會一直資助身為英雄遺族的我。

當然，我知道。埃塔組織是反體制的激進派團體。為了追求巴斯克獨立不惜暗殺政府要員，是冷酷無情的恐怖組織。

然而，當時年輕的我覺得他們才是英雄。

我憎恨把爸爸抓去拷問後殺害，害得媽媽也因此早死的佛朗哥政權。埃塔組織敢正面向法西斯政權挑戰，就算佛朗哥死了，依然堅定為巴斯克獨立奮鬥，他們的行為被我正當化了。

埃塔組織的主動接觸，徹底改變了我之後的人生。

埃塔組織成了我唯一的支持者。而且我……後來，見到了烏爾本人。

烏爾的故鄉和我一樣，都是格爾尼卡。我們一見鍾情……在我大學畢業不久，我們就結婚了。

烏爾平日像一般人過著普通生活。或許聽來像辯解……但我只是他的妻子，並沒有加入埃塔組織的活動。

不過……就像他對我的資助，我也一直在背後支持他。

我和他結婚已有十五年。埃塔組織多次暗殺未遂，並且一直和政府默認的敵對勢力「反恐解放組織（GAL）」鬥爭，為巴斯克獨力奮戰至今。

而烏爾就像中邪似的，一直執著於某個「計畫」。

那就是——「奪回〈格爾尼卡〉」。

烏爾長年把我爸爸寫的書「巴斯克的自由與獨立」當作座右銘一再重讀。那本書就是用那幅畫〈格爾尼卡〉當封面。

烏爾把我爸爸那本書的封面拿在手中，像念咒一樣喃喃自語：

——我絕對要把這幅畫奪回巴斯克。

這幅畫不屬於索菲亞王后藝術中心。也不屬於西班牙政府。它屬於我們巴斯克人。

我們故鄉的人們流血流淚，受傷身亡。畢卡索不就是為了安慰亡魂，才畫出這幅畫嗎？

如果不把畫找回來，死去的畢卡索也無法瞑目——。

埃塔組織耗費長時間私下收集〈格爾尼卡〉的相關訊息。有耐心地等待它離開索菲亞王后藝術中心牆上的那一刻。

而我……我身為烏爾的妻子，一直支持他……但是老實說，唯獨「奪回〈格爾尼卡〉」這個計畫我無法苟同。

難道不是嗎？就算把〈格爾尼卡〉奪回巴斯克，也沒有地方可以展示，更不可能讓一般人看到。租借大倉庫自己欣賞？簡直愚蠢透頂。……我也親口這樣反對過。

在我心中，浮現那幅「白鴿」。那是媽媽留給我的唯一寶物。

我把那幅畫藏在只有我知道的地方。就算是烏爾，我也沒告訴過他我有那幅畫。……因為那是我媽媽豁出性命留給我的。

但烏爾對我的意見充耳不聞。

——無論如何，一定要讓〈格爾尼卡〉重回我們的故鄉。如果妳有意見……那妳再也不配做我的妻子。

烏爾帶著瘋狂的眼神瞪視我，如此說道。

而且，他還說：

——妳問我得到那幅畫之後要怎麼辦？

那還用說嗎？當然是再也不讓任何人碰觸。再也不讓任何人看見。

為了把〈格爾尼卡〉永遠封印在巴斯克……為了讓那幅畫擺脫佛朗哥的惡夢，擺脫戰爭的痛苦。

當然是要讓那幅畫——從這世界永遠消失。

第十一章

解放

一九四四年八月十八日・巴黎

聖母院的鐘聲，從敞開的窗子彼方傳來。

慵懶躺在客廳沙發上的朵拉・瑪爾，坐起上半身，瞥向亂七八糟堆滿書本筆記和各種雜物的桌子邊緣的金色鬧鐘。

那是正午的鐘聲。法國全國要發動大罷工，直到昨天收音機和報紙還在喧騰不休。如果那是真的，今天地下鐵和計程車乃至咖啡店、菜市場，各行各業應該都不營業，可即便在這種時候教堂還是照樣會敲鐘啊——這樣的念頭略過腦海一隅。

朵拉站起來走到窗口。把半開的百葉窗全部推開。溫熱略帶濕氣的空氣頓時滲入室內。

平時應該已有汽車穿梭大馬路的引擎聲微微傳來，但此刻聽不到。整個城市好像都悄然無聲。是大罷工的緣故嗎？抑或，這種安靜是目前統治巴黎的納粹和據說已進攻到巴黎附近的聯軍一觸即發的徵兆？

玄關響起敲門聲，朵拉嚇了一跳。

咚咚咚，不多不少正好三下。——是帕德。朵拉鬆了一口氣，飛奔到玄關。他們事先說好了，敲二下是朵拉，敲三下是帕德，敲四下是秘書傑米。如果是咚咚、咚咚這種不規則的敲法，千萬不可隨便開門。那已成了畢卡索周遭眾人彼此心照不宣的默契。

秘密警察曾經伴隨激烈的敲門聲上門，質問有沒有藏匿猶太畫家，然後不等他們回答就開始在屋內翻箱倒櫃。

當時在場的朵拉，雖然強裝鎮定，其實雙腿已抖得幾乎站不住。畢卡索坦然抽菸，但是對方毫不客氣搜索畫室每個角落顯然讓他相當憤怒。

一個男人發現貼在牆上的〈格爾尼卡〉海報，立刻一把撕下。然後粗魯地伸到畢卡索面前，凶神惡煞似地質問——這幅畫是你畫的？畢卡索把嘴裡的香菸扔到腳下，吐出長長的輕煙後，「不是。」他說。

——畫這幅畫的，是你們。

那和當初巴黎世博會的西班牙館展出〈格爾尼卡〉時，他對納粹黨員軍官撂下的話一模一樣。

「不好意思……我來遲了。因為書報攤全都沒開門……」

門外出現的帕德，一看到朵拉就道歉。

「結果我沒買到報紙。今天報社好像也休息……」

「沒關係，來，快進來。」朵拉急忙讓帕德進屋。帕德還沒在沙發坐下就急著問：

「畢卡索現在怎麼樣？」

「他始終沒出臥室。這已是第三天了。倒是一日三餐，傑米端去了他好像多少還肯吃一點……」

朵拉嘆口氣回答。

「是身體不舒服嗎？」

「應該是精神上的問題吧。你三天前來訪時，他不是撂下一句『我不要逃走，我要留在這裡』就進臥室了嗎？之後就沒出來過。」

這樣啊，帕德無力地說。

「……早知道就不該對他說那種話。」

朵拉悄然把手放在垂頭喪氣的帕德肩上，「不是你的錯。」朵拉說。

三天前，來見畢卡索和朵拉的帕德說，巴黎即將成為德軍與聯軍的決戰戰場，極有可能被捲入戰火。他還說，最好趁著戰事爆發前先離開避難，並且自告奮勇幫忙。

然而畢卡索當場拒絕了。他聲稱絕對不會離開這裡，就此把自己關在臥室。

畢卡索不走，朵拉和帕德當然也不可能走。想必畢卡索也已料到會是這個結果。如果巴黎成了戰場，而且，如果炮火真的波及這個畫室，不只是自己，朵拉和帕德也會跟著喪命。明知如此他仍然不肯走。

打從一開始就知道畢卡索是個唯我獨尊的利己主義者。問題是，現在和他那種任性自我打交道已經成了玩命。但朵拉本就不覺得那是不幸。只是，她也沒覺得那是幸福。

「這種不上不下的狀況持續下去也不是辦法。任誰都受不了。」

朵拉彷彿在告訴自己似地低語。

——是啊。

此刻，巴黎正處於「不上不下的狀況」。

到底是會被納粹繼續統治，還是獲得自由？是遭到破壞化為灰燼，還是得以繼續扮演永遠光輝燦爛的花都——。

一九四〇年納粹德國佔領巴黎後，法國政府被逐出巴黎，德軍統治了巴黎。

然而，德國為了成為歐洲霸主而發動的戰爭，殃及世界各國，如今已演變成世界大戰。德國雖然佔領了奧地利與法國，北邊卻有討厭德國統治歐洲的大國蘇聯，狀況不容德國掉以輕心。德國深怕敵人從東邊與北邊進攻，與自家東邊相比，法國西邊（隔著海的對面就是聯軍中樞的英國鎮守）的守備自然就比較單薄。聯軍展開假裝要從北側進攻法國的「聲東擊西戰略」，算準西側防守薄弱的時機。之後在一九四四年六月六日，聯軍終於從諾曼第沿岸登陸法國。這就是史上所稱的「諾曼第登陸大作戰」。

聯軍擊潰德軍，徐徐向巴黎推進。當時在法國全國（尤其在巴黎）已經很活躍的反德抵抗組織，呼應聯軍的進攻，不斷發動激烈的抵抗運動。而且等到聯軍終於抵達巴黎，抵抗組織就會立刻蜂擁而起──這樣的傳言已私下四處散布。

這個傳言，也被帕德轉述給畢卡索和朵拉。帕德一臉緊張地告訴二人。

「我接到情報，據說再過不久，抵抗組織就會在巴黎蜂擁而起。三天之內，地下鐵、法國國家憲兵隊、警察、郵局等等都會發動罷工。接著全體勞工參加的大罷工開始，巴黎街頭完全陷入麻痺狀態時，抵抗組織就會蜂擁而起。」

畢卡索的臉上頓時烏雲密布。朵拉抱著既期待又不安的心情問：

「抵抗組織群起行動會成功嗎？聯軍真的已來到巴黎附近？」

這麼詢問的同時，期盼是真的的強烈渴望，以及萬一失敗將無可挽救，巴黎市民說不定會被納粹殺光的恐懼，幾乎壓垮她的心。

「這個，不好說……」帕德做出含糊的回答。

「聯軍已逼近巴黎近郊，抵抗組織蜂擁而起，這些都是真的。如果錯過這次機會，恐怕永遠無法把納粹趕出巴黎。……不過，成功與否大概一半一半吧。為了防衛巴黎，希特勒不知對新任命的防衛司令官迪特里希．馮．柯提茲上將做出了甚麼指令……也不知那個指令會不會執行……」

據帕德表示，希特勒似乎完全不想拱手讓出巴黎。因為巴黎失守，也就等於失去法國。進而也等於將德國的敗勢暴露在全世界面前。

「——空襲嗎……？」

一直沉默如頑石的畢卡索，忽然開口了。

「與其放棄巴黎，不如乾脆……一把火燒了巴黎。搞不好他做出了那種指令。……是的，以希特勒的作風或許真的會那麼做。……對吧，帕德？」

「等一下，別說了，怎麼可能……」朵拉繃緊臉。

「甚麼空襲巴黎，別開玩笑了。如果那樣做，聯軍絕對不會坐視。那等於和全世界為敵，怎麼可能破壞巴黎！」

「那傢伙早就已經和全世界為敵了！」

畢卡索揚聲說。朵拉的肩膀猛然一抖，凝視畢卡索。黝黑如暗夜的雙眸，蘊藏妖異的光芒。

「那個瘋狂的獨裁者不可能拱手讓出巴黎。與其失去，不如徹底毀掉。巴黎是老子的，誰也別想碰！

——他搞不好這麼想……哪？帕德，你不這麼認為嗎？」

這次輪到帕德陷入沉默。那種沉默，彷彿是在迂迴地肯定，畢卡索那個可怕的想像絕非不可能的事。

——轟炸巴黎？

不會吧……怎麼可能。

朵拉有種大蜘蛛緩緩爬上背部的感覺，不禁全身寒毛倒立。

如果納粹發動空襲，如果炸彈如雨滴紛紛墜落這個城市……。

一切大概都會被破壞、付之一炬吧。艾菲爾鐵塔，傷兵院，新橋，大皇宮，羅浮宮通通都逃不掉。這棟公寓也是……還有這棟公寓裡的無數畢卡索作品。

一切的一切，所有的人，都會被煉獄之火燒個精光。

包括自己——還有畢卡索。

「巴黎」會變成「格爾尼卡」……！

「……我有個提議。」

帕德用壓抑感情的聲調說。

「巴勃羅，請你明天一早就立刻去瑪麗·德雷莎那裡避難。我會派車送你去。你收拾幾樣暫時需要的隨身用品帶去就好了……。朵拉，妳跟我去我的家族避難的瓦斯河畔奧維小鎮。那是鄉下別墅，所以不會成為德軍的目標。請立刻做準備……」

「等一下，帕德。」朵拉揚聲。

「不可能在倉促之間做好準備。更何況，這裡的作品怎麼辦？」

如果丟下這些作品，可能遭到掠奪。公眾都知道這裡是世界知名的藝術家巴勃羅·畢卡索的畫室。

「給我一天時間，我來設法處理。」

帕德毅然回答。

「作品有我來守護。我不會讓任何人碰到一根手指。我保證。」

讓〈格爾尼卡〉流亡美國的青年，此刻眼神真摯。朵拉低頭思考該怎麼回答。

——或許要結束了。

畢卡索現在如果去了瑪麗．德雷莎和女兒身邊……畢卡索與自己的關係或許會就此畫上句點。

最近，畢卡索的樣子不太對勁。

朵拉如果主動邀請，他還是會做愛。但，那好像是非常即物性的「交媾」，絲毫感受不到愛情。感覺很冷漠。他的心好像已不在這裡，徘徊在某個遙遠的地方。朵拉早已察覺，二人之間開始出現一種微妙的隔閡，甚至讓她無法若無其事地詢問他到底怎麼了。

那是甚麼造成的？是延宕日久的戰爭嗎？是巴黎被納粹佔領的緣故嗎？是因為擔心不知哪天畫室會被警察闖入，作品被希特勒貼上「頹廢藝術」的標籤遭到蹂躪的不安嗎？是因為前途未卜滿懷焦躁嗎？

抑或，是因為他有了新的女人？

不管怎麼想，都無法窺知畢卡索的內心世界。朵拉焦慮地只想留住畢卡索的心，同時卻也明白，自己毫無辦法。

藝術家的心一旦離開，再要去挽留，就像是強迫展翅翱翔的候鳥停駐。

反正本來就沒想過畢卡索身旁的位子永遠只容自己一人佔據。打從開始交往的瞬間直到現在，她一直在告誡自己，自己現在離畢卡索最近的這個位子純粹只是個臨時座。

自己成為畢卡索的情人，只不過是幸運、偶然、順水推舟湊到一起的結果。

起初，她還自鳴得意地想，自己和其他女人不同，自己是藝術家，畢卡索愛的是身為藝術家的我。

然而，她終於理解那是自作多情。就算她虛張聲勢地強調自己是個藝術家，在巴勃羅．畢卡索這種壓倒性的才華、「造物主」面前，身為藝術家的自己也不過渺小如芥子。朵拉還沒有膚淺到連這個事實都認不清。

與畢卡索交往，已有八年。

期間，雖對沒有正式離婚的妻子歐嘉・科克洛瓦，替畢卡索生下孩子的瑪麗・德雷莎・華特的存在感到心煩，同時，也對遲早肯定會出現的「新女人」早早開始嫉妒，但朵拉還是一心一意，連自己都覺得滑稽地，死心塌地扮演追逐畢卡索這個太陽的向日葵。

然而，向日葵怒放的盛夏早已過去。當太陽遠去，縱然死命追求，區區一朵花終究無力阻止日落。

我們……這下子，或許真的要結束了。

雖然察覺生命危險，卻仍一心執著與畢卡索的關係，自己這種小家子氣令朵拉格外悲哀。

她並不想和畢卡索分頭前往不同的地方避難。然而繼續留在巴黎顯然太危險。只能依照帕德所言暫時先去避難。

帕德應該會全力保護這裡的作品。只要是答應畢卡索的事，帕德必然會做到。那就是藝術的守護神，帕德・伊格納修這個男人。

所以，今後，已經——。

神色沉鬱低頭不語的畢卡索，終於抬頭看帕德。然後，他斬釘截鐵撂話：

「我哪裡都不去。我要留在這裡。」

這出乎意料的發言，令朵拉倒抽一口氣。帕德的臉驚訝得僵住了。畢卡索不管二人的驚愕，逕自又說：

「如果要轟炸，那就讓他來吧。有種就試試看。我不會逃走。絕對不會。」

「不……可是……」帕德慌忙開口。

「萬一真的被捲入戰火……唯獨那個絕對得避免。總之請你去避難。之後的事交給我處理……」

「我說我不會逃走。」

畢卡索加強語氣又說了一次。

「為什麼，巴勃羅？」朵拉不禁逼問畢卡索。

「萬一死了豈不是甚麼都沒了？那才是讓希特勒正中下懷。因為不只是聯軍士兵及抵抗組織的成員，像你這樣的藝術家，他肯定也想推落地獄。」

「我求之不得。」畢卡索不屑地說。

「有本事把我推落地獄的話，我就和他同歸於盡。」

朵拉和帕德啞然地呆站著。畢卡索從桌上撿起德國香菸的菸盒，憤怒地捏扁，扔到腳下。

「你們愛去哪都行。總之我不會離開這裡。我就等著從畫室窗口看空襲。」

說完，他踩著重重的腳步走進臥室。

一九四四年八月二十九日。

格蘭佐居斯坦街的畢卡索畫室。坐在角落的老舊木椅上，朵拉獨自和畫架上的一幅畫面對面。

朵拉凝視的，是畢卡索用她當模特兒畫的肖像畫。黃色和綠色的尖銳形狀構成「臉孔」的造型。那是一個苦澀地扭曲臉孔，咬牙切齒，哭泣哀號的可悲女人。暴露嫉妒成狂的醜陋本性，絲毫不以為恥。——哭泣的女人。

這就是自己。朵拉想。這就是真實的，毫無虛飾的真正的自己。

畢卡索畫出這幅畫是在七年前，正好是他創作〈格爾尼卡〉的時候。當時，她和畢卡索交往還不滿一年，對他周圍的所有女人都有強烈的嫉妒。

尤其是瑪麗．德雷莎。她曾經突然來到畫室，和朵拉爭論過畢卡索到底愛的是誰。朵拉恨這個替畢卡索生下孩子的女人，二人拽著頭髮，互相大罵……爆發嚴重的衝突。

然而，當時在場的畢卡索，好像只是露出淺笑旁觀兩個女人為了自己起爭執吧。

我早就知道了——從一開始就知道。

這世上根本沒有哪個女人能夠永遠得到畢卡索的愛。無論是歐嘉．科克洛瓦，瑪麗．德雷莎，或是自己……對畢卡索而言都只不過是短暫的停留點。

明知如此……哪怕只是片刻，也渴求全身沐浴在他那彷彿能看透別人心底的視線中，用他那畫筆把自己封印在畫布中。即使，那是異樣醜陋的模樣。即使自己可能會以「哭泣的女人」的形象永遠留在世人印象中。

七年來，那個念頭在心頭滋生。而且她從不曾後悔與畢卡索在一起。

戰爭開始後，她日日夜夜始終在擔心畢卡索或許會被納粹帶走，或許會被片面問罪……。然而，她已決心無畏無懼地和畢卡索一同奮戰下去。

因為畢卡索正是用一支畫筆向法西斯挑戰的男人。因為他是在痛苦掙扎中，讓那幅〈格爾尼卡〉誕生的藝術家。

——能夠分享它誕生的瞬間，並且拍成照片，讓我感到很自豪。

是的。那是別人都做不到的。光是為了那個，遲早想必有誰會肯定那一天，那一刻，朵拉．瑪爾待在巴勃羅．畢卡索身邊的價值。

哪怕那是多麼遙遠的未來，遲早，總有一天——。

敞開的窗子彼方，咚咚響起空包彈的聲響。接著，彷彿遙遠的潮聲，湧現的歡呼隨風飄來。

四天前，巴黎終於光復了。聯軍幾乎是兵不血刃地進城，德軍判斷難以防守後就正式投降。希特勒要求燒毀巴黎的指令，柯提茲將軍並未遵從。——巴黎是個太美麗的城市，令人不忍燒毀。

這天正午，艾菲爾鐵塔上，用床單做成的三色國旗翻飛。翌日的報紙刊出報導，據說是某位法國消防隊員對於巴黎淪陷當日被掛上納粹萬字旗始終耿耿於懷，因此這天不顧危險地爬上塔還以顏色。

第一個通知畢卡索與朵拉「巴黎光復」的，還是帕德。

朵拉一開門，臉泛紅潮的帕德就筆直衝進來。一直把自己關在臥室的畢卡索，聽見帕德歡喜的聲音，終於出來了。帕德激動地撲上去抱住畢卡索。接著也抱了朵拉。他的臉孔就像被勝利女神祝福的王子那樣閃閃發亮。

畢卡索似乎還有點不敢相信，最後他對帕德說：

——你能否開車立刻帶我出去？去朗布依埃。

那是瑪麗．德雷莎和女兒住的小鎮地名。

朵拉在瞬間感到，湧現的喜悅凍結成冰。

帕德的臉上浮現困惑，但他立刻回答沒問題。然後，他對朵拉說，不管怎樣，我先帶巴勃羅過去，等安頓好了就立刻回來……。

妳願意等嗎？——等我回來……。

似憤怒，似悲哀，似絕望的晦暗霧靄，在朵拉的心中瀰漫。然而，她還是盡力擠出笑容回應：好啊，當然沒問題，路上小心，不用擔心我——。

——我就算一個人也沒問題。

砰！砰！砰！空包彈的聲音接連響起。浪濤般的歡呼聲，喇叭聲，單簧管，以及鼓聲此起彼落。香榭大道上開始遊行了。

朵拉抬起一直低垂的頭。一行淚水，順勢，滑落臉頰。

二〇〇三年五月二十日・西班牙國內某處

讓〈格爾尼卡〉永遠從這世上消失——。

從埃塔組織首腦之一烏爾的妻子麥提口中得知烏爾的計畫，瑤子忍不住懷疑自己聽錯了。

那簡直就像是為了「得到」苦戀的對象於是決心殺死對方，為此充滿熱情的殺人兇手才會有的想法。

以前曾有收藏家放話，等自己死了要把收藏品一起放入棺木火化。這樣就能讓名畫只屬於自己……永遠地。烏爾好像真的打算執行這個計畫。

衝擊太大，讓瑤子雙腿抖個不停無法遏止。全身噴出不舒服的冷汗。腦中就像被突如其來的暴風雪吹得一片空白。

不會吧——不會真的那樣吧。

竟然要讓〈格爾尼卡〉從這世上消失……！

麥提神色沉痛地凝視瑤子。瑤子頹然垂首，好半天都無法動彈。

——不行。不能這樣下去……一定要設法阻止。

要冷靜……冷靜下來。振作一點。

要保護〈格爾尼卡〉。保護到底——無論如何都要保護。

瑤子激勵自己，拚命動腦筋。

自己從麗池飯店被綁架，是昨晚十點多的事。過了一晚，麥提送早餐來。也就是說，距離自己被綁已過了十個小時以上。

埃塔到底會用甚麼方法逼迫索菲亞交換人質與〈格爾尼卡〉……或者，是在逼迫西班牙政府？是用電話，還是寫信……或者是電子郵件？為了避免被人發現下落，也可能採用出其不意的接觸方式。或許是對全世界發表聲明，但是為了成功奪取〈格爾尼卡〉，他們應該也不希望事情鬧大吧。西班牙政府想必會擺出慎重交涉的姿態。因為這牽涉到國寶和人命雙方面。

西班牙政府肯定已通知了美國政府。我雖擁有美國的公民權，國籍卻是日本。日本政府大概也會接到通知吧。

埃塔是美國政府指明的國際恐怖組織。為了確保談判管道，也顧及最壞的可能，西班牙和美國，雙方的外交管道、專家、以及特種部隊想必已開始有所行動。

對於埃塔的要求，西班牙政府起初大概會擺出同意交涉的態度。但，八成壓根不打算把〈格爾尼卡〉交給埃塔。

至於美國政府和日本政府，會以人命優先為由，要求西班牙政府答應談判。當然，西班牙政府想必也會保證全力救出人質……在表面上。

〈格爾尼卡〉終於在西班牙成為民主主義國家重新出發的一九八一年，從「流亡」地點的MoMA回到馬德里。對西班牙而言是民主化的象徵，也代表人民不向暴力屈服的誓言。如果輕易落入恐怖分子之手，等於是西班牙政府當著全世界的面向恐怖分子屈服。……唯獨這點，絕對辦不到。

是一幅畫重要，還是人命重要？應該救哪一個——西班牙政府已被逼入絕境。

而我——。

我又會怎樣呢？

烏爾昨晚說：「這裡或許會是妳人生的最後一站。」如果談判破裂，他一定會毫不猶豫地殺死我吧。不，就算他們真的順利奪得〈格爾尼卡〉，也不見得會放我平安回去。

不管怎樣，我……我的性命，已經……

瑤子閉上眼。

突然間，她感到「死神」冰冷的手掌輕撫過自己的臉頰。絕望已麻痺全身。

——伊森。

瑤子在心中呼喚亡夫。

——你在哪裡，伊森？你那裡看得見我嗎？是否看得見這個被綁得動彈不得，束手無策毫無辦法的我……。

我該怎麼辦？哪，伊森，回答我。

我到底該怎麼做……。

命定之日，二〇〇一年九月十一日。正在世貿中心的辦公室上班的伊森，從瑤子面前消失了——永遠消失。

被捲入那場重大悲劇，不可能生還。但瑤子並未找到他的遺體，因此也始終沒有辦告別式。事件發生後有很長一段時間就是無法切實感到他已經死去。總覺得他或許還活在某處，說不定哪天就會突然回來。心中一隅，始終抱有微弱的一絲期待。

最愛的人已不在。這個事實，瑤子說甚麼都不想接受。承認伊森的死，對瑤子而言也就意味著輸給恐怖主義。

這也沒辦法啊，誰也無法預知會發生這種悲劇，面對恐怖組織我們根本無能為力，這不是妳的錯。

——聽到別人這麼勸慰，比甚麼都讓她難過。

然而——。

伊森送給她的畢卡索那幅白鴿。她天天望著，在心中呼喚丈夫，久而久之緊閉的心窗好像慢慢打開了。

不能再拖拖拉拉。不能永遠沉浸在悲傷之海。

悲慟欲絕的瑤子，心窗飛來一隻白鴿。讓瑤子終於想起來了。

雖有傷害無力大眾的恐怖主義，奪走手無寸鐵的人們性命的戰爭，卻也有位藝術家憑著一支畫筆勇敢面對那些暴行。

那位藝術家，名叫巴勃羅．畢卡索。

而那幅畫，叫做〈格爾尼卡〉。

——是的。我得救了。被巴勃羅．畢卡索拯救。被〈格爾尼卡〉拯救。

在埃塔的巢穴，半地下的密室，雙手反綁動彈不得的瑤子心頭，突然吹過一陣清風。彷彿被那陣風吹開，籠罩瑤子的絕望霧靄逐漸放晴。

——反正不管怎樣，我的性命只能由他們決定。我已無法逃脫這個狀況。

既然命運已無法改變……我剩下的使命只有一個。

我必須守護到底……守護〈格爾尼卡〉。

瑤子瞪大雙眼。抬起低垂的臉孔，直視麥提說：

「麥提。按照約定，我就說說我的看法吧。……妳母親遺留的那幅『鴿子』，應該就是巴勃羅．畢卡索的真跡。」

聽到「真跡」二字的瞬間，麥提的眼中浮現驚色。

「真的？」

麥提語帶顫抖問。

「是不是真的，老實說，我不知道。……不過，這是我這個研究者看了快三十年的畢卡索作品後，自己的一點見解。」

瑤子回答。帶著驕傲與自信。

母親為何會有這幅畫，這個秘密連麥提都無從得知。

如果能知道是怎麼得到畫的，換言之，能夠知道作品來歷的話，對於畫作的真假就可以做出某種程度的推測。可惜偏偏那個最重要的關鍵麥提也不知道。

幾乎沒有任何線索，只憑著一張舊照片和麥提母親的遺言就要判定真偽，這是身為專業人員絕對該自戒的行為。

但瑤子明知如此，還是越過了那條線。因為麥提對身為人質的瑤子毫無隱瞞，所以瑤子想回報她這份坦誠。

麥提對瑤子有了超乎必要的接觸。如果被烏爾發現，八成不會善罷干休。麥提甘冒遭到制裁的危險也要把一切告訴瑤子的這份心意，瑤子感受到了。

麥提也想助一臂之力。——她也想幫助〈格爾尼卡〉。

「妳為何這麼認為？」

麥提又追問。瑤子沒回答這個問題。

「那張鴿子圖的照片，可以再給我看一下嗎？」

她說。麥提從長褲口袋取出舊照片。

表面已磨損得傷痕累累的彩色照片似乎歷史相當悠久，卻沒怎麼褪色，照片中央拍出畫有白鴿的畫布。照片下方也拍到一點地板，所以畫布應該不是放在畫架上，而是直接放在地板——紅褐色素燒陶磚地板上靠牆而立。

瑤子上上下下仔細檢視麥提遞來的照片後，再次抬頭，明確地說：

「這張照片，我也是第一次見到……但極有可能是朵拉．瑪爾拍攝的。」

可以感到麥提倒抽一口氣。看她這樣，瑤子敏銳地當下質問：

「妳認識朵拉．瑪爾？她是畢卡索的戀人，是位女攝影家……」

麥提微微點頭。

「我知道。……是替畢卡索創作〈格爾尼卡〉的過程拍攝紀錄照的人……」

「沒錯。」瑤子說。

「畢卡索創作〈格爾尼卡〉是在一九三七年。而朵拉．瑪爾從前一年開始和畢卡索交往，直到一九四五年分手為止，她在畢卡索身邊待了九年。她曾隸屬超現實主義團體，是當時罕見的女攝影家。雖然也拍過各種可視為藝術作品的照片，但她最知名的作品卻是〈格爾尼卡〉創作過程的紀錄照。……很諷刺吧。」

傾聽瑤子敘述的麥提，表情異常認真。瑤子凝視麥提手心上的照片，繼續又說：

「朵拉．瑪爾是否拍過彩色照片我無法確定……不過乍看之下，這張照片，用的應該是二次世界大戰期間歐洲報導攝影家之間開始使用的柯達公司的Kodachrome外式顯影正片。當時彩色底片還很少見，但朵拉是個喜歡嘗鮮的女人，而且個性比男人還好強，所以有可能搶先其他藝術攝影家使用這種底片。」

瑤子也確定了照片拍攝的年代。想必是二次世界大戰剛結束的時候。戰爭結束前，納粹佔領下的巴黎能夠弄到的彩色底片，只有也被稱為德國國家企業的IG Farbenindustrie製造的「Agfacolor Neu」。朵拉和畢卡索一樣厭惡納粹，不大可能使用這種德國底片。因此，極有可能是在可以弄到美國製彩色底片的戰後不久拍攝這張照片。

「最關鍵的……是這張照片下方，拍到一點點放畫布的地板。妳懂嗎？」

被瑤子這麼說，麥提點點頭。瑤子凝視照片，肯定地說：

「拍攝這幅畫的地點，是格蘭佐居斯坦街七號。也就是畢卡索的畫室。……是他創作〈格爾尼卡〉的地點。」

一瞬間，可以感到麥提屏息。瑤子繼續說明：

「朵拉拍攝〈格爾尼卡〉的製作過程時，照片中也拍到了畫室的樣子。我在研究〈格爾尼卡〉的過程中，仔細調查過朵拉拍攝的一連串照片，也曾多次造訪巴黎迄今仍保存完整的畢卡索畫室舊址。畢卡索畫的〈格爾尼卡〉，以及朵拉拍攝〈格爾尼卡〉的紀錄照已經全部烙印在我心中……我可以清晰回想起畫面的每個角落。甚至是創作那件作品的畫室景象我也都記得。包括地板的花紋，噴濺的顏料形狀。」

照片中拍到一點地板。那是法國十九世紀初期普遍用做地板材質的六角形素燒地磚，上面沾滿噴濺的顏料。看到照片的瞬間，瑤子直覺，這就是朵拉拍攝〈格爾尼卡〉的格蘭佐居斯坦街畫室的地板。

「這上面拍到的作品，是不是畢卡索的真跡……老實說，沒有親眼看到作品前我也不知道。不過……」

瑤子停頓一下後，直視麥提說：

「我認為，妳擁有這張照片的這個事實，已經表明這件作品是真跡了。」

麥提一直在認真傾聽瑤子說話，這時，她閉上眼。一行淚水順勢滑落臉頰。

好一陣子，麥提只是默默無聲地哭泣。淚水無法訴諸言詞的意味，在瑤子的心頭響起。

——想守護。

我想守護。守護畢卡索的作品……守護〈格爾尼卡〉。

守護母親的遺志——。

就在這時。

屋外響起凌亂的腳步聲。瑤子與麥提驚愕地抬起頭。

喀嚓喀嚓響起開鎖聲。麥提急忙站起。

「這個妳拿著。」

她低聲說，把「鴿子圖」照片匆忙塞進雙手被反綁的瑤子牛仔褲口袋。

砰的一聲巨響，門開了。率領二個戴著黑色面罩只露出雙眼的持槍男人，同樣戴著黑色面罩身穿黑衣黑褲的大塊頭男人，腳步粗重的走進來。

一定是烏爾。瑤子緊張地全身僵硬。

麥提匆匆奔向烏爾。用巴斯克語說了些甚麼，但烏爾充耳不聞，用西班牙語叫瑤子站起來。

「今天就是妳人生的最後一天了。」

對於烏爾的這句宣告，瑤子文風不動地坦然接受。她凝視眼罩露出的充血雙眼，「是嗎，那就好。」她用顫抖的聲調放話。

「我會被殺，就表示政府沒有答應和你們談判吧。〈格爾尼卡〉不會交給你們。是這樣沒錯吧？那麼，我算是求仁得仁。」

雙腳在微微顫抖。但，她還是竭力表現出大無畏的態度。烏爾嗤之以鼻。

「剛才我已經和西班牙政府談妥了。——〈格爾尼卡〉會交給我們。但我不能把妳交給他們。——因為妳好像知道太多了。」

瑤子感到全身的血液急速消退。「慢著，烏爾！」麥提緊抓著烏爾。

「如果他們同意把〈格爾尼卡〉給我們，那我們就該釋放她。這樣太卑鄙了……」

「囉嗦！」

烏爾的巴掌揚起，狠狠打在麥提臉上。麥提當場摔倒。

「麥提！」瑤子不禁驚呼。烏爾憤怒地對著趴在地上的麥提咆哮：

「妳對這女的說了甚麼？替人質送早餐未免也送得太久了吧？妳幹嘛特地做西班牙烘蛋？妳該不會早就和這女的串通好了？」

「不是的！」瑤子扯高嗓門。

「她想理解你的心情，只是聽我說說話而已。她想知道你為甚麼這樣不惜手段也要得到〈格爾尼卡〉……」

「噢？」烏爾冷笑。「我為甚麼非要得到〈格爾尼卡〉？妳憑甚麼知道我在想甚麼？」

瑤子直視烏爾的雙眼，斬釘截鐵說：

「因為我也一樣。」

可以看出充血的雙眼霎時一驚。瑤子毫不畏懼地繼續說：

「我十歲時，第一次親眼看到〈格爾尼卡〉。從那時起，我就一直執著於那件作品，不停追逐它。」

〈格爾尼卡〉吸引了童年的瑤子。那並不單純只是一幅畫。它帶來的衝擊甚至徹底改變了瑤子之後的人生，從此成了支配瑤子的「宇宙」。

在那個「宇宙」，有無數的人類與生物，籠罩在吹走一切的熱流中，被撕扯炸裂遍體鱗傷，匍匐在地上痛苦掙扎。還有畫面到處傳來的可怕聲音——。

那是人們倉皇奔逃的慘叫，是煉獄之火熊熊燃燒的聲音，是猛烈的爆炸聲——宣告世界末日來臨的可怕地鳴聲響徹畫面，同時傳來的，是藝術家用畫筆代替武器的無聲吶喊。

——妳把藝術當成甚麼？

畫面中，響起畢卡索的聲音。

藝術不是裝飾品。是用來迎敵的武器。

我要戰鬥。絕對要戰鬥。我要與戰爭對抗，直到這世上再也沒有戰爭為止。

就用這一支畫筆，一幅畫。

傾注我所有的想法——。

「當時我就決定了。要用一輩子追逐這幅畫。看遍與這幅畫有關的各種書籍。徹底研究這幅畫到不輸給任何專家的地步。而且有一天，一定要把這幅畫請出索菲亞王后藝術中心的展覽室，在自己策畫的展覽上展出。讓全世界的人都感受到畢卡索蘊藏在這幅畫中的真正訊息。」

烏爾不知幾時陷入沉默，專注傾聽瑤子說話。瑤子沒有迴避烏爾的注視，又說道：

「『——真正的自由降臨巴斯克之日。那是包括巴斯克人民在內的西班牙全體國民，不受任何政治、宗教、民族意識型態的制約，也不被任何單一片面的思想束縛，基於高度自治權，讓所有人的文化生活受到保障，得以過著安穩幸福的生活。而且是無意識地享受這一切。這，才是巴斯克真正自由的證據……』」

從頭套露出的雙眼，彷彿被風吹拂般游移不定。麥提從地上坐起上半身仰望瑤子。

瑤子保持被綁在椅子上的姿勢一直盯著烏爾。然後她說：

「這是法比歐．巴拉歐納寫的。他是德烏斯托大學的社會學教授，巴斯克獨立運動之父。想必你也能倒背如流的《巴斯克的自由與獨立》中的這一段，讓我也深受觸動。」

蒐羅〈格爾尼卡〉相關書籍的過程中，瑤子看了麥提的父親法比歐．巴拉歐納的著作。而且對其中一段文章印象深刻。

字裡行間蘊藏人民渴望自由的吶喊，帶有真實的味道。不僅是巴斯克人，也說出了全世界受到暴政壓迫，企求民主主義的人們的心聲。而且和畢卡索想透過〈格爾尼卡〉傳達給全球人類的訊息恰好一致，讓她感動得胸懷激盪。

「那本書的封面用的就是〈格爾尼卡〉。你知道為什麼嗎？因為畢卡索想透過〈格爾尼卡〉傳達的訊息，正是巴拉歐納教授的心聲。」

該對抗的對象不是政府也不是法西斯主義，是戰爭，暴力，憎惡。不用武器，只靠思想、文化與藝術的力量，人們團結起來和那些負面存在對抗。

唯有那樣才能為我們帶來真正的勝利與自由。

麥提的眼中迅速充滿淚水。烏爾垂頭閉上眼。瑤子毅然對著他說：

「你想怎麼處置我都無所謂。隨你要把我帶去哪裡怎樣都行。……但是，最後，請讓我再說一句話。……〈格爾尼卡〉，到底屬於誰……」

烏爾抬起頭。微微顫抖的雙眼朝她發問。

——屬於誰？

瑤子直視那雙眼睛，平靜地說：

「〈格爾尼卡〉不屬於你。當然也不屬於我。——它屬於我們。」

是的——唯有這個，才是唯一的真理。這是瑤子耗費漫長時間找到的答案。

打從降臨人世的瞬間，就被劇烈變動的時勢潮流捲入，一身沾染人們被戰爭、殺戮與暴力折磨的悲痛吶喊，輾轉世界各國流浪各地的一幅畫。

就算被納粹貼上頹廢藝術的標籤，也在各個展場讓人們看到戰爭有多麼悲慘的畫。這是封印畢卡索無聲吶喊的畫。

歸還西班牙後，巴斯克、巴塞隆納、馬拉加紛紛主張「屬於自己」的畫。

唯有那幅畫，才該掙脫一切束縛獲得自由。為此，我們必須全力保護那幅畫。我們有責任這麼做。

因為，那幅畫是屬於我們的。

「你根本沒必要奪回〈格爾尼卡〉。因為那件作品，早就是你們巴斯克人的了。同時也是在九一一事件受到傷害的我們紐約市民的。……是全世界渴望和平的所有人的。」

烏爾默默凝視瑤子。瑤子也回視烏爾的雙眸。

——就在這瞬間。

砰！爆炸的悶響響徹四周。屋內所有人都驚訝地轉身朝門口望去。慌亂的腳步聲傳來，戴頭罩的另一個男人衝進來。用巴斯克語大喊。

「——可惡！」

烏爾率先衝出房間。其他男人也紛紛跑出去。

「——瑤子，快過來！」

麥提趁機解開瑤子被反綁的雙手，摟著她奔向走廊。砰！碰！爆炸聲接連響起數聲。狹小的走廊濃煙密布，眼前一片白茫茫。

瑤子被濃煙嗆到，劇烈咳嗽。麥提彎身摩挲瑤子的背部。

「振作一點，瑤子。抓緊我。」

「出……出了甚麼事，麥提？這到底是……」

「我們的同伴大喊特種部隊闖入。……放心，妳一定會得救的。」

瑤子頓時理解。一定是政府當局假裝和埃塔交涉，趁機查出這個地點後，派遣特種部隊強行攻入。

「跟我來。我把妳交給他們。」

麥提伸出手。「等一下。」瑤子阻止她那隻手。

「我一個人去。妳如果也去了……會被他們抓走。」

「就算那樣也沒關係。」麥提毅然說。

「時候到了……我覺得爸爸好像在這樣對我說。」

繼巴斯克語的叫喊聲之後，又響起嗒嗒嗒、嗒嗒嗒嗒嗒的連續開槍聲。瑤子被麥提拉著手，一心在狹小的走廊努力奔跑，走樓梯衝上濃煙滾滾的一樓。眼前的門微微開啟，可以從門縫看到外面的光。麥提轉身對瑤子說：

「要從那扇門衝出去喔。我喊一、二、三，準備好了嗎？」

瑤子點頭。麥提微笑。

「謝謝妳，瑤子。……很高興認識妳。」

——一、二、三！

麥提一鼓作氣開門，猛然衝出去。瑤子也跟著衝出。麥提拚命揮舞雙手，放聲大喊：

「釋放人質！是瑤子！不要開槍，是瑤子！」

白煙瀰漫中，武裝的特種部隊成員出現。認清揮舞雙手的麥提與瑤子後，這才放下槍，大聲詢問：

「瑤子！妳是八神瑤子嗎？」

是日語。瑤子用聲音尖銳得幾乎撕裂的日語回答：

「對！我是八神瑤子！」

——啊……得救了！

淚水湧現。麥提如釋重負地露出笑容說：

「太好了。快，妳快……」

就在那瞬間，槍聲響起。同時鮮血噴濺。麥提倏然倒地。

瑤子失聲驚呼，跪倒在地。轉眼之間，一灘鮮血已染紅腳下。瑤子抱住麥提的身體。

「麥提！……麥提，妳振作點，麥提！」

子彈聲擦過耳邊。特種部隊成員抓住瑤子肩膀把她拽起來。

「快過來！」

「等一下！麥提她……麥提……！」

瑤子瘋狂地大喊。特種部隊成員抱住瑤子，硬把她扯離麥提。

「麥提！……麥提——！」

不斷發射的槍聲，以及不時炸響的爆炸悶響中，瑤子的吶喊被蓋過。

最終章

重生

一九四五年十一月十六日・巴黎

紅褐色六角形素燒地磚地板上架著三腳架。上面牢牢固定著愛用的祿萊相機。

朵拉・瑪爾還穿著風衣，就急著略微弓身湊近鏡頭觀景窗。

相機裡，裝著美國柯達公司的彩色底片「Kodachrome」。昂貴的彩色底片還談不上普及，但帕德・伊格納修替她弄來了。她想拍攝畢卡索的畫室風景，哪怕只有一張也好，她很想用彩色底片拍——基於朵拉這個要求，帕德立刻幫她弄來了。

格蘭佐居斯坦街的畢卡索畫室，或許是因為主人有一陣子不在，室內很冷。至於人到底去哪了，二個月前已和畢卡索分手的朵拉如今也不得而知。出遠門時沒忘記關掉中央空調的總開關，大概是畢卡索的秘書傑米做的吧。關注這種日常瑣事的，不管怎樣向來都是傑米。

朵拉湊近鏡頭看了一會，直起上半身環視畫室內。

一個大畫架，一個較小的畫架，分別豎立在眼前。上面各放了一幅沒畫完的女人肖像畫。

濃密的灰髮，長睫毛大眼睛，左頰浮現小酒窩。絢美如花般畫得很抽象的女子——那並非朵拉・瑪爾的肖像。

凝視著陌生女子的肖像畫，苦澀的笑意如漣漪浮現朵拉的嘴角。

神經質地扭曲臉孔，仰頭望天，或者咬著手帕哭泣的女人。對，「哭泣的女人」才是造物主畢卡索筆下的自己。

打從二人開始交往，畫布中就不斷創造出更知性、華麗、高傲的肖像。不管對方是否有妻小，是不是名人或造物主，那些都無關緊要。只不過是和自己當下喜歡的男人隨心所欲地共度罷了。那有甚麼不對？

——畫布中彷彿傳來自己年輕時自由奔放的呢喃。

然而，過了一年左右，畫布中的畢卡索的「繆思女神」已經逐漸改變了。

為了畢卡索，朵拉和替他生下孩子的情婦瑪麗・德雷莎發生激烈爭執。也曾逼問畢卡索，你的心到底在誰身上？情緒激動得又哭又叫，把身邊能抓到的東西全都破壞，撲到畢卡索懷裡敲打他厚實的胸膛。

然而，朵拉早已明白。——就算期望他只看我、只愛我一人，當我這麼期望的瞬間，畢卡索的心就已離開我了。

當時，畢卡索畫的朵拉肖像，幾乎都是「哭泣的女人」。

然而，自己絕對不可能始終是「哭泣的女人」。自己對畢卡索而言才是真正的「繆思女神」……她希望是。

一九三七年，畢卡索與朵拉的關係正是最濃情密意之際。一方面固然也是因為交往還不滿一年，但那時，畢卡索創作的一幅畫讓二人的關係變得更加堅固、特別。——那幅畫就是〈格爾尼卡〉。

親眼目睹它誕生的瞬間，而且親手把它烙印在底片。對朵拉而言這才是最關鍵的大事。

只有我，是唯一被容許「記錄」畢卡索創作之神秘的人。而且，我也自負透過「繪畫」與「攝影」各自的表現手法，達成了讓畢卡索祖國的地方都市格爾尼卡發生的空前慘劇永遠銘記在人類心中的這項共同作業。

席捲全球的戰爭已迫近，在那種緊張感與壓迫感中，畢卡索創作出如此偉大的傑作，對這樣的藝術家，朵拉深深感動，敬畏。同時，也深愛。

是的，我愛畢卡索。前所未有地深刻、強烈。

——今後想必也不會再那樣愛上一個人吧。

朵拉望著放陌生女子肖像畫的畫架後方，正對面的牆壁。幾幅已完成的作品疊在一起豎立牆邊。她試著仔細打量彷彿要透視。

距今八年前。就在這裡，畢卡索和自己得知「格爾尼卡空襲」的消息。畢卡索勃然大怒，撕碎報紙踩扁，失望，悲痛。然後把自己關在房間。

這種非常時刻，藝術家究竟能做甚麼？美術能夠派上甚麼用場？當時畢卡索的心頭或許湧現這種疑問。

當時，替巴黎世博會的西班牙展館預定大作的相關者，很擔心畢卡索是否會陷入虛無感就此放下畫筆。然而朵拉堅信，畢卡索必定會重生。

過了一陣子，朵拉看到畢卡索重回畫室。當時，此刻自己凝視的那面牆上掛了巨大的畫布。——被暗如黑夜的布幕罩住。

當時畢卡索說，太刺眼了。畫布太刺眼，所以掛上黑布。

扯落黑布後，底下出現宛如雪原的畫布。

畢卡索把全部生命都傾注在那上面作畫。——畫出〈格爾尼卡〉。

朵拉不禁為那幅畫的離奇命運回想了片刻。

起初在巴黎世博會展出，那種前所未見的嶄新表現手法與震撼力，以及不可思議的靜謐之美，讓無數參觀者為之屏息、震懾，也惹怒了前來視察的納粹軍官。

世博會結束後，為了支援共和國軍，〈格爾尼卡〉被送去歐洲各地巡迴展出籌募資金。如果被送回內戰日漸激烈的西班牙，可能在運送途中遭到破壞。所以在實質上等於是出國避難。

西班牙內亂演變成波及整個歐洲的世界大戰。巴黎也在納粹德國的毒牙威脅下，〈格爾尼卡〉最後只好「流亡」美國。

紐約現代美術館的館長阿爾弗雷德·巴爾恰好在這時商借〈格爾尼卡〉在畢卡索的回顧展展出。畢卡索爽快同意了。但，他只有一個條件。

——在西班牙恢復真正的民主主義之前，請勿歸還〈格爾尼卡〉。

阿爾弗雷德答應了這個條件。秉持MoMA的威信，保證會守護〈格爾尼卡〉。那個承諾被執行，直到現在。

〈格爾尼卡〉誕生已有八年——。

戰爭終於結束了。

奪走許多人命，破壞城市，慘無人道的納粹德國戰敗了，希特勒自殺身亡。在那之前，被納粹佔領的巴黎被解放，巴黎市民得以在自由的天空下恢復安穩的生活。

然而，推翻西班牙共和國政府建立軍事政權的佛朗哥，卻命大地活了下來，結果，西班牙依然沒有恢復民主主義。

朵拉回想在二次世界大戰結束的翌日——對，就是與畢卡索分手的前夕——與帕德的對話。

——幸好那時讓〈格爾尼卡〉流亡美國。

居中安排那次流亡的帕德，不勝感慨地低語。同時翻開「戰爭結束」這個標題堂堂躍居頭版的報紙。

——否則，那件作品恐怕早就被破壞了。最害怕它的影響力的，恐怕不是佛朗哥而是希特勒。

趁著畢卡索不在場，朵拉放心大膽地接腔：

——那幅畫或許今後永遠都不會回西班牙了。……在畢卡索有生之年或許很難。真遺憾。明明是自己的作品，卻可能再也見不到……。

帕德露出有點落寞的笑容。

——是啊。……不過，那件作品本來就不屬於畢卡索。……這是他自己親口說的唷……。

——真的？畢卡索說過？他說那不屬於自己？

——對。以前，我看過雜誌上的訪談……採訪者問他那件作品應該屬於誰……畢卡索回答：「至少並不屬於我。」

——那麼，它該屬於誰？西班牙？抑或，已經瓦解的共和國政府？

被朵拉逼問，帕德落寞的笑容，驀然轉為溫柔的微笑。

——畢卡索並未說它到底屬於誰。不過，我在想，那個……不屬於任何人，是屬於**我們**的。妳我都付出一切保護〈格爾尼卡〉。現在，它在MoMA也得到完善的保護。……說不定，在我們有生之年它都不會回到西班牙。但，不管在哪裡，都會有人保護它。而且，在我們死後，未來也一定有人繼續保護它。然後……。

帕德微微蘊藏希望的眼神轉向朵拉說：

——然後，只要還被守護、傳承，那件作品就不會失去光輝。〈格爾尼卡〉想必會繼續傳達戰爭的愚昧及悲慘。直到永遠……。

獨自佇立在靜悄悄的格蘭佐居斯坦街畫室，朵拉靜靜凝視曾經掛著〈格爾尼卡〉的牆壁。靠牆疊放的畫布中，最前方的是一張鴿子圖。

畫布上畫著敞開的窗子。是這裡，格蘭佐居斯坦街的畫室窗子。窗外，是大片蔚藍晴空。窗邊停著一隻白鴿。

鴿子張開雙翅，彷彿正要朝天空飛去。鴿子曾經差點被殺。看起來被擊潰，流血流淚，幾乎氣絕。然而，終於被解放了。牠喘過氣來，顫動雙翅，得以重生。

已經沒有人會壓住牠的翅膀折磨牠了。今後可以悠然翱翔長空了。

那幅「鴿子」圖，就是畢卡索給朵拉的最後贈禮。

——我想要自由。

用這個理由先提出分手的是朵拉。

——我不想再繼續讓自己的心情被你束縛著過日子。也討厭自己想把你綁在身邊的欲望。

所以，我們讓彼此自由吧……。

那是她竭盡所能的逞強。

說句老實話，她其實希望能和畢卡索廝守到天長地久，直到死亡將二人分開的那一刻，不，就算死後也想在一起。

然而，朵拉發現，畢卡索的心已經不在自己身上，他已移情別戀了。

如果繼續和畢卡索在一起，自己肯定又會變回「哭泣的女人」。肯定會哭喊著要求他只看自己一個人，渴求畢卡索的愛情，像發瘋一樣亂了方寸。

她不想變成妨礙畢卡索創作的麻煩女人。而且，她想找回已遺忘一段時間的「藝術家朵拉．瑪爾」。

為此，只能分手。——被畢卡索拋棄前，自己必須先提出分手。

朵拉用自尊心這把刀，親手割斷了畢卡索與自己之間的紅線。

然後，是現在。

趁著畢卡索不在，為了歸還備用鑰匙，她來到格蘭佐居斯坦街的畫室。

畢卡索交代過，她可以任選一幅喜歡的畫帶走。

朵拉毫不猶豫地選了「白鴿」。不是讓人想起戰爭的陰鬱靜物畫，也不是哭泣的女人肖像畫，是一幅繪有白鴿即將展翅飛去的畫。

朵拉再次湊近放在三角架上的相機鏡頭。

鏡頭彼方是「白鴿」。一邊將焦點對準畫，一邊勉強將畫室地板收入鏡頭中。紅褐色的陶磚地板，殘留畢卡索畫格爾尼卡時噴濺的黑色與灰色顏料。

畫布中振翅欲飛的鴿子逐漸模糊暈染。趁著淚水尚未奪眶而出，她屏息按下唯一一次快門。

宣告正午整點的聖傑曼德佩教堂的鐘聲，響徹晴朗的秋日長空。

朵拉．瑪爾坐在可以正面眺望教堂的雙叟咖啡館露天座。

豎起羊毛大衣的領子，啜飲一口熱牛奶咖啡，她閉上眼，彷彿整個人沉浸在教堂的鐘聲中。

天氣很好。雖已將近十一月底，但這天巴黎彷彿突然恢復溫暖的天氣。陽光落在緊閉的眼皮上很舒服。那種類似遺忘許久的幸福之感洋溢全身。

「妳好，朵拉。在午睡嗎？」

溫柔的聲音響起，朵拉睜開眼。帕德・伊格納修就站在眼前。

「帕德……好久不見。」

朵拉坐著讓帕德親吻臉頰。帕德頭戴暗褐色紳士帽，依然是做工精良的三件式西裝，胸前口袋插著紅色絲巾。在朵拉身旁坐下後，他點了一杯紅葡萄酒。

「妳要不要也來一杯？」

帕德問，朵拉搖頭。

「咦，真難得。那香菸呢？」

帕德從西裝內袋取出吉坦菸盒請她抽。朵拉還是搖頭。帕德苦笑。

「才一陣子沒見，妳就變得這麼禁欲啊。」

二個月前和畢卡索剛分手後請帕德送來柯達彩色底片，之後就沒見過面。這天是朵拉主動找帕德見面。她說有事相商，請帕德抽空出來一下。

和畢卡索一分手，朵拉就立刻告知帕德。包括分手是自己主動提出的。……只是，她並未告訴帕德自己為何這麼做。

帕德平靜聆聽朵拉的告白。然後說：

不管怎樣，任何時候任何事都請告訴我。無論今後發生甚麼事，我都會幫妳——。

——帕德・伊格納修。

如果沒有此人，畢卡索與自己的人生——還有〈格爾尼卡〉的命運，想必會截然不同。

朵拉悄然凝視帕德抽菸的側臉。

認識他，是在八年前，這家咖啡館的這個位子。當時他正思念遠赴戰場的年長女友，毫不顧忌旁人的眼光當眾落淚。

是的。一如朵拉邂逅畢卡索的時候，當她看見帕德的瞬間，也有某種奇妙的預感貫穿心頭。

這個青年，必然會在自己心中佔有重要地位。不是成為情侶，卻比朋友的地位更重要。而且，彷彿靈魂互相召喚，自己與帕德，帕德與畢卡索，產生了心靈共鳴。

後來，我們始終在一起。熬過戰時隨時面臨生死存亡的歲月，熬過殺伐的時代。而且，一起守住了——以「畢卡索」為名的藝術。

「最近過得怎樣？……在妳恢復單身後。」

趁著紅酒送來的時候，帕德不動聲色問。朵拉的嘴角浮現微笑。

「還算過得去。……今後不只是攝影，我也打算畫畫。我終於想起自己也是藝術家。……大概是這種感覺吧。」

「這樣啊……那就好。」

帕德的聲音似乎打從心底鬆了一口氣。朵拉沉默片刻。

「我有東西想拜託你保管。」

說著，她拿起身旁捲成圓筒狀看似海報的東西，交給帕德。

「這是甚麼？」
帕德問，朵拉打開皮包，取出一張彩色照片，放在桌上。然後說：
「……是這張照片裡的『鴿子』。」
帕德垂眼看照片。上面，拍攝的是以晴空為背景正要展翅高飛的白鴿圖。
「這是……」
帕德困惑的眼神轉向朵拉。朵拉凝視帕德說：
「我懷孕了。」
帕德的困惑轉為震驚。朵拉語帶從容地沉靜敘述。
就在前幾天，她發現自己懷孕了。胎兒已有四個月大，事到如今只能生下來，但她並不打算要求畢卡索認養。也不打算以畢卡索孩子的母親這個身分度過今後的人生。但，她也不希望自己的孩子不幸。
「我知道這樣很任性……但是帕德，這是我最後的請求。我希望孩子出生後，你能幫我把孩子帶去西班牙，並且交給一對沒有孩子的夫婦撫養。屆時，這幅『鴿子』……我希望能夠一起交給孩子。」
說完，微微濡濕的暗棕色雙眸注視帕德。
帕德的視線再次回到照片中的「鴿子」。就此靜止了好一會功夫。朵拉祈求似地盯著帕德。
最後，帕德抬起頭。眼中的困惑與震驚皆已消失，只有淚水浮動。
「……請妳記住，朵拉。」
帕德潮濕的聲音說：
「我曾經對妳說過。……不管今後妳發生甚麼事，我都會幫妳。」

朵拉凝視帕德，點了一下頭。溫煦如秋陽的微笑，在那張臉上擴大。

桌上的牛奶咖啡，已經完全冷了。

聖傑曼德佩教堂的鐘聲再次響起。路上來往的行人，奔跑的孩童，推嬰兒車的母親，互訴情衷的情侶。各自抱著想法，活在當下的人們。

在重生的巴黎街頭一隅，朵拉·瑪爾，也同樣下定決心要好好活著。

二〇〇三年六月五日・紐約

噹的一聲輕響，烤成黃褐色的吐司，從烤麵包機跳起。

打開平底鍋的蓋子，黃色的蛋液已蓬鬆隆起。把鍋鏟插到雞蛋下方，用笨拙的手勢翻面。那一瞬間，懷念的香氣瀰漫。

位於曼哈頓卻爾西區的公寓小廚房，瑤子正在準備早餐。換作以往都是在上班途中經過咖啡攤，買杯咖啡和貝果，在辦公桌前一邊檢查電子郵件一邊吃……通常都是這樣公事化的早餐模式，但今天她想好好吃頓早餐，決定自己動手，做好出門的準備後，穿著白襯衫黑長褲繫上圍裙，站在廚房。不是為誰，是為了自己——雖只是很簡單的早餐——但真的已經很久沒有自己下廚過了。

今早醒來的同時，忽然感到不可思議的活力自體內最深處湧現，「好餓。」她忍不住出聲嘀咕。到目前為止的人生中從未發生過這種情形，因此她躺在床上不禁吃吃笑了出來。然後，忍不住又喃喃自語了一句——好想吃剛做好的西班牙烘蛋。

這三星期以來，實在過得太刺激，發生了太多事，極度緊張與精神壓力，讓她完全失去食欲，體重一下子掉了七公斤。

她甚至曾懷疑自己在這種狀態下能否迎來「那一天」——誰知道，今早的自己，簡直像脫胎換骨似地充滿活力。等到重頭戲上場總會有辦法的。抱著豁然開朗的心情，她開始漱洗著裝。

「那一天」。今天就是期待已久的「那一天」了。

九一一恐怖攻擊的悲劇後，為了受傷的紐約市民，也為了對恐怖攻擊及戰爭說「NO」的全球人民，自己到底能夠做甚麼？瑤子熬過痛苦，努力思考。最後，她做出一個結論。

自己能做的，只有一件事。透過藝術，傳達反戰、反恐攻的訊息。僅此而已——就像巴勃羅．畢卡索做過的。

為了主張抵制恐攻及戰爭、暴力的惡性循環，也為了祈求和平，瑤子策畫了「畢卡索的戰爭」展。預覽會與開幕酒會，將於今天下午二點開始。

為了「那一天」——不，是「這一天」，瑤子發揮自己全副力量與熱情奮戰到現在。她在心中堅定發誓，絕對不能停下腳步，絕對不能回頭，勉強把瞬間潛入心底的不安趕走，終於迎來了「這一天」。

她是賭上性命辦這次展覽——實際上也真的差點丟了命。

做完展覽的所有準備，回到公寓已是深夜三點。

淋浴後，躺下打算小睡片刻，卻始終睡不著。她翻來覆去，回想剛剛還盯著的展覽籌備情況，繼而又想起這三周以來的種種，已及失去伊森後這一年九個月的期間，自己身上遭遇的種種，不由心口滯悶。

再不睡的話，大概會像鬼一樣臉色慘白出現在開幕酒會上……可是越焦急就越睡不著。瑤子瞪大雙眼，定定凝視微明的室內，百葉窗低垂的窗邊牆上掛著的鴿子簡筆畫。

幾百個失眠的夜晚，白鴿總是在一旁守護瑤子。打起精神來，別認輸！畫中的鴿子當然不可能真的這麼對她說。但鴿子只是拍動翅膀，靜靜地主張——我可以飛翔。

不受任何人束縛，也不受任何制約，我可以自由翱翔。

因為那是我的使命——。

凝視著畫中的鴿子，舒適的睡意漸漸降下帷幕。不知不覺瑤子陷入熟睡。然後，在鬧鐘響起的五分鐘前，徹底清醒。

把奶油塗在吐司上，鋪上一兩片生菜，夾上剛做好的西班牙烘蛋。用菜刀把三明治切成二半。

咖啡機滴滴答答落下咖啡。馥郁的香氣瀰漫。收音機緩緩流淌出木吉他演奏的巴薩諾瓦輕快的旋律。

把咖啡倒進馬克杯，放在餐桌上。在椅子坐下，瑤子雙手合十，沒有特定對象地用日語低聲說「我開動了」。

時鐘的指針正好指向八點。收音機中，晨間節目的主持人快速播報今早的頭條新聞。

好的，今天的注目焦點，不管怎麼說都是**MoMA QNS**明天開始舉辦的展覽「畢卡索的戰爭」。這次展覽，以二十世紀最偉大的藝術家巴勃羅．畢卡索作品中的反戰思想為主題，從世界各地網羅他的相關作品齊聚一堂。畢卡索靠著一支畫筆與戰爭及暴力產生的恐懼對抗，堪稱是畢生都在透過「藝術」傳達反戰信念的藝術家。透過畢卡索的作品，想必可以讓我們重新認識藝術的力量與可能性，也是省思和平的絕佳機會。

這次展覽尤其備受矚目的，是那件世紀性的問題之作〈格爾尼卡〉是否會展出。一九三七年西班牙內戰時，納粹轟炸格爾尼卡令畢卡索勃然大怒，一口氣畫出長三三七公分，寬三〇六公分的大作〈格爾尼卡〉，已是非常出名的故事。二次世界大戰時，這件作品避難美國，也在當時**MoMA**舉辦的畢卡索回顧展登場。之後，作品沒有歸還軍事政權下的西班牙，繼續在**MoMA**展出了四十二年，只要是上了年紀的紐約人都知道這件事。

之後，〈格爾尼卡〉歸還給恢復民主主義的西班牙，從此，再也沒有離開過現在的展示地點索菲亞王后藝術中心的牆上。為了在這次展覽展出這件大作，據說MoMA的策展人八神瑤子還特地飛往當地商借。

說到這位八神瑤子。這是現在全美最受矚目的女強人。即便在交涉期間遭到恐怖組織綁架，還是幸運生還，今天也預定出席MoMA QNS舉行的記者會。

〈格爾尼卡〉是否真的會與八神瑤子一同現身紐約呢？在現階段，主辦單位始終堅持「無可奉告」，但根據馬德里那邊的消息，索菲亞王后藝術中心的〈格爾尼卡〉展覽室目前是關閉的。也就是說……應該可以寄予期待。

好了，這件世紀性的問題之作是否會在本周末回到紐約……各位何不前往MoMA，自己親眼一探究竟？

位於紐約皇后區的MoMA QNS周邊，有許多保全人員在各處站崗，嚴格管制人車進出，現場籠罩在如臨大敵的氛圍中。

員工出入口附近擠滿了媒體記者。不只是全美國，世界各地通訊社派來的記者都堵在門口。他們的目標只有一人——八神瑤子。

五月十九日。瑤子被計畫「奪回〈格爾尼卡〉」的恐怖組織「巴斯克祖國與自由」綁架。在他們的巢穴度過一夜，之後，被特種部隊攻堅救出。

瑤子立刻被送往醫院，二天後出院。守在醫院的記者紛紛詢問她被綁架的經過以及獲救過程，但瑤子只對西班牙政府表達感謝，對美術館相關人員致歉，除此之外一概不談。

然後，是今天。

瑤子搭乘的房車抵達MoMA QNS後門口。這是為了躲避媒體攻勢，MoMA特地配給她的車子。瑤子打開後座車門一出現，閃光燈立刻一齊閃爍。記者們的問題頓時接連飛來。

「瑤子，請說句話！」

「〈格爾尼卡〉會展出嗎？」

「〈格爾尼卡〉已順利搬入館內了嗎？請回答，瑤子！」

瑤子筆直面向前方，沉默地走入美術館。就此奔向自己的辦公室。也來不及和同事打招呼，一進辦公室，立刻重重在辦公椅坐下。呼地長嘆一口氣。

不知幾時已緊握雙手。舉到眼前一看，還在微微顫抖。她盡量不去意識，卻還是無可救藥地緊張。

今早明明是那樣神清氣爽地醒來，明明滿心覺得一切一定會順利進行。

事到如今，居然才對自己「安排」的企畫之大膽感到害怕……。

瑤子交握顫抖的雙手，抵在額頭，閉上雙眼。她已滿身大汗。她拚命告訴自己不能去想。

——不可以回想。現在，只要專心去想預覽會就好。只求能順利結束這個活動……。

只要心裡稍微出現一點縫隙，那一瞬間，所有的意識好像就會被帶跑。又回到二周前才剛經歷過的那場驚心動魄的事件。

MoMA的日本女策展員被恐怖組織埃塔綁架幸運生還的新聞，傳遍了全世界。

西班牙國家警察的特種部隊攻入埃塔的巢穴，成功救出人質，但現場爆發激烈的槍戰，造成埃塔二名成員死亡，雙方總計有六人輕重傷。不過，幫助瑤子脫險的埃塔領袖之妻麥提的名字，始終沒有出現在電視報紙或網路上。

想到豁出性命救了自己的麥提，瑤子就難過得幾乎心碎。然而，此刻的瑤子，只能祈求麥提還活著——除此之外別無他法。

自己被捲入了這麼重大的事件。「畢卡索的戰爭」展恐怕不可能舉辦了吧。瑤子已有不得不忍痛放棄的覺悟。

沒想到——。

MoMA代替瑤子發表聲明，強調會與索菲亞王后藝術中心合力克服這次危機，照常舉辦展覽。哪怕是為了貫徹不向恐怖攻擊行動屈服的姿態，也必須實現這次展覽。這是MoMA的最終決定。

這個決定的背後，瑤子的老闆提姆・布朗自然不用說，肯定也有露絲・洛克斐勒的強烈意志主導。做出那個判斷的瞬間起，瑤子就將混亂的情緒封印，為了實現這次展覽猛然起跑。她已經無暇停下腳步或慢慢思考了。

不管怎樣都得讓這次展覽如期舉行。無論如何，一旦決定要辦的展覽就絕對要辦。這是MoMA的方針，也是姿態。

瑤子遙想首任館長小阿爾弗雷德・巴爾當年策畫的那場傳說中的展覽「畢卡索：藝術生涯四十年」展。

二次世界大戰爆發前夕，明知危險仍毅然來到法國的阿爾弗雷德直接找上畢卡索洽談。他說，想將畢卡索包括〈格爾尼卡〉在內的主要作品在MoMA展出，藉此讓美國注意到西班牙內亂的實情，促使大家支援。而畢卡索同意展覽，只對阿爾弗雷德提出一個條件。

——將〈格爾尼卡〉留在紐約現代美術館。直到西班牙恢復真正的民主主義。

就這樣，〈格爾尼卡〉來到紐約。跟著畫一起來的，是年輕的帕德・伊格納修。瑤子聽露絲說過，帕德把青春歲月全都用來保護戰時的畢卡索與作品了。

當時在碼頭迎接渡海而來的〈格爾尼卡〉和帕德的，是阿爾弗雷德，以及十一歲的露絲・洛克斐勒。

從那天起，露絲一直支援藝術，保護藝術，為了讓藝術品流傳後世不惜投注私人財產襄助美術館，不斷贊助鼓勵策展員及藝術家。她才是真正的藝術女神。

為了MoMA，為了露絲，也為了九一一事件受傷的紐約市民……為了戰爭及恐攻事件的犧牲者，也為了伊森。

絕不訴苦示弱。絕不害怕。直到實現這場展覽——。

咚咚，敲門聲克制地響起。

趴在桌上的瑤子，赫然抬頭。她說聲「請進」後，房門安靜地開啟。

門外出現的，是身穿黑西裝，口袋插著紅色絲巾的帕德・伊格納修。瑤子頓時露出笑容站起來。

「天啊，帕德！……歡迎。」

瑤子走過去，帕德滿懷親密擁抱她纖細的身體。瑤子覺得彷彿被遠道而來的父親擁抱，心頭湧現一股熱流。

「謝謝，還讓您特地來我的辦公室……我馬上問一下理事會的會客室有沒有人。」

瑤子拿起內線電話，「不用了。」帕德制止。

「我馬上就走。今天的主角是妳。妳想必比誰都忙。」

然後，帕德用那種小男孩要吐露天大秘密的眼神說：

「我只是來給妳送一樣東西。」

「送東西……？」

帕德點點頭。然後，遞上一隻手緊握的黑色圓筒。

瑤子凝視那個圓筒片刻，最後好像醒悟了甚麼，打開蓋子，取出裡面的東西。

是捲起的畫布。瑤子屏息，用顫抖的手輕輕打開畫布。

那一瞬間，眼前出現一隻白色的「鴿子」。

畫家的畫室，敞開的窗子。窗外遼闊的蔚藍晴空。

正在拍翅似乎隨時會飛向自由天空的，是一隻白色的鴿子。

我要飛翔。

不受任何人束縛，不受任何制約，我要自由飛翔。

因為那是我的使命——。

「……麥提……」

瑤子幾乎泣不成聲地呢喃。溢出的眼淚，已無法停止。

為什麼會把這隻「鴿子」帶來瑤子這裡？帕德甚麼也沒說。而且，也沒問瑤子落淚的理由。

帕德只是溫柔地，彷彿要守護她，慈祥地輕輕擁住瑤子顫抖的肩膀。

眼淚終於停止後，帕德的手依然放在瑤子肩上，他低語：

「另外……還有一樣東西要交給妳。」

他取出插在口袋的紅色絲巾。「伸出手來。」帕德說。瑤子聽話地伸出右手掌。帕德把絲巾在她那隻手心上甩了一下。有東西翩然飄落。瑤子濕潤的眼眸凝視那個東西。是紅色的小紙片——「紅色的眼淚」。

瑤子抬眼看著帕德。帕德露出淘氣的眼神，回視瑤子。

「這是很久以前……畢卡索給我的世界最小的『作品』喔。」

說著，帕德微笑。

MoMA QNS的大廳，於下午一點半開放。

在門前焦急守候的媒體記者，頓時像決堤般蜂擁而入。攝影師為了拍到更好的畫面拚命向前衝，架起腳架搶位置。記者們拿著筆電或平板電腦，陸續在附帶桌面的椅子坐下。

展覽會場依然大門緊閉。按照流程會先在大廳對媒體做簡報，之後才開始預覽會。〈格爾尼卡〉會在這展覽會場的某處展出嗎？或者，果然還是不可能借到〈格爾尼卡〉？這些疑問終將揭曉，記者們越發期待。

會場前方設有演說台，一旁準備了巨大的螢幕。這次展覽要展出的作品將會映現螢幕上，由負責簡報的人——也就是八神瑤子來說明。

椅子上放了印有「畢卡索的戰爭」這行字的簡介。檔案中的參考資料有介紹展覽內容，但那篇文章從頭到尾都沒提到〈格爾尼卡〉這幾個字。而且也沒有刊載任何一張畢卡索作品的圖片。打開檔案夾的記者們開始騷動。

——如此看來，說不定……還是沒希望吧？

簡報預定下午二點開始。差五分兩點時，露絲．洛克斐勒和帕德．伊格納修相繼從會場後方的門口走入。在工作人員的帶領下，二人並排在第一排的中央位子坐下。

下午二點，會場前方通往休息室的那扇門開了。頓時，喧鬧的會場安靜無聲。

首先出現的是MoMA館長亞倫．愛德華，接著是繪畫雕刻部門策展主任提姆．布朗。擠滿會場的記者們，緊張地吞口水等待「主角」登場。

過了一會，身穿白襯衫黑色長褲套裝的八神瑤子出現了。那一瞬間，響起熱烈掌聲。瑤子的神情有點緊張，在第一排的提姆和露絲之間坐下。

肩頭被人從後方輕戳，轉頭一看，是紐約時報的記者凱爾．亞當斯。凱爾朝她微微擠眼。瑤子不禁笑了。

那起事件發生時，凱爾立刻趕到馬德里。不是以記者的身分，是作為一個朋友。

沒帶相機或錄音機也沒帶電腦，兩手空空趕到醫院的凱爾，撥開駐守的媒體群人牆，拚命訴說：「我是瑤子的老朋友，請讓我見她一面！」不過，結果瑤子還是在出院後才見到凱爾。看到瑤子，凱爾總算安心地嘆了一口氣。然後他說——〈格爾尼卡〉一點也不重要，只要妳好好活著，那就夠了。

就是這個凱爾，昨晚，在瑤子忙著做展覽最後確認時打電話來。嗨，瑤子，我有個問題——好友語帶開朗地問。「演說台會設在哪一邊？我要坐在妳的眼前。我會帶攝影師一起去，能給我一個最佳鏡頭嗎？」

瑤子覺得好氣又好笑，不禁莞爾。

就在今年四月「畢卡索的戰爭」展記者發表會的前一天，凱爾也打過電話來問了完全一樣的問題。但是，唯一不同的是——這次他沒問〈格爾尼卡〉是否果真借不到。相對的，好友滿懷祝福地說了一聲恭喜。

——無論多大的困難，妳都不屈不撓地繼續挑戰，我為妳感到驕傲。

因為有妳的努力與熱情才有這次的展覽。……伊森一定也很欣慰。

凱爾是伊森與瑤子的好友。一直追蹤瑤子企劃的「畢卡索的戰爭」展籌備過程。而且，為了聯合國安理會議場大廳展示的〈格爾尼卡〉壁毯遭人罩上黑布一事，還曾陪同瑤子去聯合國調查。對著深深理解瑤子策畫這次展覽的真正用意，也陪瑤子同進退的「戰友」凱爾，瑤子真心誠意說。

——謝謝你，凱爾。請你好好看著吧。

下午二點過後不久，MoMA館長亞倫・愛德華站上大廳的演說台。

「感謝各位今天撥冗光臨。上次，我們在這裡見到各位時，記得曾報告過『五月二十三日起，將在這MoMA QNS舉辦畢卡索的戰爭特別展』……各位請看月曆確認一下。今天是幾號？……六月五日？怎麼可能，別開玩笑了。MoMA不可能騙人。騙人的是月曆。」

會場哄然大笑。亞倫風趣的口吻讓會場氣氛一下子放鬆了。露絲，帕德，提姆都在笑。當然，瑤子也是。亞倫對大家聳聳肩後，繼續說道：

「對，沒錯。今日是六月五日。月曆沒騙人。不過，我們當然也不會騙人……開幕日期延後，有種種原因。關於那些原因，想必各位遠比我更清楚。所以，在此我就不針對那個多做解釋或說明了。」

會場再次恢復安靜。瑤子挺直腰桿傾聽館長的演說。

「這次，我最希望和大家一起分享喜悅的，就是本館的策展員八神瑤子憑著不屈不撓的精神實現了這個企畫。瑤子因為一年九個月前的九月十一日襲擊紐約的那場悲慘事件，想出這個企畫。我還記得她第一次在理事會上強調她想舉辦『畢卡索的戰爭』展的當日情景。為了被恐攻傷害的紐約市民，也為了被捲入戰爭的無辜犧牲者，藝術究竟能夠做甚麼——這個疑問，或許和畢卡索畢生懷抱的信念有共通之處。而自己，身為紐約的美術館策展員，很想透過這次展覽發問，並且回答。——畢卡索說過，藝術，絕非裝飾品。而是與戰爭、恐怖攻擊主義及暴力對抗的武器。如果把他的這句話進一步延伸，藝術，或許堪稱是人類自省愚昧的過失，記住對和平期盼的裝置？同時，保護那種藝術，傳達給後世眾人，正是我們MoMA的使命。……瑤子當時就是這麼說的。」

會場鴉雀無聲。館長的每一句話，似乎都滲入瑤子的心扉。

「今天，八神瑤子的不懈努力，以及巴勃羅．畢卡索無論歷時多久也永不褪色的訊息，終於在這次展覽開花結果，我企盼與各位一同分享這份喜悅。如果容我再多說一句……不，我的演說就到此為止，關於各位最想知道的故事，還是由策展員本人來告訴大家吧。——瑤子。來吧，輪到妳了。」

會場響起如雷掌聲。瑤子站起來，走向站在台上的亞倫。二人用力握手後，瑤子接替亞倫站在講台上。

擠滿會場的人全都站起來了。掌聲久久不歇。閃光燈一齊閃爍，快門聲響徹四周。很刺眼。但瑤子面向前方。始終不曾轉移目光。

「首先……我要衷心感謝大力協助讓這次展覽得以實現的各位。」

瑤子平靜地開口。掌聲如退潮倏然停止。大家重新坐下，豎起耳朵以免漏失瑤子的一字一句。

「總是帶領我們、給我們空間充分發揮的館長，亞倫．愛德華。謝謝你溫暖的鼓勵。我也記得那次理事會上你說的話。『這個企畫案很值得一試，瑤子。一定會實現的。只要妳不放棄。』……那些話，不知給了我多麼大的勇氣。我能夠堅持到今天，都是拜你所賜。」

掌聲再次響起。亞倫站起來向後轉身，輕輕揮手感謝大家的鼓掌。

「策展主任提姆．布朗。是向來激勵我的上司，也是這次展覽的第一個理解者。如果沒有你在背後的支持，這個企畫恐怕很難放上檯面。我真心感激你。」

提姆也效法亞倫，轉身面對會場耍寶地揮揮手。會場對提姆報以熱烈掌聲。

「這次『畢卡索的戰爭』展，也向對本展宗旨產生共鳴的世界各國美術館及收藏家借來了許多畢卡索的作品及寶貴的相關資料。在此也要一併致謝。」

提到展出作品的瞬間，會場的氛圍頓時一變。

擠滿會場的人們最想從瑤子口中聽到的——只有一件事。

瑤子在一瞬間垂下眼簾。小小深呼吸後，她再次直視前方。然後，她說：

「本展的最大支援者，就是MoMA的理事長露絲．洛克斐勒。對於這次企畫的困難與意義，她都深為理解，不惜大力支持我實現這次展覽。沒有她，想必本展就無法實現。我要致上衷心的敬意與感謝。謝謝妳，露絲。」

會場第三次響起熱烈掌聲。露絲沒有起立，也沒有揮手。但她眼眶含淚，定定凝視聚光燈下的瑤子。

「……那已是距今六十多年的往事。五月的某一天，來自法國的定期船，抵達紐約哈德遜河的碼頭。」

等待掌聲停止後，瑤子再次開始敘述。

「和MoMA的首任館長阿爾弗雷德．巴爾一起引領期待的，是個十一歲的少女……露絲．洛克斐勒。

那艘船上，載著日後成為她畢生摯友的年輕人。他的名字，叫做帕德．伊格納修。西班牙內戰爆發時，帕德流亡巴黎，在那裡邂逅了畢卡索，以及畢卡索當時的戀人朵拉．瑪爾，之後賭上性命保護了畢卡索二人，以及畢卡索的作品，是位偉大的人物。」

坐在露絲身旁的帕德，微微挑眉露出微笑。瑤子也對帕德報以微笑，然後繼續說。

「帕德陪同那艘船載運的某件作品，大老遠從大西洋的彼方來到美國。那件作品，應阿爾弗雷德．巴爾之請，為了在MoMA舉辦的美國首次畢卡索回顧展上展出，特地渡海而來。那件作品……就是〈格爾尼卡〉。」

會場如風平浪靜的海面。彷彿要對著那片大海深呼吸，瑤子繼續又說：

——說到「畢卡索的戰爭」展。如今世界已陷入戰爭與恐攻製造的仇恨的惡性循環，我祈求能製造一個讓大家討論和平的契機，因此企劃了這次展覽。

二次世界大戰的非常時期，畢卡索靠著一支畫筆奮鬥。他透過作品證明了，畫筆遠比槍枝、大砲、空襲更強大。

我希望大家重新看到畢卡索遺留的訊息，也希望和大家分享藝術的力量。為此，無論如何我都希望〈格爾尼卡〉能在本展展出。

我十歲那年，第一次看到當時還在MoMA展出的〈格爾尼卡〉，受到言語無法形容的衝擊。很害怕。很悲傷。然而，絕對不能移開目光——從那一刻起，我就一直在追逐畢卡索與〈格爾尼卡〉，直到現在。

各位都知道，〈格爾尼卡〉自從在巴爾企劃的美國首次畢卡索回顧展展出後，就一直在MoMA展出，由MoMA保管了四十二年。畢卡索當初出借這件作品時，向巴爾親口提出了唯一一個條件，那就是在西班牙恢復真正的民主主義前，不要把〈格爾尼卡〉歸還西班牙。後來，MoMA守住了和畢卡索的這個約定，成為〈格爾尼卡〉的避難所。

我念大學時，MoMA舉辦了畢卡索的大型回顧展。之後，〈格爾尼卡〉歸還給恢復民主主義的西班牙。從此，〈格爾尼卡〉一直在馬德里的索菲亞王后藝術中心展出，任何美術館或展覽都無法把它借出去參展。

可我非常想借〈格爾尼卡〉。如果沒有展出這件作品，「畢卡索的戰爭」展就不成立。因為那件作品蘊藏著畢卡索憎恨戰爭與恐攻、暴力，哀悼無辜犧牲者的心情與所有感情。

我當然也知道，那有多麼困難。

交涉極為困難，我盡了各種努力，卻還是不得不灰心地準備放棄。……那是痛苦的決定。

沒想到——。

「突然聲稱有個好主意，向我提出意外計畫的，是露絲・洛克斐勒。……如果沒有她提出這個驚人的點子，幫忙向相關人士努力遊說，恐怕也不可能實現了。」

會場漸漸開始騷動。記者們似乎不明白瑤子到底想說甚麼。

八神瑤子到底在說甚麼？

〈格爾尼卡〉到底來了沒有……？

「可以請問一下嗎，瑤子？」

舉手說話的是凱爾。就連瑤子的老朋友，好像也聽得一頭霧水。

「好的，請說。」瑤子立刻回應。凱爾乾咳了一下，單刀直入地挑明：

「結果，〈格爾尼卡〉現在到底在哪裡？」

瑤子凝視凱爾的雙眸。

「在回答這個問題之前——我想請各位回想一下。」

說著，她環視全場。

「二月五日，國務卿鮑爾曾在聯合國安理會議場大廳發表演說。背後有甚麼——或者少了甚麼，各位還記得嗎？」

擠滿會場的聽眾，頓時面面相覷竊竊私語。

「背後有的，是黑幕。」凱爾揚聲說。

「該有卻沒有的——是〈格爾尼卡〉。」

瑤子頷首。然後，用清晰有力的嗓音說：

「那一天，那一刻。對某人而言不可以在那裡出現的那件作品，被我們拿回來了。——因為它非得在那裡不可。」

然後，她指向演說台旁掛的螢幕。

那一瞬間，雪白的螢幕倏然切換，變成漆黑的畫面。場內的騷動變得很大，所有視線都緊盯著螢幕。好像是從哪個場所直播。螢幕上，映出鏡頭拍攝的「漆黑闇色」。之後，鏡頭開始慢慢地慢慢地拉遠。漆黑漸漸遠去，開始出現形狀。鏡頭倏然停止拉動後，那片漆黑變成一個橫長的巨大黑色長方形。

那個黑色長方形掛在牆上。地板鋪著紅色地毯。右側掛著世界各國的國旗，前方是個演說台，台子綴有以北極為中心的世界地圖和橄欖葉組成的徽章。

目不轉睛盯著螢幕的凱爾，「這是……」他不禁小聲咕噥。

「……聯合國安理會議場大廳……？」

露絲悠然微笑。一旁，帕德滿足地緩緩點頭。

瑤子直視正前方。用那種凝望遠方星星的眼神說：

「請扯下它。……扯下黑幕。」

會場人人倒抽一口氣。唰的一聲，螢幕中，黑色的長方形被扯落地上。

黑幕底下出現的，不是壁毯，是一幅巨大的畫。

是〈格爾尼卡〉。

協助（日文部分）

春日芳晃（朝日新聞社）
金成隆一（朝日新聞社）
紐約現代美術館（紐約）
普拉多美術館（馬德里）
索菲亞王后藝術中心（馬德里）
畢爾包古根漢美術館（畢爾包）
畢卡索美術館（馬拉加）
畢卡索美術館（巴塞隆納）
格爾尼卡和平博物館（格爾尼卡）
畢卡索美術館（巴黎）
雙叟咖啡館（巴黎）
朝日新聞社紐約分社（紐約）
聯合國總部（紐約）
群馬縣立近代美術館（高崎市）

本作為根據史實創作的虛擬小說。
二十世紀部分的登場人物，除了虛擬人物帕德・伊格納修及露絲・洛克斐勒以外，皆確有其人。
二十一世紀部分的登場人物，皆為虛擬人物。
虛擬人物並無特定影射對象。

PLP0065

黑幕下的格爾尼卡

作　者—原田舞葉
譯　者—劉子倩
編　輯—黃煜智
校　對—魏秋綢
行銷企劃—王小樨
內頁排版—綠貝殼資訊有限公司
發 行 人—趙政岷
出 版 者—時報文化出版企業股份有限公司
10803 台北市和平西路三段二四〇號七樓
發行專線—（〇二）二三〇六六八四二
讀者服務專線—〇八〇〇二三一七〇五
（〇二）二三〇四七一〇三
讀者服務傳真—（〇二）二三〇四六八五八
郵撥—一九三四四七二四時報文化出版公司
信箱—台北郵政七九～九九信箱
時報悅讀網—http://www.readingtimes.com.tw
思潮線臉書—https://www.facebook.com/trendage
法律顧問—理律法律事務所　陳長文律師、李念祖律師
印　刷—勁達印刷有限公司
初版一刷—二〇一九年四月二十六日
定　價—新台幣四二〇元
（缺頁或破損的書，請寄回更換）

時報文化出版公司成立於一九七五年，
並於一九九九年股票上櫃公開發行，於二〇〇八年脫離中時集團非屬旺中，
以「尊重智慧與創意的文化事業」為信念。

黑幕下的格爾尼卡／原田舞葉著；劉子倩譯. -- 初版.
-- 臺北市：時報文化, 2019.4
352 面；14.8×21 公分
譯自：暗幕のゲルニカ

ISBN 978-957-13-7642-4（平裝）

861.57　　10800

ISBN 978-957-13-7642-4
Printed in Taiwan